# 太行红色新闻（1945—1949）

## 新华社暨邯郸新华广播电台、陕北（延安）新华广播电台、人民日报作品选

主　编　韩立新
副主编　王矿清　商建辉　张金凤　刘　莹

河北出版传媒集团
河北人民出版社
石家庄

图书在版编目（CIP）数据

太行红色新闻：1945—1949：新华社暨邯郸新华广播电台、陕北（延安）新华广播电台、人民日报作品选 / 韩立新主编. -- 石家庄：河北人民出版社，2018.6
ISBN 978-7-202-13065-0

Ⅰ.①太… Ⅱ.①韩… Ⅲ.①新闻－作品集－中国－现代 Ⅳ.①I253

中国版本图书馆CIP数据核字(2018)第105745号

| 书　　名 | 太行红色新闻（1945—1949）：新华社暨邯郸新华广播电台、陕北（延安）新华广播电台、人民日报作品选 |
|---|---|
| | TAIHANG HONGSE XINWEN 1945－1949 |
| | XINHUASHE JI HANDAN XINHUAGUANGBODIANTAI |
| | SHANBEI YANAN XINHUAGUANGBODIANTAI |
| | RENMINRIBAO ZUOPINXUAN |
| 主　　编 | 韩立新 |
| 副 主 编 | 王矿清　商建辉　张金凤　刘　莹 |
| 责任编辑 | 付　聪 |
| 美术编辑 | 李　欣 |
| 封面设计 | 赵　建 |
| 责任校对 | 余尚敏 |
| 出版发行 | 河北出版传媒集团　河北人民出版社 |
| | （石家庄市友谊北大街330号） |
| 印　　刷 | 河北新华第一印刷有限责任公司 |
| 开　　本 | 787毫米×1092毫米　1/16 |
| 印　　张 | 24 |
| 字　　数 | 302 000 |
| 版　　次 | 2018年6月第1版　2018年6月第1次印刷 |
| 书　　号 | ISBN 978-7-202-13065-0 |
| 定　　价 | 48.00元 |

版权所有　翻印必究

◎ 新华社暨邯郸新华广播电台、陕北（延安）新华广播电台编辑人员在涉县西戌镇西戌村工作时情景

◎ 新华社暨邯郸新华广播电台、陕北（延安）新华广播电台编播人员在涉县西戌镇沙河村合影

◎ 新华社暨邯郸新华广播电台、陕北（延安）新华广播电台编播人员在涉县西戌镇沙河村合影

◎ 邯郸新华广播电台工作人员在涉县西戌镇沙河村合影（前排左三为台长常振玉）

◎ 晋冀鲁豫《人民日报》工作人员在离西戌二十五华里的武安什里店下乡。左起吴舫、何燕凌、冷冰、罗林

◎ 吴舫（左）、何燕凌

◎ 陕北（延安）新华广播电台的播音员丁一岚（后排右一）1946年和晋察冀新华广播电台人员在一起

◎ 新华社暨邯郸新华广播电台、陕北（延安）新华广播电台工作人员在涉县西戌镇沙河村合影

◎ 《新华日报》华北版工作人员在涉县索堡镇上温村合影

◎ 《新华日报》（太行版）和晋冀鲁豫《人民日报》人员在涉县西戍镇东戍村合影

◎ 《新华日报》华北版工作人员在涉县索堡镇上温村合影

◎ 1948年11月,陕北(延安)新华广播电台的播音员在播音

◎ 邯郸、陕北(延安)新华广播电台使用过的发射机

◎ 邯郸新华广播电台人员组成的接收小组准备接收国民党的天津广播电台

◎ 1949年1月31日,陕北(延安)新华广播电台先遣人员进驻国民党北平广播电台。图为中央军委三局人员接收北平广播电台

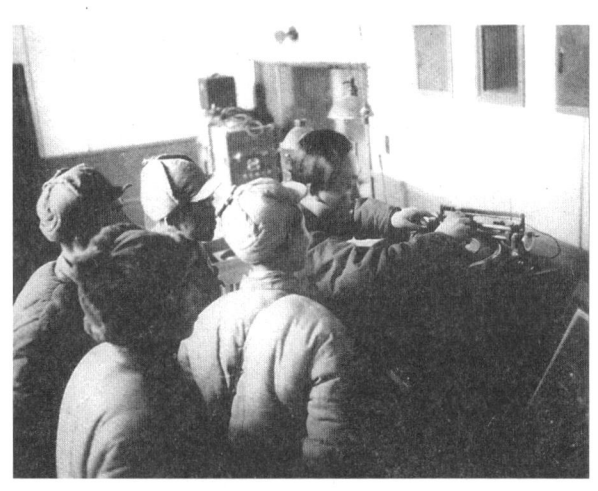

◎ 中共中央宣传部部长胡乔木

◎ 中共中央宣传部副部长、新华社社长、晋冀鲁豫中央局宣传部部长廖承志

◎ 晋冀鲁豫中央局宣传部副部长、晋冀鲁豫《人民日报》负责人张磐石

◎ 新华社临时总社负责人杨放之

◎ 新华社社务委员、副总编辑、口播部负责人梅益

◎ 新华社社务委员徐迈进

◎ 新华社社务委员祝志澄

◎ 陕北新华广播电台编辑部主任温济泽

◎ 《新华日报》（华北版）副社长陈克寒

◎ 新华社晋冀鲁豫总分社和晋冀鲁豫《人民日报》负责人之一安岗

◎ 新华社临时总社记者朱穆之

◎ 新华社记者吴冷西，新中国成立后担任新华社社长、人民日报社社长

◎ 晋冀鲁豫《人民日报》记者李庄

◎ 邯郸新华广播电台台长常振玉

◎ 晋察冀新华广播电台台长黎韦

◎ 邯郸新华广播电台总编辑肖风

◎ 邯郸新华广播电台副总编辑顾文华

◎ 邯郸新华广播电台编辑部地方组组长何静

◎ 邯郸新华广播电台编辑田蔚

◎ 邯郸新华广播电台女播音员于明昭

◎ 陕北（延安）新华广播电台播音组组长孟启予

◎ 陕北（延安）新华广播电台播音组副组长丁一岚

◎ 在涉县西戌镇沙河村播音受到毛主席称赞的陕北（延安）新华广播电台女播音员钱家楣

◎ 陕北（延安）新华广播电台的首位男播音员齐越

◎ 陕北（延安）新华广播电台的外国英语专家李敦白

◎ 陕北（延安）新华广播电台首位英语播音员魏琳

◎ 陕北（延安）新华广播电台女播音员邱原

◎ 北平新华广播电台女播音员郑宁

◎ 陕北（延安）新华广播电台女播音员杨洁，后为电视剧《西游记》总导演

◎ 北平新华广播电台女播音员刘淮

◎ 陕北（延安）新华广播电台女播音员肖岩（右）与妹妹在一起

◎ 北平新华广播电台女播音员苏安

◎ 北平新华广播电台播音员刘涵（右一）

◎ 北平新华广播电台女播音员柏立

◎ 北平新华广播电台女播音员陈真

◎ 北平新华广播电台女播音员杜婉华

◎ 北平新华广播电台女播音员杨慧琳

◎ 北平新华广播电台播音员姚琪

◎ 陕北（延安）新华广播电台编辑杨兆麟

◎ 陕北（延安）新华广播电台编辑高而公

◎ 陕北（延安）新华广播电台编辑左荧（右一）、黄灼和孩子

◎ 陕北（延安）新华广播电台女播音员陈寰

◎ 晋冀鲁豫军区通讯处处长林伟

◎ 被命名为"通讯大王"的晋冀鲁豫军区通讯处副处长王士光

◎ 1946年在刘邓大军前线采访的新华社记者李普

◎ 20世纪40年代后期的涉县西戌镇一角

◎ 中宣部、新华总社、国家新闻出版广电总局（口播部）在涉县西戌镇西戌村旧址

◎ 《新华日报》（太行版）和晋冀鲁豫《人民日报》在涉县西戌镇东戌村旧址

◎ 位于涉县西戌镇西戌村的新华社暨邯郸新华广播电台、陕北（延安）新华广播电台编辑部旧址

◎ 新华社暨邯郸新华广播电台、陕北（延安）新华广播电台播音旧址，位于涉县西戌镇沙河村

◎ 新华社暨邯郸新华广播电台、陕北（延安）新华广播电台播音旧址一角，图中塑像为陕北（延安）新华广播电台首位英语播音员魏琳

◎ 新华社暨邯郸新华广播电台、陕北（延安）新华广播电台播音机房窑洞旧址一角，位于涉县西戌镇沙河村

◎ 新华社暨陕北（延安）新华广播电台在井陉县窟窿峰村的机房

◎ 新华社暨陕北（延安）新华广播电台在井陉县窟窿峰村的播音室旧址

◎ 新华社暨邯郸新华广播电台、陕北（延安）新华广播电台和晋冀鲁豫军区通讯处办公窑洞旧址，位于涉县西戌镇沙河村

◎ 新华社暨邯郸新华广播电台、陕北（延安）新华广播电台和晋冀鲁豫军区通讯处当年办公窑洞旧址墙上的中华全图

◎ 新华社暨邯郸新华广播电台、陕北（延安）新华广播电台和晋冀鲁豫军区通讯处办公窑洞旧址墙上的标语

◎ 新华社暨邯郸新华广播电台、陕北（延安）新华广播电台和晋冀鲁豫军区通讯处办公窑洞旧址墙上的挑战栏、应战栏

◎ 新华社、《新华日报》（太行版）、晋冀鲁豫《人民日报》、太行文联等单位的印刷厂窑洞旧址，位于涉县西戌镇东戌村

◎ 新华社暨邯郸新华广播电台、陕北（延安）新华广播电台在涉县西戌镇驻扎期间的部分广播稿原件

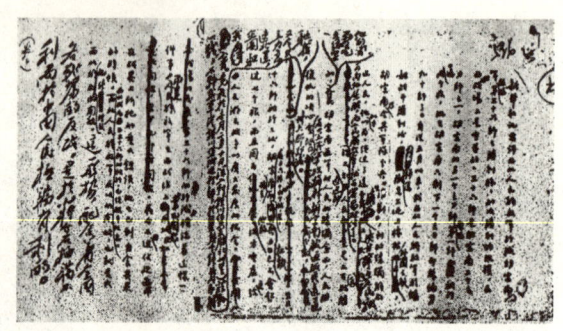

◎ 毛泽东修改的《新华社记者评陕北之捷》的手稿原件

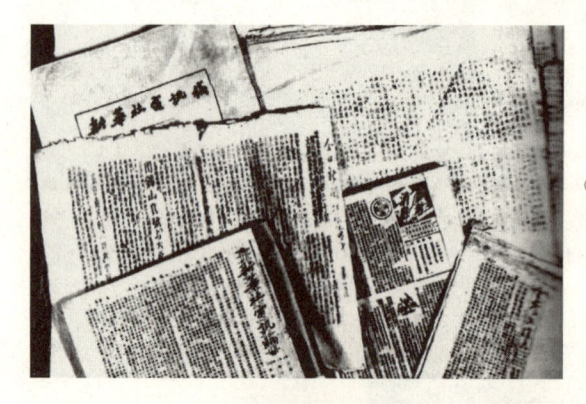

◎ 解放战争时期在涉县西戌镇出版的新华社电讯稿和参考消息

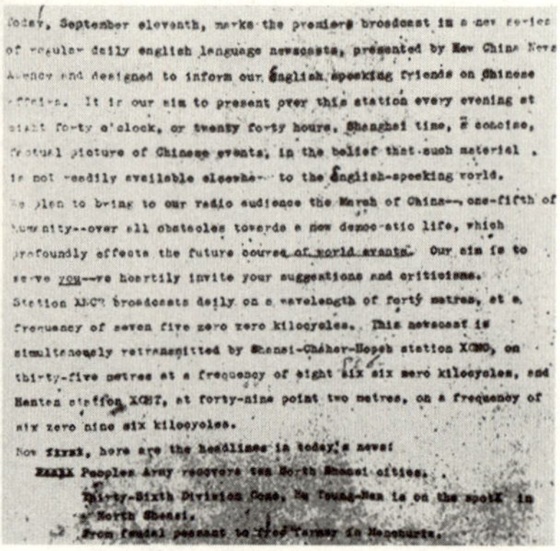

◎ 当年在涉县西戌镇沙河村窑洞里播出的第一篇英文稿（右图）和开始曲原件（左图）

◎ 原陕北（延安）新华广播电台编辑、中央人民广播电台原台长杨兆麟（话筒前）在沙河村纪念邯郸人民广播事业60周年纪念仪式上讲话

◎ 中国国际广播电台多位离任老台长（右三为陈敏毅）2010年访问沙河村广播电台旧址

◎ 成为涉县西戌镇荣誉村民后，原陕北（延安）新华广播电台播音员钱家楣（左）与女儿温飚在家中合影

◎ 当年在西戌工作过的新华社工作人员后代回访涉县西戌镇时与当地工作人员留影

◎ 时任中共涉县县委副书记汪涛2011年在沙河村新华社暨邯郸新华广播电台、陕北（延安）新华广播电台旧址指导保护开发工作

◎ 本书主编韩立新（左二）在涉县西戌镇沙河村新华广播电台播音旧址修复现场采访

◎ 本书副主编王矿清2010年在北京安岗家里采访安岗夫妇后合影

# 前　言

抗日战争和解放战争时期，由于革命形势的需要，《新华日报》（华北版、太行版）、晋冀鲁豫《人民日报》、邯郸新华广播电台、中宣部、新华通讯社、国家新闻出版广电总局（口播部）、陕北（延安）新华广播电台都先后落脚太行腹地，在邯郸涉县、武安一带开展艰苦卓绝的新闻工作，对推动革命的胜利起到了极大的作用。

太行山这块厚重的土地孕育了一代又一代优秀的新闻文化工作者，从何云、黄君珏、张磐石、杨放之、安岗到廖承志、梅益、温济泽、朱穆之、吴冷西、齐越、孟启予、钱家楣等，他们用生命和鲜血，用忠诚和担当，凝成了波澜壮阔的红色新闻文化史。太行之声犹如"茫茫黑夜中的灯塔"激励和鼓舞着无数的中华儿女，见证着新闻宣传战线的革命战士为解放祖国做出的无私奉献，记录了可歌可泣的解放战争革命史。巍巍太行——新中国新闻文化事业从这里走来。

《太行红色新闻：新华社暨邯郸新华广播电台、陕北（延安）新华广播电台、人民日报作品选》一书内容涉及新华社晋冀鲁豫总分社、新华临时总社、新华通讯社、陕北（延安）新华广播电台、邯郸新华广播电台、《新华日报》（太行版）、晋冀鲁豫《人民日报》1945—1949年期间在太行一带播出或转播、发表的有代表性的新闻作品。有时事谈话、广播、演讲、讲话、消息，也有评论和通讯。这些都是珍贵的历史资料，是我国革命历程中留在太行一带的印迹，具有独一无二、不可替代的历史价值。难能可贵的是，在每一篇新闻作品之后的附记中还介绍了该篇新闻

的出处及背景，使信息更加丰富，基本再现了解放战争时期的革命形势和面貌。

值得注意的是，由于当时革命形势的需要，电台广播成了我党舆论宣传的主要手段。陕北（延安）新华广播电台的广播，立足解放区，面向全中国，以国民党统治区的人民群众和国民党军队官兵为主要宣传对象。广播内容紧密配合解放战争时期形势的发展，宣传中国共产党的政策和主张，在革命战争中起到了极大的作用。其中"对国民党军广播、演讲、讲话"一部分最为精彩。针对国民党的喊话广播一轮紧似一轮，一波赶着一波，如机枪似炸弹扫向敌人的阵地。如今读来，那紧张急促而又振奋人心的战争场面仿佛就在眼前。

本书资料主要由老一辈革命家、原《人民日报》副总编辑安岗同志（2013年去世），和当时奋战在一线、在涉县播音并受到毛泽东主席称赞的陕北新华广播电台播音员钱家楣（2016年去世）提供。在他们去世之后，本书作者又得到了他们子女的支持。在收集资料的过程中也得到了邯郸人民广播电台的大力支持。

将这些珍贵的史料进行整理出版尚属首次。新时期，人们通过《太行红色新闻：新华社暨邯郸新华广播电台、陕北（延安）新华广播电台、人民日报作品选》这些珍贵的史料回顾革命历程，进行心灵的洗礼，具有十分重要的意义。同时，该书也是青少年爱国主义教育的重要载体。让我们从历史中汲取力量，踏着老一辈革命家的足迹，开创更加美好的未来。

# 永远的太行

温飚

太行山，又名五行山、王母山、女娲山。它历史绵长，早在吕梁运动期就开始形成了，经过亿万年的地壳运动变化，成为今天地貌多变、地产丰富的太行山脉。它耸立于北京、河北、山西、河南4省市间，北起北京西山，南达豫北黄河北崖，西接山西高原，东临华北平原，绵延400余千米，大部分海拔在1200米以上。陈毅将军当年路过太行时写下的诗句——"太行山似海，波澜壮天地。山峡十九转，奇峰当面立。仰望天一线，俯窥千仞壁。外线雾飘浮，内线云层积。山阳薄雾散，山阴白雪密"，就是雄伟的太行山脉的准确写照。

千百万年来，太行山默默俯视着我中原大地的历史变迁、朝代更迭，见证着华夏文明的发展。在中国的现代历史上，抗日战争时期，太行山区曾是中华民族同仇敌忾消灭入侵之敌的战场之一。在那高高的山冈上，在那深深的密林里，有多少烈士为民族解放事业奉献出生命！其中也包括中国共产党的新闻宣传战士。当年《新华日报》的社长何云、会计黄君珏等五十多位新闻文化战士与左权将军一起把鲜血洒在了涉县南艾铺村与山西交界的山岭上，在红色新闻文化史上写下了浓浓的一笔！

抗战胜利后，蒋介石执意挑起内战，命胡宗南军队突然进犯延安。当时，我父亲温济泽是延安新华广播电台负责人，我母亲钱家楣是延安台的播音员，他们两人冒着敌人的炮火，一直坚持到最后一批撤出延安，并根据组织的安排最先来到太行，来到涉县西戍镇的西戍村和沙河村，立即开始了在陕北新华广播电台（由延安新华广播电台更名）的工作。在晋冀鲁豫中央局宣传部

和晋冀鲁豫军区通讯处的配合下，陕北台与邯郸新华广播电台、新华社临时总社、新华社晋冀鲁豫总分社、《新华日报》（太行版）、晋冀鲁豫《人民日报》、太行文联、北方大学的前辈们一起奋战，形成了新华社、人民日报社、广播电台三位一体的并肩作战态势，确保了仍在陕北指挥作战的毛主席、党中央的声音"一天也没有中断"！

1948年的5月下旬，随着战争形势的快速发展，在人民解放战争节节胜利的凯歌声中，我的父母又随着新华社暨陕北新华广播电台的大队人马进驻滹沱河畔的西柏坡和井陉县的窟窿峰村，最后进入北京，使新中国诞生的号角始终回荡在太行山上，使新中国成立的声音传遍神州大地，传遍海内外！

太行山脉不仅留下了我父母战斗的足迹，它也是我的出生地。长大以后，在我能够懂得并了解了我父母的革命生涯后，我内心深处向往着延安，也呼唤着太行。在我心中，早已构成了永远的太行！

2006年，在涉县西戌镇和光华中学创办的中国太行山红色电台纪念馆落成之际，由涉县新华社暨邯郸、陕北新华广播电台、《人民日报》旧址管理办公室负责人，西戌镇文化站站长王矿清同志邀请，我带着母亲钱家楣怀着对太行的一片深情来到西戌，访问了太行深处的这片英雄的土地，这片新中国红色新闻文化事业的重要成长和转折地，这片全国闻名的红色新闻文化之乡和爱国主义教育基地。

在这以后，通过王矿清，我和母亲对这片土地有了更多更广的了解。矿清也不断到我家里去，每年的春节我母亲都要通过矿清向太行老区的人民拜年。

2011年，我母亲被西戌镇党委、政府授予"荣誉村民"称号。

2014年，中国社会科学院、中国传媒大学、中国国际广播电台在北京举办我父亲温济泽的新闻和教育思想研讨会，邯郸广播电视台总编辑张志军、西戌镇人民政府镇长王利强、涉县光华中学校长赵娇娥和王矿清应邀出席，还写了纪念文章。

2015年的夏季，王矿清和井陉矿区宣传部的同志专程到医院看望我母亲。

2016年7月，我母亲因病去世，王矿清和李文涛又受西戌镇党委、政府的委托，到八宝山参加了我母亲的告别仪式。

今年初，在我父亲温济泽于20世纪60年代编选的延安（陕北）台的广播稿选和范文选等文献的基础上，由河北大学新闻传播学院、涉县新华社暨邯郸陕北（延安）新华广播电台、《人民日报》旧址管理办公室编选，韩立新、王矿清、商建辉等主编了《太行红色新闻（1945—1949）——新华社暨邯郸、陕北（延安）新华广播电台、人民日报作品选》一书。该书内容涉及新华社晋冀鲁豫总分社、新华临时总社，新华通讯社，邯郸新华广播电台、陕北（延安）新华广播电台，也包括《新华日报》（太行版）和晋冀鲁豫《人民日报》1945—1949年期间在太行尤其是在涉县一带播出或转播、发表的有代表性的新闻作品，有时事谈话，对国民党军的广播、演讲、讲话，新闻消息，新闻评论，新闻通讯，有在涉县首次开辟的英文广播，还有战争年代由毛泽东同志、邓小平同志所写，又在新华社和邯郸台、陕北台、晋冀鲁豫《人民日报》播出或转播、发表的新闻作品，这些不同时期和阶段的作品几乎每篇都产生过其特定的历史影响。本书附有中宣部、新华社、邯郸与陕北（延安）新华广播电台的文献资料，涵盖了那一时期国际国内和在太行发生的所有重要事件，直至新华社和陕北（延安）新华广播电台从太行进入北京后报道的毛泽东当选为中央人民政府主席等一系列重大事件。编选者还为一些作品背后发生的故事写了详细的附记，十分难能可贵。毫无疑问，这些作品至今仍有一定的研究价值和巨大的教育意义。

感谢河北大学新闻传播学院和涉县新华社暨邯郸、陕北（延安）新华广播电台、《人民日报》旧址管理办公室，感谢涉县县委、县政府和河北人民出版社，感谢西戌镇党委、镇政府和涉县文广新局（文化馆），感谢所有参与编撰此书的相关人员，正是

他们的共同努力，才在太行红色新闻文化的浩荡洪流中淘洗提炼出了这些具有鲜明时代特征的经典作品，既告慰那些从延安、太行一路走来的像我父母一样的红色新闻文化战士，也使现在的青年学生和广大的新闻工作者受到精神上的洗礼。

今天，我们的工作环境与过去"枕边放着手榴弹，腰里别着盒子枪，高粱地里写文章，青石板上划版面"的环境相比确实已经有了质的变化，我们的办公室宽敞明亮、冷暖适宜，但是，我们千万不能忘记老一辈的教诲，不能忘记敬爱的周总理在1959年视察落成不久的中央广播大楼时所说的话："广播大楼建成了，比延安窑洞条件好多了，你们一定要用延安精神做好工作。"我们的青年学生和年青一代新闻工作者们，一定要继承弘扬延安精神，继承弘扬太行精神，从老一代的新闻和广播工作者的作品和事迹中汲取营养，不忘初心，辛勤工作和学习，做一个让党放心的新闻工作者！

是为序。

2016年12月

作者系陕北（延安）新华广播电台编辑部主任温济泽和陕北（延安）新华广播电台播音员钱家楣之女，中国国际广播电台译审、原国际台研究室主任。

# 目　录

## 壹 国民党军官与记者的谈话

马法五将军对记者的一席话　/ 3
民主建国军总司令高树勋将军的谈话　/ 11

## 贰 对国民党军广播、演讲、讲话

人民解放军开封前线司令部政治部告开封国民党军政人员和市民书　/ 17
陈毅粟裕两将军告国民党军整编七十二师官兵书　/ 19
人民解放军总部向黄维兵团的广播讲话　/ 21
刘伯承陈毅两将军向黄维兵团的广播讲话　/ 23
人民解放军总部再向黄维兵团的广播讲话　/ 25
人民解放军总部给黄维兵团的最后警告　/ 27
刘伯承陈毅两将军给黄维的命令　/ 29
中原和华东人民解放军司令部向杜聿明和邱李两兵团的广播讲话　/ 31
敦促杜聿明等投降书　/ 33
中原和华东人民解放军司令部给杜聿明等的最后警告　/ 35
向困守上海的残余国民党军官兵的广播讲话　/ 39

## 叁 对人民的广播、演讲、讲话及书信

太行解放区 / 43

为着美国人民的利益，应该撤退驻华美军 / 47

中秋月夜谈战局 / 52

济南外围战斗的经过 / 56

从更乐"左倾"盲动错误中应汲取哪些教训（节选） / 58

一九四九年新年向国民党统治区同胞讲话 / 65

解放区的货币和货币政策 / 68

## 肆 消 息

刘伯承将军慰问马法五将军 / 75

国民党起义军官号召进犯军罢战 / 76

士兵们第一次自由座谈 / 78

和平喊话 / 80

邯郸新华广播电台开始正式播音 / 82

庆祝邯郸新华广播电台开播贺词 / 83

邯郸新华广播电台恢复播音 / 85

邯郸新华广播电台深受全国赞扬 / 86

人民解放军给予蒋军重大杀伤后主动撤离延安 / 87

人民解放军总部发言人谈保卫延安之战 / 89

陕甘宁人民解放军创造模范战例 / 91

为各线野战军服务邯郸新华广播电台增设广播节目 / 93

陕北新华广播电台二周年告听众 / 94

邯郸广播电台新订时间节目 / 98

晋冀鲁豫中央局宣传部召开通讯报导会议 / 99

邯郸新华广播电台增加本区新闻广播 / 101

陕北新华广播电台英语新闻节目开播 / 103

播送军属家信 / 107

关于播送军属家信的声明 / 108

收复延安 / 109

中共中央"五一口号"发布 / 110

中共中央电贺睢杞大捷 / 115

解放济南快讯两则 / 117

新华社发表社论庆祝济南解放的伟大胜利 / 118

邯郸新华广播电台广播军属家信介绍 / 120

解放长春 / 122

辽西人民解放军全部歼灭蒋军十二个师 / 124

我军攻克沈阳 东北全境解放 / 125

淮海战役开始 / 127

人民解放军各路大军合围徐州 / 128

中共中央负责人评我国军事形势的重大变化 / 129

人民解放军全部歼灭黄伯韬兵团 / 131

人民解放军包围黄维兵团 / 133

新华社发表一九四九年新年献词《将革命进行到底》 / 135

解放天津 / 137

解放塘沽 / 138

蒋介石退到幕后继续指挥反革命战争 / 139

中共发言人就和谈问题发表谈话 / 141

解放北平 / 143

南京的假和平丑剧原形毕露 / 146

新华社评四分五裂的反动派为什么还要空喊"全面和平" / 148

新华社评国民党反动派由"呼吁和平"变为呼吁战争 / 150

新华社评国民党对战争责任问题的几种答案 / 152

中国共产党七届二中全会圆满结束 / 154

人民解放军九个师继续渡江 / 158

人民解放军战胜英帝国主义和国民党大队军舰的联合进攻
／ 159

南京解放　国民党反动统治宣告灭亡　/ 161
新华社发表社论庆祝上海解放　/ 162
新政治协商会议筹备会第一届全体会议闭幕　/ 163
中共中央电贺全国文代大会开幕　/ 165
新华社发表"八一"二十二周年纪念社论　/ 166
中共中央电贺各军事前线连续胜利　/ 168
中国人民政治协商会议隆重开幕　/ 170
上海市人民热烈收听毛主席开幕词的录音广播　/ 173
中华全国总工会和新疆人民代表分别向人民政协大会献旗
　　　　　　　　　　　　　　　　　　　　　/ 174
毛泽东当选为中央人民政府主席　/ 176
开国大典　/ 178

## 伍　评　论

战局的转折点——评蒋军一三五旅被歼　/ 183
评蟠龙大捷　/ 186
同打胜仗一样要紧的事情　/ 190
祝蒙阴大捷　/ 193
祝鲁西大捷　/ 196
人民解放军大举反攻　/ 200
驳斥国民党中央社对长春问题的造谣　/ 204
东北解放震撼南京蒋家小朝廷　/ 207
解放南阳　/ 209
永城东北地区歼灭战的巨大胜利　/ 212
揭露国民党中央社篡改中共发言人声明的无耻行为　/ 215
北平问题和平解决的基本原因在哪里　/ 218
国民党伪政府已经崩溃　/ 221
国民党死硬派还有多少号召力？　/ 223

## 陆 通 讯

刘胡兰慷慨就义 / 227

新华社广播在鄂豫皖前线 / 229

访问邯郸广播电台 / 231

南征散记 / 234

西瓜兄弟 / 237

钢的担架队 / 239

蒋帮的谣言戳穿了 / 241

贺龙司令员接见廖昂 / 243

人民解放军宣言到处飘扬 / 245

活捉武庭麟 / 247

参军 / 250

皖西随军散记 / 254

没有炮的炮兵们 / 257

一担丸子 / 259

一个红军的老妈妈 / 261

一个战士活捉一百七十多个敌人 / 264

桌子上的表 / 267

毛主席万岁 / 269

董存瑞舍身炸碉堡 / 271

坚持锦州北城战斗的尖刀连 / 273

十人桥 / 276

解放军对待俘虏确实宽大 / 278

胜利的会师 / 280

战地新年小景 / 282

战壕里的传单画 / 284

歼灭黄维兵团的最后一个场面 / 286

杜聿明军的最后覆没 / 288

淮海战役中的民工队伍 / 290

强渡淮河 / 293

火线上的女医务工作者 / 295

不要送礼，不收小费 / 298

这真是毛主席领导的队伍！ / 300

沸腾了的北平城——记人民解放军的北平入城式 / 303

夫妻俩 / 307

我们看见了解放军 / 310

屈大嫂做军鞋 / 313

一双军鞋一片心 / 316

天津人民赞扬解放军 / 318

彭大娘看儿子 / 321

我的梦实现了！ / 323

我们跟着去！ / 326

保护佛经的故事 / 329

## 附 中宣部、新华社暨邯郸新华广播电台、陕北（延安）新华广播电台、《人民日报》工作情况相关文稿

中央宣传部关于在太行山区设立广播电台给薄一波、王宏坤的指示 / 335

怎样收听解放区广播 / 336

XNCR陕北阶段工作的简单总结 / 340

对目前改进语言广播的几点意见 / 346

邯郸新华广播电台简述 / 349

## 后记 / 353

# 壹

# 国民党军官与记者的谈话

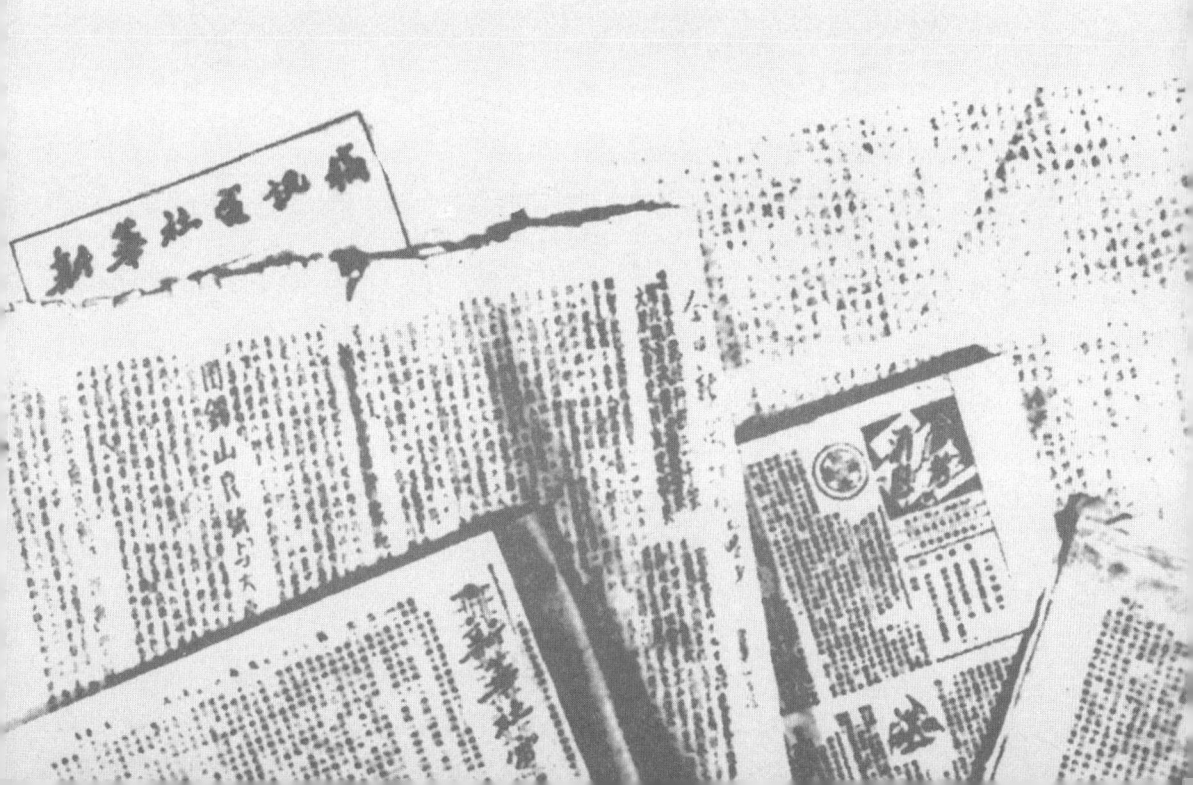

# 马法五将军对记者的一席话

[新华社太行二十六日电]国民党第十一战区副司令长官兼四十军军长马法五将军，日前在太行某地接见记者发表谈话，表示四十军全体官兵一致渴求和平，反对国民党进行内战，并望美国人民起来制止美军武装干涉中国内政。马将军自进入解放区以来，生活安逸愉快，每日读报、散步都有定时，记者往访时，适值将军正在一座精致的阳光充足的大楼上阅读书报。经寒暄后，马将军很感慨地说："这次不幸事变发生（指内战），我们上下官兵都很痛心。北方铁路沿线已为八路军解放，中央命令我们北上，开入八路军解放区，说句真心话，全体官兵都不愿意打内战。"马将军回忆起日本无条件投降时官兵要求和平的情绪说："听到重庆国共谈判，我们大家都是异口同声地说：'啊！可有希望了，两个领袖开诚布公地谈好了，可以省却许多事情。'不料此时突接中央命令，限期北上，这与本军初愿相违。开抵新乡，已经知道修武、焦作、辉县、汤阴、武陟、孟县等地已被八路军解放，但因恪守中央既定计划，也只好分成两个梯队前进了。"谈到作战经过，马将军说："四十军大部是河南、山东、河北人。抗战结束了，大家归家心切。八路军解放了河北、山东，就是解放了我们的家。战争打到最后，刘伯承将军劝告和平的来信，虽因部队移动而无法联络，但士兵们最后都不愿打内战了，大家纷纷放下武器。"作为一个沉痛的历史教训，马将军精辟地指出执政当局两个错误来，他说："第一个错误，是谈判未成不该北上；第二是低估了八路军在抗战中的地位，结果铸成大错。"马将军又说："在作战中，中央对我们既无供应，又无后方，打完了完事。完了也好，所谓打掉了你们也好，消灭了我们也好，这叫'接济'。"最后马将军总括了一句话："现在我们

是放下武装讲和平。"如何实现和平呢？马将军指出："要公平给八路军划分受降区，给八路军合理待遇，安置中共及其军队在一定的应得的位置上，让中共军队在解放区合法存在，自然就不会再有内战了。"他用力地说："全世界全中国人民都要求和平，都希望国共继续谈判，能够成功。"他说："我们虽然遭遇了今天的结局，但我们仍然热烈希望谈判成功。"怎样才能成功呢？马将军这样说道："这就要不打内战，以和平为原则，站在国家民族利益的立场上，用政治方法来解决国内纠纷才有办法。"他又重复地说："政治是能够解决纠纷的。一定要大公无私，公平就行了。不平则鸣，这是必然的。"谈到和平前途，马将军是充满信心的，他说："据我个人观察，不可能长期打下去。就以四十军官兵来说，大家抗战八年，功在国家，实在不愿背上内战罪名，中央命令，是与本军初愿相违背的。"其次他相信："将来会走到这一步，和平的人们与和平的人们将要联合在一起，因为希望和平的人们在全国并不在少数。高树勋先生便是其中的一个。"他非常赞美高树勋将军的义举，他说："高先生的慷慨义举，是英明的。因为这对和平能有所贡献，一方面可以促进和平，另方面也停止了内战。高先生没有空谈，他实际地反对了枪口对内的内战，使中国同胞少流了鲜血，保持了中华民族的元气。"谈到目前和平民主笼罩着一个暗影——美军帮助国民党向我山海关等解放区进攻时，马先生表示："美国应当尊重大西洋宪章的原则，希望中国同胞以及美国国内主持和平的各党各派、无党无派人士，全都能起来阻止这一行动。"他警告国人说："我们必须这样做，不然我们民族将要濒于万劫不复之地。"最使马将军悲愤的，是他听到他与高先生的家属和军官在西安被国民党当局扣押的事情。他说："四十军抗战功绩卓著，难道就该遭到剿家灭门之罪吗？跟八路军在一条战线上，站在中国人民的立场上，又有什么罪呢？"他关怀现尚在大后方的抗战阵亡将士遗属和军人眷属，希望国民党政府对他们不加歧视。当谈话转到我党政治主张时，马将军精神是兴奋的，他说："中共为建立一个独立富强和平繁荣民主的三民主义的新中国而奋斗的主张,我是完全同意的。"他说中国共产党人对于三民主义不但信仰,而且实行,像二五减租,中共就实际上做了。他认为这一切,都是"合乎潮流"的。他的最后结束语是:"得人者昌,失人者亡。"马将军谈到今后抱负时,表示:"今后要呼吁主张和平的人,都为和平工作。"

**附记**

作者安岗,原载1945年11月太行《新华日报》和延安《解放日报》。延安新华广播电台播出。

本书此文选自《安岗新闻工作60年》(经济日报出版社1997年版)一书。

安岗是太行红色新闻事业的创始人之一,抗战年代从在太行创办第一张报纸起,在"枕边放着手榴弹,腰里别着盒子枪,高粱地里写文章,青石板上划版面"的艰苦环境下,写出了大量的像子弹、像炮弹一样的文章,见证了太行红色新闻文化史的发展。进入解放战争时期后,他笔锋更健,写出了许多产生了较大反响的名篇。

以下是安岗写这篇文章的体会,标题是《谈〈马法五将军对记者的一席话〉》。

1945年11月,抗日战争胜利后,国民党发动了反共、反人民的内战,10月26日我以新华社特派记者的身份访问了被我军俘虏的国民党西北军的将领马法五。当时的历史阶段是:朱德总司令发布了《进军令》,命令我各抗日根据地的军民进入敌占区接受日本帝国主义的投降,解放敌占区。晋、冀、鲁、豫解放区的部队在刘伯承、邓小平同志的率领下接到命令,正在着手准备挺进敌占区。在平汉线上,蒋介石利用地方上的西北军向我们开始了进攻,郑州、新乡、安阳一带被国民党的一个战区司令长官刘峙

占据。蒋介石出动了两支队伍进犯解放区，其中一支由西北军的一个军长马法五带领，这个马法五是积极靠拢蒋介石的，得到蒋介石的信任。他积极参加打内战，是个基督教徒，据说还做过牧师，在一次战役中被我军俘虏，安置在当时刘、邓司令部的所在地河北峰峰。我当时是太行《新华日报》的负责人，也是这个地区新华分社的负责人。一天，接到上级通知，命我立即回到部队接受任务。我赶到峰峰后，立即到司令部的政治部主任、宣传部部长张际春同志那儿报到。（张际春同志是我的老上级，在"文革"期间，这个老红军战士、老首长被林彪、"四人帮"迫害致死。）张际春同志告诉我，已经同延安总部联系过，命我担任新华社晋冀鲁豫前线的特派记者（当时新华社为此还特地发了一个消息），同时命我组织晋冀鲁豫新华社前线总分社。此时，我手里只有一个报务员，是个老报务员，通讯科长，叫张连德（这个同志新中国成立后一直担任《人民日报》的群工部主任，退休后还写了一篇2万多字的文章，记述我们当时在战争年代工作的情况）。因为没有人，张连德同志当时便一面从事通讯工作，一面做记者的编采工作，和我在一起的还有一位负责照管马匹的同志，因为当时发报还得要用一个发电机，这个发电机要用马来驮。我们要经常把前线的采访纪实编写出来，发给延安。我们三人住在一间房子里，工作非常紧张。这个时候，我接到上级的通知，说让我采访战俘马法五，并有三点要求：①让马法五开口讲话（因为当时马拒绝与任何人交谈）；②让他讲真话；③他能反对打内战，当然很好，如果他还仍要跟蒋介石干，不要强迫他，要让他把在解放区所受到的待遇反映出来。

我当时的年纪二十二三岁，虽然干了几年的报纸工作，但是，还没有同国民党的大官打过交道，尤其是这样一位具有特殊地位的被俘将军。接受任务后，我就来到了马法五的驻地。他住在一栋小楼里，除我方的警卫人员外，他还带着他自己的几名勤务人员，条件是不错的。我走进一间备有沙发的客厅里，在这里，我第一次见到马法五。他戴着一副金丝眼镜，身材修长，颇有几分学者风度，与我以前想象中的那种军人迥然不同。看起来，他是事先接到了通知，各方面均有所准备，这样一来，我觉得各方面的工作要细致些了。首先，从人物的外表及人物的性格，与我原来臆想的不一样了；另外，看起来此人有知识，不是普通的军人。一见面，我们双方握了握手。我发现，他也很吃惊，这种吃惊的表现就是很纳闷，心想：怎么共产党派了个小年轻的记者来了呢？于是，态度很傲慢，看起来，他是觉得我太年轻。而我呢！当时心里所想的，只有两点：尽管你是将军，我是记者，但你是打内战的国民党将军，手上有人民的鲜血，我是共产党的记者，是代表人民的；你是人民的俘虏，我是一个人民的战士，记者是拿笔的战士。因此，我就考虑，用一种什么方法把他的气焰压一压。

后来所发表的那篇文章就是我与他谈话的事实，应该说是一场争论的结果，他谈后，我整理的，他看后同意我们发表的。对马法五的采访过程，我是采用先从谈生活入手的方式，以打破僵局。一开始我便问他："你在这里，身体好吗？"他说："我在这里同其他地方一样，身体从来就是很好的！"我一听这软中有硬，于是我立刻接着说道："我想，是的，在当前形势下，处在你现在的地位，我们给予你的生活条件，是这里最优越的。"这样一说，点了他的俘虏地位，他听了后，脸色立即就变了，很不舒服。我紧接着就又说道："你的家人很思念你，我从我们总部那里得知，他们说，将要尽全力照顾好你的家属，并想尽一切办法保护好他们。"这样一说，他很快就意识到：我不是一个普通记者，而是一个能予他以权威性信息的人物。于是，他的气焰立刻减下去了。后来，我们就打内战的问题展开了争论，他说他不是来打内战的，我问他："你不是打内战来的，到这儿来干什么呢？"他说："我是来受降的。"我问他："你来向谁受降的呢？根据什么呢？"他说："我是根据蒋委员长的命令，我是路过这里，不是侵犯，我的目标是北平。"我又问他："你是否知道你所要经过的地方，是什么地方呢？"他说："是我们中国的地方。"我说："不对！你所要经过的地方只有两个，一个是我们解放区，一个是还未解放的日占区。你现在路过的地方，是抗战期间，国民党丢弃，被日军占领，又被我们解放了的解放区，是刘、邓军队解放的，你尽管奉了蒋介石的命令，你知不知道这是解放区呢？"他说："我不知道。"我说："你应该知道，你们是扛着机关枪、大炮来的，是对付解放区抗日军民的，是打内战。我们只好自卫，我们不是打内战，是自卫。"后来，他不得不承认，他实际上是打内战，蒋介石的命令是错误的，后来这篇采访文章发表后，我得到了延安的表扬，因为马法五在事实面前承认了打内战的事实，而我们则正是要用事实来说明问题的。马法五本人是一个善辩的人，比如说，我说了这样一句话：这间房子是日本人盖的，他马上抓着了说道："不对！这是中国的土地，是中国人盖的。"我对他说："我们都不能否认历史，历史上这个地方是日本人侵占过的地方，他们在这里强迫中国人民盖房子，修路，开煤矿，利用这些来进行战争。峰峰煤矿不就是例子吗？"他没有想到我这样一个年轻人，竟如此理直气壮地跟他辩论。同他谈话的全部过程中，我一直坚持三点原则：①这里是我们的地方，你是来打内战的；②你手上有鲜血，是人民的鲜血；③你是俘虏，对于你的所作所为要对人民有个交代。最后他被我说服了，我向刘伯承、张际春同志做了汇报。记得，一次我同刘伯承同志去新乡，路过汲县，一个姓李的西北军军长爬上了我们的铁闷子车，找刘伯承同志要政策，他说："西北军历来就跟你们关系很好，跟蒋介石干是不得已的，所以我们希望将来在同你们打仗时，你们手下留情，我们与你们好比兄弟，不希望骨肉相残，不要在内战中让蒋介石把我们消耗掉。"刘伯承给了他一定的保证，双方谈得很投机。我当时也对马法五说：我们非常敬重冯玉祥、杨虎城二位将军，希望你们对人民，对老百姓负责，不要打内战，中国共产党的政策，保证给你们在蒋介石那里生存下去的条件，同时也不会迫使你们骂蒋介石，因为他还是你们的统帅。后来，我又和他谈了几次，范围很广，从历史、战争等方面谈。他还有意识地对我进行了考试。最后，决定由我写一篇文章，我征求他的意见，他说："你看着写吧。"我说："不，我要尊重你的原意，不能自己杜撰。"这里，我想要谈一点，就是作为一个年轻的记者，要从小处严格要求自己，要广泛地积累知识，知识面要广。例如：我们在根据地的时候，对于各方面的知识都非常注重学习，因为当时的条件差，搞到一本书很不容易，尤其是一些名著，弄到手后，大家争相传看，做白班的夜间看，做夜班的白天看，一本书要传看许多人，大家都是在积累知识，只有少数人是"混"过来的。我本人的文化程度只上到"高中"，写文章也不行，当时又一直做领导工作，但是，觉得自己年轻，一有机会就看、学，充实头脑里的知识。头脑里有知识，有了马列主义的基本观点，就能对付例如马法五这样的人，就可以攻心，这也是一种战术。我觉得，现在有些记者，头脑里准备了几个问题就去采访，这样不行，得不到好收益，得不到共鸣，人家不拿你当朋友对待。比如：马法五在那种环境下，他当然不会把我当朋友看待啦，但是他觉得他说不过我，另外，他感觉到我不会伤害他，所以他说了许多心里话，我没有迫使他谈他不愿说的话。我是本着爱护他的目的同他谈话的，做到了有理、有力、有节。记者采访，同打仗一样，要做到知己知彼，才能有必胜的把握，而这些都与知识程度有关。我不懂心理学，但我觉得记者的采访有必要掌握人的喜、怒、哀、乐。

记得，那篇采访发表后，张际春同志对我说："你的文章延安广播了，还登在《解放日报》的头版头条上，中央认为很有分量，因为我们对待俘虏不是审问，而是采取采访的方式，这很好。"以后，我们送马法五等人回到蒋介石占据的新乡，马法五被蒋介石任命为第一战区的副司令长官。最后，因为失去了实力，不行了。对地方军阀蒋介石就是这样利用的。我写那篇文章用了一天时间，最后拿给马法五看，他看了后，拍了拍我的肩膀，称我为老弟，说："我不跟你辩了。"我让他签了字，他对我说："我不能签，如果签了，就是我对于我的被俘画了押

了。"我说:"可以,按你的意思办,对于你自己说过的话,我们是尊重你的。我相信,将来在任何时候,任何场合,你都不会自己推翻自己。尽管你不愿意签字,但在这一点上,我相信你是看过谈话并同意了的。"他说:"是这样。"我又问他:"你看你还要做什么改动吗?有不利于你的地方,都可以改。"他看了后说:"可以,你回去请对刘伯承将军讲,这是我的想法,是我说的。"我对他说:"放心,我一定转达,并还会汇报给毛泽东、周恩来同志,可以相信,你看了这个谈话并同意发表,他们是尊重人的领导人,绝不会改动一个字的。"马法五这时脸上露出笑容,同我握手说:"老弟,咱们是不争不相识。我们都是中国人,说心里话,我是不愿执行老头子的命令,打内战是耻辱,杀自己同胞是违反基督教义的。"

以上是我采访马法五的情况。

(附记依据《安岗新闻工作60年》一书中《马法五将军对记者的一席话》一文的说明和相关资料。)

# 民主建国军总司令高树勋将军的谈话

[新华社太行九日电]本月四日,记者赴民主建国军总司令部晋谒高树勋将军。高将军精神焕发,面带笑容,于接见记者后以严肃的态度对记者说:"抗战八年,人民在水深火热中过了八年,今天全国军民热切要求和平,因此一切问题都需要用和平方法来解决。"接着他表示:"国家是人民的国家,解决国家的一切问题,都应该以人民的意志为标准。如果违背这个标准,则任何问题也不能求得解决。"这就是高将军此次举行起义的原因。高将军十分明确地说道:"这次起义,只有一个原因,这就是遵照全国人民的意志,反对内战。"同时他表示热烈希望蒋主席立即改变现行政策,领导全国人民,把中国建设成一个和平民主富强的新国家。说到抗战经历,高将军慨叹地说:"抗战八年,个人和全国官兵,在敌后奋斗了五年,生活上虽受到千辛万苦,但精神上是兴奋的,以后在大后方三年,目睹行政机构的腐败情形,国家危机的严重,心中感到十分失望。"他总括了一句话:"个人心情,前五年是兴奋的,后三年是失望的。"最使高将军痛心的,是国民党当局不惜用种种阴谋手段,排斥异己,消灭非嫡系部队。他说:"七七事变后,个人和全体官兵,在敌后艰苦奋斗了五年,始终坚持着国家民族的立场。不想到了大后方为时不到两个月,我的第六十九军,即被汤恩伯劫夺去了,原三十九集团军的两个军,现在还剩了一个新八军。(记者按:高将军原为三十九集团军总司令,下辖六十九军与新八军两个军,去年河南战役时,其六十九军被汤恩伯吞并。)将士的死亡,中央一概不管,器械损失,也不给补充,想起来是很使人痛心的。"当记者问到国民党当局对其他非嫡系部队是否也以上述情形对待时,高将

军大声地说:"全国一切非嫡系部队,都同我们的境遇相同的。"说到目前时局,高将军说:"国家统一是需要的,但先决条件,是要真正开诚布公地解决当前存在的问题。解放区是八路军解放了七八年的地方,如果国民党在不改变现行政策的情形下,北上进军,且进一步占二步,这势必造成内战局面。"关于恢复交通的问题,他说:"铁路为什么不能通行呢?只要整个问题解决了,自然而然地便能通行了。"当记者告以国民党正大肆宣传八路军"发动内战"的消息时,高将军激愤地说:"事实明白地摆在那里,华北八路军绝没有越过黄河,也从未向中央军攻击,而且当中央军向解放区八路军进攻时,八路军始终相忍为国,一让再让,避免内战,这些都是我亲自所见,亲身经历的事情。"谈至此,高将军对国民党当局蓄意制造内战,表示非常痛心。他说:"国民党当局对外宣传是叫我们北上受降及恢复交通,但实际给我们的命令是北上'剿共'。当我们进抵新乡时,中央还颁发了一个《剿共手本》。这些行动,与我们全体将士的意志,是完全违背的。"对于中国和平前途,高将军充满信心地说:"和平是一定能实现的,国共问题,迟早必须以和平方法解决。就以过去的历史而言,国民党打了十年的内战,仍未把共产党消灭。现在共产党的力量,百倍千倍于昔日,即使允许国民党再打十年内战,也绝对不能消灭共产党的,何况全国人民今天都反对国民党再打内战。"对于中共中央所发表对时局宣言中的六项主张,高将军以肯定的语气说:"中国很需要照这些主张去做。我是完全同意毛泽东先生的主张的。因为除此以外,中国再没有其他道路可走了。"最后高将军说:"如果国民党不能改变现行的政策,国民党自己是会断送自己的前途的。"接着他又重复一句:"我们希望蒋主席领导建设新中国,这首先要决定于他能不能接受人民的要求。"在结束谈话时,高将军发表了对解放区的感想,他说:"解放区人民的生活繁荣、秩序安定的情景,比起大后方来,是一在天堂,一在地下。"最后他说:

"共产党在解放区所作所为，都表示这是中国唯一的一条出路。那些骂共产党'洪水猛兽'的人，倘仍执迷不悟，将来会遭到清朝同样的悲惨命运。"

**附记**

作者安岗。原载于1945年11月延安《解放日报》和太行《新华日报》。本书此文选自《安岗新闻工作60年》（经济日报出版社1997年版）一书。

安岗同志长期在太行工作，担任过新华社晋冀鲁豫分社、晋冀鲁豫《人民日报》、新华社临时总社、《新华日报》（太行版）等单位的负责人，与太行尤其是西戌人民结下了深厚的感情。新中国成立后他先后担任《人民日报》副总编、中国人民大学新闻系主任、《经济日报》社长、总编，中国公共关系协会会长等职务，但他不论担任什么职务，都与西戌人民保持着密切的往来。1960年，他根据西戌镇东戌村的情况写下了《东戌村村民的心里话》一文，因为写了实话而被打成右派，但他并不后悔。1980年以后，他家里找的十几茬保姆都是西戌的，他还帮助这些保姆学文化，为她们找工作。2004年9月19日，《河北日报》在武安、涉县举办太行新闻论坛和戏剧论坛，应邀参加的安岗夫妇、刘江夫妇、赵正晶夫妇、吴象夫妇，以及李文珊、李玉秀、林放，这些人都在西戌镇一带从事过红色新闻工作，年龄最大的八十六岁，最小的七十五岁。吴象还即兴写下了《冒雨访东西戌》一诗：七老八十回太行，青春再焕意气扬。冒雨入村东西戌，乡音满屋语声欢。老汉犹忆廖承志，大娘握手认安岗。延安新城迎"贵宾"，新华电台捉迷藏。

近年来，涉县新华社暨邯郸、陕北（延安）新华广播电台、《人民日报》旧址管理办公室负责人王矿清多次代表西戌镇到北京看望安岗。2014年，安老去世后，王矿清还受镇党委、政府委托到北京参加告别仪式，并一起写了纪念文章。

（附记依据《安岗新闻工作60年》一书中《民主建国军总司令高树勋将军的谈话》一文的说明和相关资料。）

# 贰

# 对国民党军
# 广播、演讲、讲话

# 人民解放军开封前线司令部政治部
# 告开封国民党军政人员和市民书

请困守开封的国民党军全体官兵和国民党省、市、县政府机关全体人员注意！请开封城内的一切公私商店、工厂、银行、仓库、邮电、交通等等经济机关，河南大学和其他学校、医院、教堂、图书馆等等文化机关和全体市民注意！现在播送人民解放军开封前线司令部政治部向你们发布的文告。文告说：

第一，本军无论在兵力上、火力上，对于开封的守军都占绝对优势，你们等候的援军也被本军隔断，无法接近。你们的一切抵抗，都是害人害己的无意义的牺牲。你们如果顾念自己的安全，顾念全城同胞的生命财产，应该立即放下武器，开城迎接本军入城，本军郑重负责保护你们全体官兵的安全。只要你们立即这样做，使得开封城内外居民的生命财产和公私建筑，少受损失，本军就认为你们护城有功，无论官兵，一律宽待。如果你们不这样做，而进行顽固的抵抗，本军当坚决予以消灭，直到你们全部放下武器为止。如有故意破坏武器物资和伤害人民生命财产者，本军一定彻查严办。

第二，无论在本军进城以前和进城以后，城内一切机关团体和各界人民，都要共同负责维持全城的秩序，不许有丝毫破坏。所有国民党省、市、县政府机关官员和警察，所有属于国民党政府的经济、文化机关中的一切人员，都要安心照常供职，并且负责保护各该机关的一切资财文件，听候本军处理，不得怠职、毁损，不得阴谋破坏。凡不持枪抵抗的一切官员警察，本军一律不加俘虏逮捕。凡属保护城市秩序有功者，本军一律优待。其他学校、教堂、医院和一切私人工厂、商店、住宅，本军一律保护，不准侵犯。希望所有热心公益的社会团体和公正人士，在本军进

城后，与本军合作，共同维持全城秩序，免遭破坏。希望全体市民一律安居乐业，切勿自相惊扰。

**附记**

陕北新华广播电台一九四八年六月二十日广播。邯郸新华广播电台全文转播。这是在人民解放军对开封城发动总攻中广播的。人民解放军在一九四八年六月十八日黄昏开始进攻开封城，到二十二日中午，将城内残敌肃清。

本书此文选自《延安（陕北）新华广播电台广播稿选》（中国广播电视出版社1985年版）一书。

（附记依据《延安（陕北）新华广播电台广播稿选》一书中《人民解放军开封前线司令部政治部告开封国民党军政人员和市民书》一文的说明和邯郸新华广播电台相关资料。）

## 陈毅粟裕两将军
## 告国民党军整编七十二师官兵书

请国民党军整编七十二师师长余锦源将军和全体官兵注意!

现在播送华东野战军司令员兼政治委员陈毅、副司令员兼副政治委员粟裕两位将军给你们的紧急文告。

整编七十二师师长余锦源将军及全体官兵钧鉴:

贵师此次被围,远因不论,近因则完全由于蒋介石的指挥错误。蒋介石于开封失守后,错误地判断本军将越黄泛区与刘邓会合,攻歼胡琏、吴绍周两兵团,而不是在豫东寻求战机,继续打贵军。他在这种错误判断之下,乃以邱、区两兵团由开封、民权线南下,企图解救幻想中的胡、吴被攻危机。不料本军由开封、民权线撤至通许、杞县、睢县线,张网以迎贵军,贵军乃全部落入我网中。七十五师及新二十一旅现已全部解决,区寿年兵团长、沈澄年师长同时被俘。这时,蒋介石急了,仓促调黄伯韬兵团由滕县赶来增援,但刚到睢县地区,即被本军包围,昨日已歼一部,其余即将全歼。贵师位于睢北铁佛寺,与黄伯韬相距不过二三十里,此种情形,当已完全明了。邱清泉率五师、七十师、八十三师被围于杞县地区,激战九日,损失惨重,自顾不暇,何能援助贵师。胡琏、吴绍周被我刘邓大军钳制于黄泛区,虽欲北援,亦不可能。贵师被围旬日,陷于粮尽弹绝境地,业已面临第二次被歼命运。我等念及贵师去年被歼于泰安时,贵师前师长杨文瑔将军曾经言及地方系部队所受蒋介石歧视的痛苦,深以未能早获解放为憾。杨将军现在哈尔滨,安然无恙,泰安被解放之贵师一切官兵均受优待,诸位谅必是知道的。从政治上言,蒋介石政权绝无前途,已为举世所公认。军事上的日趋崩溃,则更为贵师长及全体官兵所切身体验。贵师如欲为蒋介石独夫作无谓之牺

牲，不仅将遗万世之羞，抑且有负故乡父老家人之望。能解放贵师者，唯我人民解放军。能引导贵师转入为人民服务之途者，唯我中国共产党。贵师长及全体官兵果肯高举义旗，加入反蒋统一战线，本军当立即表示欢迎，化敌为友，保证贵师以一师来归者编为一师，以一旅一团来归者编为一旅一团。如贵师中仍有人执迷不悟，必欲牺牲全师官兵之生命，换取蒋贼走狗之头衔，坚决作战到底，则本军必将坚决歼灭贵师。在睢杞战场中，贵师是一个最弱的师。本军之所以先歼区寿年、沈澄年、黄伯韬诸部而未及贵师者，诚以贵师是一个地方系部队，希望贵师有所觉悟。现当贵师紧急关头，何去何从，迅予抉择，是所至盼。

陈毅　粟裕　手启
七月六日于豫东前线

**附记**

陕北新华广播电台一九四八年七月六日广播。邯郸新华广播电台全文转播。

本书此文选自《延安（陕北）新华广播电台广播稿选》（中国广播电视出版社1985年版）一书。

（附记依据《延安（陕北）新华广播电台广播稿选》一书中《陈毅粟裕两将军告国民党军整编七十二师官兵书》一文的说明和邯郸新华广播电台相关资料。）

# 人民解放军总部向黄维兵团的广播讲话

请宿县西南地区国民党军黄维兵团的将军们、军官们、士兵们注意！

人民解放军总部向你们讲话：

人民解放军现在已经把你们完全包围住了。你们已经走不出去了，你们的命运已经到了最后关头。为你们自己设想，为人民设想，你们应当赶快缴械投降。冯治安的四个师已经起义了，黄伯韬的十个师已经被消灭了，此外还有四个师被消灭了。蚌埠的李延年、刘汝明已被我军阻隔，不能援助你们。徐州的邱清泉、李弥、孙元良也被我军阻隔，不能援助你们。蒋介石、刘峙是完全没有办法的。你们可知道，前些天，在碾庄被围的黄伯韬兵团，不是等着徐州的增援吗？蒋介石一天数令催迫邱清泉增援，结果走了十一天，只进三十几里路，眼看着黄伯韬被消灭。你们现在的情形，比黄伯韬更坏。你们离徐州更远，你们从南阳赶路赶到宿县附近的南平集走得太辛苦了。你们还能打下去吗？不如早些缴枪，少死些人，留着活命，替中国人民做点工作。人民解放军的宽大政策你们是知道的，无论是不是蒋介石的嫡系，只要放下武器，就给以宽大待遇，不论官兵，一律不杀不辱。你们的王耀武、范汉杰、郑洞国及其他一切被俘将领，都在我们这里住得好好的。其中许多人已放回去了。还有许多人我们准备放他们回家。你们都是中国人，何必替美国人打仗呢？中国人民反对蒋介石的内战独裁卖国，你们何必替蒋介石等少数反动派卖命呢？时机紧急，牺牲无益，你们应当立刻放下武器。南京政府已经摇摇欲倒。黄维兵团十一个师的将军们，军官们，士兵们，赶快调转枪口，和我们一道打到南京去罢！

**附记**

陕北新华广播电台一九四八年十一月二十七日广播。邯郸新华广播电台全文转播。

本书此文选自《延安（陕北）新华广播电台广播稿选》（中国广播电视出版社1985年版）一书。

（附记依据《延安（陕北）新华广播电台广播稿选》一书中《人民解放军总部向黄维兵团的广播讲话》一文的说明和邯郸新华广播电台相关资料。）

# 刘伯承陈毅两将军向黄维兵团的广播讲话

宿县南平集国民党军十二兵团司令官黄维将军和所属四个军军长、十一个师师长、各团营连排长以及全体士兵们：

现在中国人民解放军中原野战军司令员刘伯承将军、华东野战军司令员陈毅将军向你们讲话。

国民党十二兵团司令官黄维将军及黄将军所属全兵团官长士兵们：我们和你们都是中国人。你我两军现在在打仗。我们包围了你们。你们如此大军，仅仅占住纵横十几个华里内的六七个小村庄，没有粮食，没有宿营地，怎么能够持久呢？不错，你们有许多飞机、坦克，我们在这里连一架飞机一辆坦克也没有，南平集的天空是你们的，你们想借这些东西作掩护向东南方面突出去。但是你们突了两天，突破了我们的阵地没有呢？不行的，突不出去的。什么原因呢？打仗的胜败，不决定于武器，而决定于人心。我们的士兵都想打，你们的士兵都不想打。你们将军们知道吗？还是放下武器吧。放下武器的都有生路，一个不杀。愿留的当解放军，不愿留的回家去。不但对士兵，对下级官、对中级官是这样，对高级将领也是这样，对黄维也是这样。替国民党贪官污吏打仗有什么意思呢？你们流血流汗，他们升官发财。你们送命，他们享福。快快觉悟过来吧！放下武器，我们都是一家人。打内战，打共产党，杀人民，这个主意是蒋介石和国民党定下的，不是你们多数人愿意的，你们多数人是被迫打仗的。既然如此，还打什么呢？快快放下武器吧！过去几天，我们还只是布置包围阵地，把你们压缩在一片豆腐块内，还没有举行总攻击。假如你们不投降，我们就要举行总攻击了。我们希望黄维将军仿照长春郑洞国将军的榜样，为了爱惜兵士和干部的生命起见，下令投降，如果黄维将军愿意这样做，着即派遣代表出来和我们的

贰 对国民党军广播、演讲、讲话

代表谈判投降办法。你们保证有秩序地缴枪，不破坏武器和装备。我们保证你们一切人的生命安全和随身财物不受侵犯。何去何从，立即抉择。切切此告。

刘伯承　陈毅<br>一九四八年十一月二十七日

**附记**

陕北新华广播电台一九四八年十一月二十七日广播。邯郸新华广播电台转播。

本书此文选自《延安（陕北）新华广播电台广播稿选》（中国广播电视出版社1985年版）一书。

（附记依据《延安（陕北）新华广播电台广播稿选》一书中《刘伯承陈毅两将军向黄维兵团的广播讲话》一文的说明和邯郸新华广播电台相关资料。）

# 人民解放军总部再向黄维兵团的广播讲话

国民党十二兵团司令黄维将军和各位军官们，士兵们！

现在中国人民解放军总部向你们讲话。

你们已经到了最后的一步了。你们被我们压缩在纵横不过几里的极狭小地区内，伤亡惨重，饥寒交迫，士无斗志，官兵纷纷要求投降。你们几次突围都已失败，不是被击退，就是被消灭。你们真正是上天无路，入地无门了。你们几天没有饭吃，只靠抢老百姓的一点红薯同红薯叶。飞机空投下来的一点东西，你们你争我夺，抢得把人都打死了，还是谁也吃不饱。你们没有房子住，这样的大冷天还露营，死的活的，伤的病的，车辆马匹，挤在一堆。我们每放一炮都要打死你们的人。你们到了这一步，还抵抗什么呢？我们现在很快就可以把你们完全解决。为了给你们最后一个机会，特告黄维将军及其所属各军师长，立即下令实行投降，你们所有各部分，人人可以自动缴枪。只要你们实行缴枪，我们保证对你们无论官兵，一个不杀。愿留的加入解放军，不愿留的回家去。你们谁再不缴枪，我们马上就会把他消灭。这是我们给你们的最后警告。你们应当立即决定。

**附记**

陕北新华广播电台一九四八年十一月二十九日广播。邯郸新华广播电台转播。

本书此文选自《延安（陕北）新华广播电台广播稿选》（中国广播电视出版社1985年版）一书。

（附记依据《延安（陕北）新华广播电台广播稿选》一书中《人民解放军总部再向黄维兵团的广播讲话》一文的说明和邯郸新华广播电台相关资料。）

# 人民解放军总部给黄维兵团的最后警告

国民党十二兵团司令黄维将军和各位军官们，士兵们！

现在人民解放军总部向你们发出最后警告。

你们最后全部被消灭的时候已经到了。你们现在已经被压缩在几里路的狭小地区，没有吃的，没有喝的，没有烧的，没有住的，没有炮弹，没有医药，伤的没人管，死的没人埋，牲口车辆，挤在一团，饥寒交迫，疲劳不堪。你们的八十五军一百一十师全体官兵，已经由廖运周师长率领起义，他们现在是找到出路了。他们有饭吃，有水喝，有柴烧，有房子住。他们是受到人民的欢迎，受到本军的爱护，他们的安全和前途都有了保障。

你们呢？你们现在如不觉悟，只有死路一条。你们向东突围失败了，向西突围还是失败了。你们已经被我们包围得像铁桶一样，上天无路，入地无门，内无粮草，外无救兵。

你们指望李延年、刘汝明两个兵团从南面来救你们，但是他们已经被我们打回到蚌埠和蚌埠以南去了，我们已经收复任桥、固镇、曹老集，迫近蚌埠了。

你们又指望邱清泉、李弥、孙元良三个兵团从北面来救你们，但是现在刘峙已经放弃徐州，自己逃到南京，邱、李、孙三个兵团则向西逃跑，正在被我们的大军所围击。蒋介石和刘峙眼看南京都危险了，已经决心把你们丢了，你们现在完全是在绝境里了。我们现在只要围困你们几天，就能把你们通通饿死，只要向你们开几天炮，就能把你们通通轰死。你们到了这个地步，还能打什么呢？

为了再给你们一个机会，特警告各军长师长，你们应该立即下令投降，你们所有各部分，都可以自动缴枪。只要你们立即放下武器，有秩序地缴枪，不破坏武器装备，我们保证你们所有人

的性命安全。不论官兵，一个不杀，愿留的参加解放军，不愿留的回家去。你们横直要缴枪的，拖延几天还是要缴枪，不如早些缴枪，少死些人，对你们好些。快快下决心罢，缴枪不杀。

**附记**

陕北新华广播电台一九四八年十二月二日广播。邯郸新华广播电台全文转播。

本书此文选自《延安（陕北）新华广播电台广播稿选》（中国广播电视出版社1985年版）一书。

（附记依据《延安（陕北）新华广播电台广播稿选》一书中《人民解放军总部给黄维兵团的最后警告》一文的说明和邯郸新华广播电台相关资料。）

# 刘伯承陈毅两将军给黄维的命令

请国民党军十二兵团司令官黄维将军注意！

人民解放军中原野战军司令员刘伯承将军和华东野战军司令员陈毅将军，现在对国民党军十二兵团司令官黄维将军发出命令，命令你立即投降，下面就是命令的全文：

黄维将军：

现在你所属的四个军，业已大部被歼。八十五军除军部少数人员外，已全部覆灭。十四军所剩不过两千人，十军业已被歼三分之二以上。就是你所依靠的王牌十八军，亦已被歼过半。你的整个兵团，全部歼灭，只是几天的事。而你所希望的援兵孙元良兵团，业已全歼。邱清泉、李弥两兵团业已陷入重围，损失惨重，自身难保，必被歼灭。李延年兵团被我军阻击，尚在八十里以外，寸步难行，且伤亡惨重。在这种情况下，你本人和你的部属，再作绝望的抵抗，不但没有丝毫出路，只能在人民解放军的强烈炮火下完全毁灭。贵官身为兵团司令，应爱惜部属的生命，立即放下武器，不再让你的官兵作无谓牺牲。如果你接受我们这一最后警告，请即派代表到本部谈判投降条件。时机紧迫，望即决策。

刘伯承　陈毅<br>一九四八年十二月十二日

**附记**

陕北新华广播电台一九四八年十二月十二日广播。邯郸新华广播电台转播。

本书此文选自《延安（陕北）新华广播电台广播稿选》（中国广播电视出版社1985年版）一书。

（附记依据《延安（陕北）新华广播电台广播稿选》一书中《刘伯承陈毅两将军给黄维的命令》一文的说明和邯郸新华广播电台相关资料。）

# 中原和华东人民解放军司令部
# 向杜聿明和邱李两兵团的广播讲话

请萧县西南、永城东北被包围的杜聿明将军，邱清泉、李弥两兵团司令和全体官兵们注意！

现在中原人民解放军司令部和华东人民解放军司令部向你们讲话：

你们现在的处境更加危险了，过去几天你们的突围都已经被粉碎了，孙元良兵团已经全部被歼灭了。蒋介石叫你们突围逃跑，实际上是叫你们送死。解放军对你们的包围圈更加缩小了，你们的全部解决，不过是几天的问题。你们现在的处境，比起当时的黄伯韬来还要更加孤立无援。你们真同掉在大海里一样，已经完全没有希望了。

自从徐州到南京的交通被我们切断以后，你们的补给就已经断绝，现在又离开了徐州基地，补给就更加困难了。你们的粮食弹药，就只能靠从徐州带来的那么一点点，这能维持多久？就算蒋介石勉强还能用飞机给你们投送一点，但杯水车薪，又能解决什么问题？你们这几天连续遭我军炮攻，伤亡惨重，打伤的没有医药，没有看护，也没有后方，打死的没有人埋，这样还能打什么仗？

你们也许还指望着南京会再派什么部队来增援你们，但是蒋介石连南京也快保不住了，哪里还有援军可派？当黄伯韬兵团被包围在碾庄的时候，还有你们去增援，现在你们快被消灭了，还有谁来增援呢？黄维兵团比你们打得更惨，李延年、刘汝明兵团至今还在蚌埠地区。至于你们要想突围出去，这更是梦想。现在长江北岸到处都是解放军，关山重重，你们往哪里跑好？解放军的强大和英勇你们是知道的，你们最近就曾亲眼看着黄伯韬兵团

十几万人马的全军覆没。因此,你们要立即考虑,应该怎样办。当你们已处在千钧一发之时,本军特向你们提出忠告,希望你们不要替蒋介石一个人作无谓的牺牲,立即停止抵抗,放下武器。

只要你们不破坏武器装备,有秩序地缴枪,从杜聿明、邱清泉、李弥起,不论官兵,本军将一律保障你们生命的安全。

快快缴枪吧!缴枪的不杀!

**附记**

本篇广播稿由陕北新华广播电台一九四八年十二月十六日广播。邯郸新华广播电台转播。

本书此文选自《延安(陕北)新华广播电台广播稿选》(中国广播电视出版社1985年版)一书。

(附记依据《延安(陕北)新华广播电台广播稿选》一书中《中原和华东人民解放军司令部向杜聿明和邱李两兵团的广播讲话》一文的说明和邯郸新华广播电台相关资料。)

# 敦促杜聿明等投降书

杜聿明将军、邱清泉将军、李弥将军和邱李两兵团诸位军长、师长、团长：

你们现在已经到了山穷水尽的地步。黄维兵团已在十五日晚全军覆没，李延年兵团已调头南逃，你们想和他们靠拢是没有希望了。你们想突围吗？四面八方都是解放军，怎么突得出去呢？你们这几天试着突围，有什么结果呢？你们的飞机坦克也没有用。我们的飞机坦克比你们多，这就是大炮和炸药，人们叫这些做土飞机、土坦克，难道不是比你们的洋飞机、洋坦克要厉害十倍吗？你们的孙元良兵团已经完了，剩下你们两个兵团，也已伤俘过半。你们虽然把徐州带来的许多机关闲杂人员和青年学生，强迫编入部队，这些人怎么能打仗呢？十几天来，在我们的层层包围和重重打击之下，你们的阵地大大地缩小了。你们只有那么一点地方，横直不过十几华里，这样多人挤在一起，我们一颗炮弹，就能打死你们一堆人。你们的伤兵和随军家属，跟着你们叫苦连天。你们的兵士和很多干部，大家很不想打了。你们当副总司令的，当兵团司令的，当军长师长团长的，应当体惜你们的部下和家属的心情，爱惜他们的生命，早一点替他们找一条生路，别再叫他们作无谓的牺牲了。

现在黄维兵团已被全部歼灭，李延年兵团向蚌埠逃跑，我们可以集中几倍于你们的兵力来打你们。我们这次作战才四十天，你们方面已经丧失了黄伯韬十个师，黄维十一个师，孙元良四个师，冯治安四个师，孙良诚两个师，刘汝明一个师，宿县一个师，灵璧一个师，你们总共丧失了三十四个整师。其中除何基沣、张克侠率三个半师起义，廖运周率一个师起义，孙良诚率一个师投诚，赵壁光、黄子华各率半个师投诚以外，其余二十七个

半师，都被本军全部歼灭了。黄伯韬兵团、黄维兵团和孙元良兵团的下场，你们已经亲眼看到了。你们应当学习长春郑洞国将军的榜样，学习这次孙良诚军长、赵璧光师长、黄子华师长的榜样，立即下令全军放下武器，停止抵抗，本军可以保证你们高级将领和全体官兵的生命安全。只有这样，才是你们的唯一生路。你们想一想吧！如果你们觉得这样好，就这样办。如果你们还想打一下，那就再打一下，总归你们是要被解决的。

中原人民解放军司令部<br>华东人民解放军司令部

**附记**

陕北新华广播电台一九四八年十二月十七日广播。邯郸新华广播电台转播。

本书此文选自《延安（陕北）新华广播电台广播稿选》（中国广播电视出版社1985年版）一书。

（附记依据《延安（陕北）新华广播电台广播稿选》一书中《敦促杜聿明等投降书》一文的说明和邯郸新华广播电台相关资料。）

# 中原和华东人民解放军司令部给杜聿明等的最后警告

请困守在永城东北的国民党军杜聿明将军、邱清泉将军、李弥将军和全体官兵注意！

现在本台播送中原人民解放军司令部和华东人民解放军司令部给你们的最后警告。请注意收听！

杜聿明将军、邱清泉将军、李弥将军和全体军长、师长、团长们：

中原人民解放军和华东人民解放军全体指战员，已经欢欢喜喜地过了一九四九年的新年，不久即将发动对你们的总攻。你们呢？你们已经被包围了整整一个月，除了投降，现在只有等着被歼灭。

第一，你们没有一个援兵。李延年兵团从淮河以北逃回蚌埠，又从蚌埠开往南京了。徐州"剿总"也从蚌埠搬到滁县了。蒋介石已决心让你们白白牺牲。

第二，你们断绝了粮草。单单靠飞机接济，管什么用？过去十来天，不是下雨，就是下雪。你们的下级官兵，把马肉、麦苗、树皮、草根都吃光了，把能烧的东西都烧光了，还是饿死冻死了很多人。只要再下几天雨雪，你们就会全部饿死冻死。

第三，本军的兵力和炮火，比你们多好几倍。把你们密密层层包围住，好像是天罗地网。你们要突围，就尽管突围吧！看看黄伯韬、孙元良、黄维三个兵团，有哪一个突围的结果不是全部被消灭？他们当时还有援兵，你们呢？

第四，你们的部下大多数的官兵，已经不愿打仗。你们的许多班长、排长、连长、营长，已经带领了成班、成排、成连、成营的士兵，纷纷向本军投降。还有些军官因为强迫士兵打仗，因

为活埋重伤兵，因为不许士兵投降，已经被士兵打死。如果你们执迷不悟，你们的下级官兵也要打死你们，要不然他们被解放以后，也要控告你们。

第五，本军已经宣布杜聿明是战争罪犯，如果杜聿明继续抵抗，他是逃不了本军的处罚的。你们旁的将领如果和他一样顽固，施放毒气，破坏武器，也要和他受到同样的处罚。但是只要杜聿明能够将功折罪，下令全军缴械投诚，不放毒气，不破坏武器，本军仍旧可以负责保全他的生命。你们兵团司令、军长、师长、团长，只要能够率领部下投降，本军都一律保证你们全体官兵生命安全。如果你们愿意这样做，你们就立刻派代表前来接洽；如果你们拒绝投降，那么本军一定无情地彻底地全部歼灭你们！

中原人民解放军司令部
华东人民解放军司令部

### 附记

陕北新华广播电台一九四九年一月二日广播。邯郸新华广播电台转播。

本书此文选自《延安（陕北）新华广播电台广播稿选》（中国广播电视出版社1985年版）一书。

本篇广播稿和前面两篇广播稿都是对杜聿明及其指挥下的邱清泉、李弥两兵团广播的。在淮海战役第二阶段结束以后，人民解放军本来可以把已被包围的邱、李两兵团一举歼灭，但是这时候平津战役已经开始，毛泽东同志综观全局，认为如果将邱、李等部歼灭，将使蒋介石迅速海运平津之敌南下，而不利平津战役的发展，因此，决定在淮海战场上，暂时留下邱、李两兵团，在两个星期内不作最后歼灭的部署。在此期间，邱、李两兵团被围困在永城东北一块狭小地区内，弹尽粮绝，陷入了山穷水尽的地步。人民解放军利用这个时机，向敌军展开了强大的政治攻势，在前沿阵地上喊话，散传单，给饿以待毙的国民党士兵送饭吃。邯郸、陕北新华广播电台也每天向被围敌军广播。这三篇广播稿就是在这种情况下广播的。在我军的强大政治攻势下，被困敌军官兵向我军投降的有一万多人。一九四九年一月初，平津战役发展极为顺利，平津敌军已无逃跑可能。淮海战场上的人民解放军就在一月六日下午对邱、李两兵团发动总攻击，经过四昼夜的激战，到十日上午，胜利结束战斗，歼敌十几万人，杜聿明被俘，邱清泉被击毙，只李弥逃脱。至此，规模巨大的淮海战役胜利结束。

在此期间，为了配合前线攻势，毛主席为陕北新华广播电台写过《人民解放军总部向黄维兵团的广播讲话》《刘伯承、陈毅两将军向黄维兵团的广播讲话》《敦促杜聿明等投降书》等专稿，成为新华社和邯郸、陕北新华广播电台的范文。

当时，邯郸、陕北新华电台的收听面很广。收听的对象有：国民党管区新闻界、文化界、教员、商人、军官及家属等。收听地域：华北、华南、西南及台湾、澳门，河内、新加坡、南洋等地有时也能听到。

邯郸、陕北新华广播电台对敌军广播节目，起到了瓦解敌军，促其反正的重大作用。淮海战役期间，曾任国民党黄维兵团第18军军长杨伯涛说："黄维、谭道善、胡琏和我等最头疼共产党无线电台广播，对邯郸共产党广播电台的洪亮声音，存在'想听''爱听''怕听'的矛盾心理。凡是国民党掩饰惨败、不能听到的重大军事消息，都可以从共产党邯郸新华广播电台听到。对共产党广播的声音，越禁止越有人想听，于是就偷听……凡不愿挨饿、白白送死丢命的官兵，径直跑向解放区投降；有的不愿意再打仗了，藏进深山，等解放军的到来。"国民党阎锡山军太原无线电管理处要塞四台上尉台长梁鹏海说："尽管上面下令不准收听共产党广播，但40师师长曹国中每晚都收听邯郸新华广播电台的广播，听完就走，对谁也不说一句话。"44师、45师无线

电少尉通讯员张金奎和荆儒珍、张维谈："邯郸新华广播电台的声音很大，听得清楚，别的声音扰乱不了，我们都爱听。"邯郸新华广播电台的广播在战争中发挥了"软杀伤"作用，被誉为瓦解敌军的重型炮弹。

（附记依据《延安（陕北）新华广播电台广播稿选》一书中《中原和华东人民解放军司令部给杜聿明等的最后警告》一文的说明和邯郸新华广播电台相关资料。）

# 向困守上海的残余国民党军官兵的广播讲话

困守上海的残余的国民党军官兵注意!

你们已经被人民解放军团团包围了。这个包围圈现在正在很快地缩紧。你们的命运已经决定了,同其他一切地方的残余的国民党势力一样,已经决定了。

人民解放军是在四月二十一号渡过长江的,不到三天就解放了南京,国民党的统治从此宣告灭亡。人民解放军扫荡国民党残余力量的军事发展,有如风卷残云,锐不可当。从解放军渡江的那一天算起,到现在不过一个月零三天,在这中间,人民解放军第四野战军又在汉口以东的江面汹涌过江;在西北的第一野战军也发动了强大的进攻。在一个月零三天的短短的时间里面,光是省会就解放了五个,就是江苏的镇江,浙江的杭州,湖北的武昌,陕西的西安和江西的南昌。解放的县城,已经有一百几十座。国民党的残余军队,已经被歼灭了二十多万。沿沪杭甬铁路前进的人民解放军已经渡过曹娥江,温州已经解放;深入福建的人民解放军,已经解放崇安、浦城、建阳、建瓯和南平;在汉口以东江面渡过长江的解放军在解放了大冶、鄂城、阳新和九江以后,又在十七、十八两天,接连解放粤汉路上的军事要地贺胜桥和汀泗桥。西北的人民解放军第一野战军在解放西安以前,已经接连解放了西安以西陇海路上的咸阳、兴平、武功。江苏全省六十一个县,除掉上海以北吴淞口旁的宝山县城和吴淞口外的崇明县城以外,已经全部解放。上海本身,已经陷入人民解放军的重重包围,上海和外界的一切陆上交通,早已断绝。人民解放军各路大军,正在向上海市区逼近。

困守上海的残余的国民党军官兵们!你们的命运是早已决定

了。上海是必须解放，一定要解放，而且很快就要解放的。全中国也很快就要解放。现在你们的路有两条，一条是凭借临时修筑的不堪一击的什么工事顽抗；但是这是毫无用处的，一切的事实都已经证明了这一点，你们自己，包括你们所要替他们流血拼命的国民党反动头子们在内，也都知道这一点。他们知道得这样清楚：你们看他们不是有些已经坐了飞机跑了吗？有些不是已经准备好飞机，准备一到解放军打进来，扔下你们就跑吗？因此假如你们听信那些反动头子的命令，企图顽抗，那就只有白送自己的性命，而这将要更加加重你们的罪恶。这一条路是死路。你们另外的一条路，那就是向人民解放军缴械投降，这是你们唯一的生路，向人民解放军缴械投降。

困守上海的残余的国民党军官兵们，你们究竟选哪一条路呢？生路，还是死路？你们自己会选择的。但是要快，快！

**附记**

这时陕北新华广播电台已改为北平新华广播电台，一九四九年五月二十五日在北京广播。邯郸新华广播电台转播。

本书此文选自《延安（陕北）新华广播电台广播稿选》（中国广播电视出版社1985年版）一书。

（附记依据《延安（陕北）新华广播电台广播稿选》一书中《向困守上海的残余国民党军官兵的广播讲话》一文的说明和邯郸新华广播电台相关资料。）

# 叁

# 对人民的
# 广播、演讲、讲话及书信

# 太行解放区

诸位听众：今天我们要介绍一下太行解放区。

提起太行山，我们一定会记起许多英雄伟人的故事：赵国老将军廉颇在上党区的坚持抗秦战争，民族英雄岳飞的故乡，八路军副参谋长左权同志为国捐躯的地方，还有高树勋将军的邯郸反内战起义等等，许多值得永远纪念的事情，都是和太行山的名字分不开的。

民国二十六年冬天，刘峙的大军沿平汉路退过了黄河，阎锡山也逃到了临汾，大河以北，敌人想到哪里，就到哪里。八路军一二九师刘伯承将军的部队赶到了太行，和广大人民结合起来，经过八年的艰苦战斗，把太行建设成了坚固的抗日民主根据地。它过去四面的边界，是北起正太路，南到黄河，东到平汉路，西界白晋路。南北狭长，面积是二十一万平方公里，全境都是大山脉，只有长治一带是富庶的盆地。县政权有四十三个，分为八个专区，人口有八百多万。现在的太行和冀南、冀鲁豫、太岳区已经联成一整块，没有什么隔离地带了。

抗战的年头里，敌伪不会放松任何一块解放区，对于八路军前方总部所在地的太行，自然更加要看作眼中钉的。所以反复不断地进行残酷的扫荡，实行杀光、烧光、抢光的三光政策，制造无人区，清乡、搜山，不惜任何代价攻占我黄烟洞修械厂。加上后来庞炳勋、孙殿英等部伪军，在东南面不断地进攻，可以说太行军民所经历的苦难，和他们伟大的抗争，是可以和太行山一样万古不朽的。有名的百团大战，诸位也许还记得吧？在二十九年，日寇以为它的统治是巩固了，我太行军民发动了伟大的出击，给敌伪很大的杀伤，展开了有效的破路战，并且一度攻占了娘子关等重要地方，提高了全国人民对胜利的信心。到三十一年

五月的大扫荡，敌人拼命来报复我们了。八路军左权副参谋长就在这个残酷的战争里，为国牺牲。但是，八路军和太行人民是不怕挫折的，他们继续斗争，坚持根据地，一直到胜利。

太行区主要都是山脉，而且是石山，土地是不够多的。在旧社会里，人民从来就过着"半年粮食半年糠"的苦生活，穿的、用的一切都很困难。我民主政府首先实行减租减息政策，征收统一累进税，免除一切苛捐杂税，提倡农民私有经济的发展，发展手工业，组织互助开荒，情况很快就改变了。例如：根据临城等三十二个县的统计，就有两万七千多个互助小组，参加的有二十一万九千多个人。其他各地，参加互助的人，也多占百分之五十以上的比例，这样就大大提高了生产力，各阶层的生活都普遍改善了。举个调查材料来说吧，豫西的一、二两区，有四十四个互助组，参加了二百六十四人，中间有地主一人，富农十人，中农一百四十六人，贫农一百〇八人，佃农一人，全年共计节省了六千五百四十个工，大家都得到了好处，并且还改造了许多懒汉，减少了坐吃闲饭的人。在合作社事业方面，前年的统计，三十六个县，有合作社一千一百七十七个，入股的有二十五万多人，营业方针，是专给老百姓做事，老百姓要纺织材料和农具，合作社就设法输入。老百姓要卖出山货，它又组织输出，保证人民有钱赚。没有钱的人，还可以用东西来折价入股，譬如用鸡蛋、木柴、布鞋等来入股生利都可以。此外是发展手工业，经过政府的提倡和帮助，据前年统计，全区有纺织妇女二十二万七千人；造纸业有四百二十九个池子。其他工矿企业，在战争期间也动手办了一些，现在是更不消说了。譬如磁县的峰峰煤矿，豫北的焦作煤矿，临城、沙河等地的许多煤矿，以及晋城、平定等地的铁矿，都已经恢复了生产，有一部分甚至还扩大了生产，提高了工资，工人成了矿山的主人，人民的财富迅速地增加起来，全解放区人民的生活也更加有保障了。

民国三十一年的大蝗灾和三十二年的太行大旱灾，的确是太行军民的一个极严重的难关。但是这里的政府、军队和人民，仍然想尽了办法，克服了灾害，政府供给种子，领导人民种秋菜、开渠、打井。连边区政府主席杨秀峰教授也和老百姓一样吃杂菜，共甘苦，像战胜凶恶的敌寇一样，也战胜了灾荒。却不料又遇到三十三年的空前未有的大蝗灾，灾情波及十三个县的面积，但太行军民仍不悲观失望，他们也不烧香求神，却是组织起来，有计划地捕打蝗虫。主席、司令员、专员、军队、士绅，甚至素来信神信鬼的巫婆子都来参加，集合二十五万人的力量，终于把可怕的蝗灾打退了。据不完全的统计数字，十个县里共刨了蝗卵、蝗蝻和捕飞蝗一千八百三十五万多斤，这些蝗卵和幼虫，如果全部变成了成虫，一个一个接起来，可以摆一万多公里长，能够围绕地球四分之一！因为打蝗彻底，庄稼受的损失并不大。许多老农民都称赞共产党有办法。他们说：三十年以前曾经有过大蝗灾，但是只及这回三分之一，而这一次的损失，却只有三十年前那一次的七分之一。

在长期的军事斗争里，文化教育是很难办好的。但是太行的民主政府，还是用了很大的力量，使青年学生和学龄儿童，不至于失学。并且普遍设立冬学、妇女识字班，消灭了不少的文盲，消除了迷信和不卫生的习惯。最近除恢复了不少的中学以外，并且设立北方大学，校长已经聘定著名历史学家范文澜同志担任，校址在邢台市。原来在太行山出版的新华日报华北版，是太行人民的喉舌，最近发行份数大大增多了，因为读者比以前更多了。

太行之所以能得到这些成绩，并且在大进军以来能够沉重地打击拒绝投降的敌伪，下到平原地区，解放平汉、白晋铁道线，光复邢台、邯郸、长治、焦作等等重要城市，迅速恢复和平建设事业，是依靠什么呢？没有旁的，只有一个最主要最简单的理由，那就是实行了真正的民主，实行了"三三"制政权，使各级政府都成为人民自己的政府，各阶层的人民团结一致，为共同利益努力。

**附记**

这是邯郸新华广播电台一九四六年九月一日开播后重播的延安新华广播电台于当年二月五日广播的广播稿。

本书此文选自《延安（陕北）新华广播电台广播稿选》（中国广播电视出版社1985年版）一书。

（附记依据《延安（陕北）新华广播电台广播稿选》一书中《太行解放区》一文的说明和邯郸新华广播电台相关资料。）

# 为着美国人民的利益，应该撤退驻华美军

马海德

中国，今天正处在内战的痛苦中，有三倍于美国人口总数的人民卷在战争里。经过了八年抗战，中国人民满以为和平就在眼前了，民主政府就能组成了，然而，没有想到，他们竟碰上了一个美国对华的干涉政策。这种政策，帮助并且煽动起了内战，支持着一个腐朽的独裁制度，助长着经济紊乱，并且给千百万人民带来了灾难和不幸。在今天中国的局势中，不需要什么远东问题专家，都能够看出杜鲁门对华政策所造成的结果。直率地说，美国政策所造成的结果，不是民主的中国而是战争的中国。这是和罗斯福政策相去很远的，杜鲁门总统，尽管一方面厚着脸皮，嘴里在赞扬罗斯福政策，而另一方面，却奸滑地背叛了罗斯福政策。罗斯福总统相信独立、和平、民主和四大自由是人民的天赋权利。他相信每一个国家，都有权利决定自己的政府形式，而不受外力的干涉。杜鲁门的对华政策，没有一丝一毫是接近于罗斯福的精神的。

在说明美国干涉的事实以前，先要明了美国所正在帮助的政府，到底是一个什么样的政府。

美国政府今天所支持的中国政府，仅仅是代表极少数的一些人。这个政府所掌握的大权并没有经过中国人民的同意，而是从中国社会里五种集团产生出来的，这五种集团，就是：军阀和军国主义者、特务、买办资本家和投机商人、封建大地主、官僚。这五大集团，也可以分列在这几个头目下，就是"蒋、宋、孔与二陈"。

这五大集团中，没有一个代表中国人民的任何利益，也没有一个对于民主、和平是感兴趣的。先说军阀和军国主义者吧。这

一小群人，控制着约五百万军队，其中包括所有国民党军队和大部分地方保安团等。这些军队的中心领导骨干，都是蒋介石的嫡系集团，他们用武力控制着大权，并驾驭各省的其他军阀。虽然军队中的下级官兵，都愿意和平与民主，但是他们的领导者，却不这样想。据说有人问到一个有名的战区司令长官，问他对于和平和联合政府有什么意见，这位长官回答说："如果内战的话，无论我怎样吃败仗，我总还能够保留我的军队的一半，但是如果在一个民主的联合政府下军队整编的话，我便会失去我所有的军队了。"这样的思想，在军阀和军国主义者当中，是非常典型的代表。而我们美国的政策却正支持着他们！

其次说到特务。他们用集中营、政治暗杀以及整套的法西斯高压恐怖方法，来支持独裁制度，维持他们的政治权力。估计这种特务集团，大约有一百万到两百万人。当然，这一集团，在一个民主政府里面，是不会有他们的地位的，因此，他们愿意内战。而美国政策正是支持着他们。

第三个集团，叫买办资本家和投机商人。他们是代表一个寄生阶级，他们所经营的财产，都不是从生产得来的。几次金条的买卖，几次国际贷款的转手，或是一笔基金，从这个口袋转到那个口袋，马上就又有一万万美元到手了。他们从投机、贪污甚至公然抢劫而大发横财。在一个民主政府的国家里，这一群人当然绝没有容身之地的。然而，美国政策却坚持支持这些寄生虫！

现在说到第四种集团，封建大地主这个集团，在中国存在了好几千年。在今天的中国舞台上，他们所表现的不仅是经济权利，而且也是政治权利。例如，在中国许多县份里面，最大的地主和县长，和保安团团长，以及税务局长都是同一个人，都是由地主兼任。如果在一个和平、民主的政府下面，老百姓当然不会选举上面所说的那样一个县长。而且，一个民主的联合政府，是要促进农业改革以及国家工业化的，这样一来，便会使得土地的封建剥削者无利可图了，因此大地主自然不会是和平和民主的积极赞成者。但是美国政策，却坚持支持他们！

最后还必须谈到官僚集团。有人估计在中国的官僚机构中，这个集团有一千七百万人之多，连保甲长在内，所谓保甲长，他们的责任是抽壮丁、收税、给上级物色小老婆。在这种官僚机构中，有着成百万的公务员没事可做，却饿着肚皮过日子。美国政策却坚持地要维持这样一个中国官僚机构。

在国民党当权的十九年以来，这些集团，比中国历史上任何一个集团，都生活得更舒服，搜刮的财富更多，掌握的权力更大，他们的领袖——蒋、宋、孔、二陈，在这个时期中，除了照顾他们的下属不算，自己就搜刮了约二百万万美元。

具体地讲，美国政府经过杜鲁门的对华政策，起了些什么作用呢？美国政府在所谓希望中国和平团结的掩饰下，实际上替国民党运送了至少九个军，把他们运到有利的阵地上去打内战。据说这样一来，便耗费了美国纳税人的金钱三万万美元以上，至于以前的九万，和现在的三万驻华美军，要耗费美国纳税人多少钱，我们现在还没有确切的估计。这些在中国的美军，对于中国人民来说，是一种压迫的象征，这些美军举着美国国旗，来保护运煤的火车，以便天津、北平、上海等地的投机商人，能够从煤上面赚得更多的钱。华盛顿总统和杰佛逊总统时代，代表自由和独立的美国国旗，现在已经被煤炭的烟灰和美元所污损了！美国军队自己，都不知道他们在中国是为什么。——除非美国出来坦白地宣布：中国是它的殖民地，否则美国军队驻在中国，是没有什么理由的。但是要使中国成为美国的殖民地，美国人民是不愿意的，中国人民是更不会愿意的，即使流尽他们的每一个儿女的最后一滴血，也不会愿意的。

自从日本投降以来，蒋介石政府收到美国的租借物资六万万零二百万美元。此外，国民党政府还收到大量的美国军事剩余物资，在印缅机场，便得到了价值五万万以上美元的剩余物资，据说其中还有七百架飞机。不久以前，国民党又从南太平洋得到价值五万万美元的美国剩余物资。除此以外，蒋政府还从联总获得五万万美元的物资（其中拨给中国共产党地区的，到现在为止，

只占运给中国的总数的百分之一）。美国政府还替国民党训练了五十个师以上的国民党军队，美国政府还派出了军事顾问团，而且还把它自己的军队布防在中国各地，替国民党守卫战略的铁路线的据点，美国还供给了军械和军火，以及为国民党进行内战捐助了许多基金。

事情是明明白白的，杜鲁门政策和国民党政策，已经成为一回事情了，他们都是要反对现在正走向和平、民主和独立的历史潮流。在这种情形下，我们只能得出一个结论，就是在杜鲁门领导下的美国政策，是希望中国内战和独裁。这实实在在是和中美人民的利益相反的。

现在中国人民英勇地反对国民党的独裁和美国政府的政策。不仅在中国共产党领导下，有着美国人口那样多的人民，已经喊出了反对的呼声。而且，中国其他地方的团体，如民主同盟、教育家、知识分子，以及商人、开明地主和广大的农民，也在这样做。他们都要求一个代议制的联合政府，他们要求民主的宪法，政治自由，农业、经济及政府的改革，而首先最要紧的，是要求和平和停止内战，这是他们创造新生活的先决条件。

美国人民为了自己的利益，为了世界和平，应该要求撤回美国对蒋介石的一切援助。现在正是回到罗斯福政策的时候了。这一种精神，美国众议员德拉斯，七月二十六日在众院的讲演中，说得很恰当。他说："制止中国目前的内战，只有一个方法，那就是我们必须停止单方面的帮助。我们必须撤退我们在中国的军队、供应品和我们的船只。让中国各党派自己去决定他们的政治力量的自然消长吧！那样的话，蒋介石将不得不和他的政敌诚意地商谈了。"

**附记**

这是马海德先生一九四六年十月二十日在延安新华广播电台的广播演讲。邯郸新华广播电台转播。

本书此文选自《延安（陕北）新华广播电台广播稿选》（中国广播电视出版社1985年版）一书。

（附记依据《延安（陕北）新华广播电台广播稿选》一书中《为着美国人民的利益，应该撤退驻华美军》一文的说明和邯郸新华广播电台相关资料。）

# 中秋月夜谈战局

下面播送一篇军事述评,题目是:中秋月夜谈战局。

一年一度的中秋佳节又来了。在人民解放军全面反攻的伟大胜利声中,来度过今天的中秋佳节,实在令人兴奋和欢欣鼓舞。现在趁这中秋月夜,让我们来谈一谈人民解放军大举反攻以来的战局。

解放军从八月下旬以来,一个多月光景,歼灭了蒋军七万多人,其中有九个整旅,活捉的将级以上军官十多名,解放县城四十六座,创造了两大块新解放区。一块是江北淮南、平汉路以东和芜田路以西的广大地区;另一块就是已经建立了三个专员公署和十二个民主县政府的豫西解放区。如果要从七月初刘邓大军北渡黄河歼敌九个半旅的鲁西南战役算起,胜利战果更要大得多,同时和四路南征大军相辉映,我东北民主联军也展开反击,两次就歼灭蒋军三个整师。这些胜利,完全震昏了蒋军统帅部的头脑。不管敌人如何诡辩,说什么刘邓大军是"无法北返而南窜",说陈谢大军是为"接应刘邓"而出击,更造谣说我山东大军已被歼灭。但是,事实都把这些鬼话打得粉碎。解放军出击到蒋家心腹地区创造了两大块新解放区总是事实。蒋家的五十七师师长殷霖茂、一百二十三旅旅长刘子奇、新一旅旅长黄永赞、一百零五师参谋主任吴稚庵、二百零六师第二旅旅长蒋公敏等将校级军官放下武器到达解放区总是事实。解放军打下许多城市,就是蒋家中央社的报道也不能否认。这些都是解放军大反攻以来的伟大胜利。

另一方面,我们再看一看敌人的慌乱、被动和势在必亡的情形吧。在这个期间,蒋军在作战中表现最明显的有下面几个特点:第一是兵力削弱和不足,处处被动。我军各路大举反攻以后,敌军慌忙乱调,顾了这边又顾不了那边。因此,蒋军大吹大擂的所谓山东重点攻势,就完全破产了。刘邓大军打过陇海路以后，敌军大部转向平汉路，并且跟着我军南下。同样，在刘邓大军过河之后，敌军二百零六师和第三师，刚到许昌、正阳一线，因为陈谢大军渡河反攻，随即又向北调动。八月中，陕北我军为着使陈谢大军能顺利渡过黄河，发动了榆林外围战役。胡宗南不知是计，慌忙将他的主力北调。等到他的三十六师被歼灭以后，陈谢大军已安然渡河。于是胡宗南又仓皇向南面调动，结果又被打垮了四个旅。第二是兵员的缺额补不起来，而逃亡的仍然一天比一天多。据敌军五十七师军务处郑章俊向他们师长呈报说，在四月间，该师总共有缺额三千七百八十三名，但是蒋军的陆军总部仅仅允许补充一千五百名，其余就无法补充。胡宗南军一百六十五旅在半年前有一万多人，这次在米脂被歼灭时，就只有三千多人了。蒋军逃风之盛，仅仅就我们各解放区收容的一部分也就可以看出来了。苏北淮沭公路上，两天就收容了六百多。冀中栾城一个县，八月后半月光收容蒋军第六师官兵就有一百八十八人和伪军人员六百多人。第三是在大批逃亡的情况下，老兵一天比一天少，战斗力更加降低了，兵无斗志，将官怕死，充满了失败情绪。据敌军五十七师放下武器的蒋军军官谈，蒋军每班只有一两个老兵，其余全是新抓来的，"枪声一响，当官的骂娘也不顶用"，于是整批整批的集体放下武器。解放军的参战民兵都能活捉数倍乃至数十倍于自己的蒋军官兵。据一百一十七旅副旅长张毓彬谈：沙土集战斗中，他们的师部指挥官害怕解放军的炮火，全躲在小洞里，连头都不敢露。蒋军军官中已经有不少的人认识到，为蒋介石送死太不值得，还不如等着当俘虏。蒋军一百二十三旅旅长刘子奇就说：我早就准备当俘虏了，并且讥笑蒋军的自杀纪律法："要自杀就该叫蒋介石、胡宗南去自杀，丢了这么多旅还不自杀做什么？我们才犯不着呢。"下级军官和士兵，那就干脆立刻参加解放军。在豫西灵宝放下武器的蒋军国防部直属炮兵十一团二营五连，全体人员带着四门榴弹炮就过来了，并且有十几个炮手带着炮，协同解放军攻下了陕县。第四是蒋军的后方空虚，到处手忙脚乱，我解放军打到蒋管

区之后，逐城推进，如入无人之境。例如，我军只用一个排的兵力，就解放了经扶县城。在各路解放军直捣敌人心腹地区的时候，汉口、九江、南京以至安徽、陕西立刻到处戒严，甚至沪宁路上新成立的路警队和民防队在沪西某站竟然自相火并达两小时之久，双方都把对方当成解放军。实在是恐乱极了。第五是军纪败坏，到处奸淫烧杀，普遍遭到人民的痛恨和反对。仅仅在豫南光山附近的泼皮河到双柳桥一带，就有三百八十多个村妇被蒋军奸淫，有些在奸淫之后，还被枪杀。蒋军的到处抢劫比日寇还厉害。所以，解放军每到一地，就有大批青壮年要求参军报仇。他们说死也不当蒋家兵，自愿参加解放军。这些都是蒋军无法挽救的致命伤。任何力量也是不能挽回的。

上述的事实，充分证明中国的大势已定，蒋介石的覆灭和中国人民的最后胜利已经确定无疑了。这就是今年中秋佳节前夕的总形势。

在这样的形势下，我们愿意对还在内战前线替蒋介石卖命的蒋军官兵们说几句话。中秋节在中国的习俗上说是一个团圆节，如果不是蒋介石发动内战，今天各位一定和妻子儿女在家里团聚，欢度佳节。但是，今天各位却远离家乡，在内战前线，说不定什么时候就会无谓地丢掉了性命。现在国内局势已定，蒋介石就要最后垮台。这个时候，已是各位考虑选择自己道路的时候了。希望各位毅然站到人民方面来吧！

全国同胞们！我们谨在中秋月夜，预祝全国人民大胜利！
预祝家家户户大团圆！

**附记**

陕北新华广播电台一九四七年九月二十九日在沙河村广播。播音员是钱家楣。邯郸新华广播电台转播。

本书此文选自《延安（陕北）新华广播电台广播稿选》（中国广播电视出版社1985年版）一书。

（附记依据《延安（陕北）新华广播电台广播稿选》一书中《中秋月夜谈战局》一文的说明和邯郸新华广播电台相关资料。）

## 济南外围战斗的经过

  经过八天八夜的激战，山东省会济南市，已经在二十四号的下午五点钟，全部解放了。

  十六号的夜里十二点钟，也就是中秋节的前夕，华东人民解放军揭开了解放济南的伟大战役的序幕。千千万万的解放军健儿，沿着一百多里的战线，从四面八方一直扑向济南。枪弹和炮弹，织成一片火网，扫向敌人的阵地。

  东面的人民解放军，在大炮和坦克的掩护之下，排除敌军的抵抗，很快就攻占了茂岭山、砚池山、中井店等据点。十七、十八和十九号三天，又接连打下了辛店、回龙岭、燕翅山、马家庄等据点，并继续勇猛地前进。到二十号，前锋已经逼近了济南城下。在这一连串的战斗当中，国民党整编七十三师、整编八十三师五十七旅军部，各被歼灭了一部分。

  西面的解放军，早在十五号就扫清了长清县城南的土匪，活捉七百多名。然后，挥戈东进，和东线的解放军相呼应，英勇地向前挺进。并在十六、十七号两天，占领琵琶山、四里庄等据点，和南面的解放军胜利会师。十七号，他们以五十分钟的短促战斗，全部歼灭了国民党第二绥靖区特务旅的一个营和伪长清县的县大队，一共消灭敌人兵力一千多人，解放了长清县城。十八、十九号两天，又继续前进，步步逼近济南。他们还在官庄，全部歼灭了敌人的先锋总队一千多人。十九号这一天，国民党整编八十四师全部和保安第八旅的一个营，胜利地举行了战场起义。解放军战士，在压倒敌人优势炮火的掩护之下，跨越敌人的壕沟和掩体，奔向济南商埠区的边沿。在进军途中，他们占领了飞机场，使敌人的空中增援完全断绝了。困守济南城里的敌人，成了瓮中之鳖。在西线的战斗当中，人民解放军一共歼灭敌人一个团的兵力。

南面的解放军，在十六号占领了羊山峪、双山头，敌人望风而逃。十七、十八号两天，解放军沿津浦线挺进，接连占领张夏、崮山、党家庄等地，和西线解放军齐头并进，到十九号，也进到了济南商埠区的边沿。

在黄河北岸，解放军在十六号解放了齐河县城，守城的敌人渡过黄河向南逃窜。解放军在扫清了北岸的一些据点以后，在十九号越过了黄河铁桥，追击逃跑的敌人，从北面攻向济南，和东面、西面、南面的解放军一起完成了对济南城和商埠区的紧密包围，真是水泄不通。守城的敌人，完全处在上天无路、入地无门的绝境，除了投降，就只有被歼灭。

在解放济南外围的战斗当中，解放军战士猛打猛冲，猛追猛进，使敌人没有丝毫喘息的机会，打乱了敌人的部署，胜利地完成了济南战役第一个阶段的任务。从发起攻势，到扫清敌人的外围据点，前后一共只用了四天的时间。

**附记**

陕北新华广播电台一九四八年九月二十六日广播。邯郸新华广播电台转播。

本书此文选自《延安（陕北）新华广播电台广播稿选》（中国广播电视出版社1985年版）一书。

（附记依据《延安（陕北）新华广播电台广播稿选》一书中《济南外围战斗的经过》一文的说明和邯郸新华广播电台相关资料。）

# 从更乐"左倾"盲动错误中应汲取哪些教训（节选）

## 一、我们是如何发现更乐工作团错误的？

在冶陶会议期间，区党委曾听取过工作团负责人师自明（当时任涉县县委副书记）同志一次汇报，当时发现他们杀人问题与平分政策上有"左"的倾向，并曾再三给他们解释《土地法》的精神，要他们注意克服这种倾向。冶陶会议回来后，又接连听取了他们两次系统的汇报。在他们最后一次汇报中，工作团几个同志都带着自满的情绪，冗长地叙说了他们是如何公平合理地分配果实，如何彻底地平分了土地，贫雇情绪如何高涨等。但是他们这个汇报并未迷惑了区党委，从他们的汇报中，当时就发现了很多矛盾。例如：他们折合人口的办法，不分中贫农都规定一折二、二折三、三折四、四折四点二五，显然这是违犯《土地法大纲》的。其次全村产量评议的结果，比原来总产量少了7000多石，显然其中也是有问题的。尤其是他们对地主和旧式富农，最后还是肯定占全村户数的25%，占人口的28%。根据毛主席几次指示，地主和旧式富农一般只占户数的8%、人口的10%左右。而他们在划分阶级上是有错误的。因此一定损伤了很多中农，但到底损害到如何程度，从他们的汇报中是看不清楚的。当我们初到更乐时，从表面上看，一般贫雇的情绪确实不错。一开始我们提出，要纠正产量评议不公和人口折合不合《土地法》规定时，便遭到普遍的严重的抵抗。在这种抵抗之下，是很难发现什么问题的。经我们再三解释后，人口折合问题，大家算接受了。他们说："既然已打破了纲，就按纲重新更改吧。"产量问题是很难说服的。因为多数群众，认为上次平分已经按头粮齐地齐了，而且很公道，不必再费工误时。但当我们组织贫雇和中农实际到地里进行复评时，群众意见就开始分化了。最后多数群众据自己的亲身经验，认识了上次评议产量是很不公道的。所谓粮齐地齐，实际地齐粮不齐。例如，同等产量的地，一亩定为一石产量，而另一亩则定为1.4石甚至1.6石。这样当然便使很多人吃了大亏。经过这次复评，群众自然地把上次乱评分的结果否定了。我们从此开始和一部分吃亏的贫雇和中农取得了联系，并且很快发现了问题。这里使我们体验到要说服农民，必须从其切身的经验中去说服。同时只有群众自觉地起来掌握正确的方针和政策、批判过去的错误时，我们才能发现各阶层群众的真实情况。后来我们在重新订正成分，以及补偿中农损失等过程中，贯穿地运用了这条经验。使我们在逐步与广大群众取得联系中，逐渐明确地了解过去工作团所犯错误的情况及其严重性。

  那么他们的错误究竟严重到什么程度呢？"左倾"盲动的危害到底有多大呢？下面几点就是我们了解的结果：①严重地侵犯了整个中农阶层的利益，344户（占全村户数21%强）斗争对象中276户中农，占全部中农阶层的31%，其中164户完全是勤劳起家的，77户是抗战前（有的已多年了）从地主富农变为中农的。他们在上次平分运动中都遭受到了与地主富农同样的待遇，204户（占被斗中农73%）被扫地出门了。因逼内货而挨打者243人，打残废者1人，打死者1人（新中农），人民法庭判徒刑者3人，判决死刑者6人，因恐怖而自杀者9人。当我们去访问的时候，他们大部分还住在窄小的破屋或小庙里，被管制着。他们一见我们，有的立刻下跪要求救命，有的要求先给他们些衣服、被子。当我们安慰他们之后，他们就诉起苦来，有的痛哭不止，有的责问我们："毛主席讲理不讲理？我的粮仓、家具，哪一样不是我全家劳动得来的？凭哪条哪桩要把俺当作封建来没收个干净？"这就是被斗中农的情况。没有被斗的怎样呢？在运动过程中，中农常常被贫农委员会命令着去帮助贫雇收秋、种麦或

命令去支差。据说因为贫雇要闹斗争没时间！有一次差务来了，在夜校里讨论叫谁去。贫雇群众一致举手大叫："中农去！"现在有中农回忆当时的情景说："一听中农二字，头上就冒火，心里想着中农、中农、中农，x了你祖奶奶的！"这不是很清楚地说明了整个中农阶层的利益是如何被侵犯着？②贫雇的情况又怎样呢？从表面上看，他们好像是团结的。因为运动的结果，平均两户贫雇分了一个中农房子、浮财和内货，自然他们应该是满足了。但是只要是仔细考察一下，贫雇本身也不是那样团结的。因为他们之中，有很多与被斗中农有亲族联系，或者因追三代，其家庭的历史情况，也有和被斗争中农相似之处，因而他们也有一部分人经常提心吊胆，害怕有一天大祸临头。事实上已经有4户也被当做地富而斗争了，其中有3人挨了打。对人民法庭多数贫雇也是很恐惧的，一个巷评委会委员，因犯了些错误惧怕上法庭，上吊自杀了。现在有些贫雇农回忆着说："当时很多事情确实不讲道理，但是谁也不敢说，一说就怕人家（指领导者）批评和地富不分家。"③农村里的私人小工商业，因借口剥削，几乎全部被侵犯了，有10户手工业坊和小杂货铺，生产工具、资本、货物全部没收了。其中有油坊二、染房二、铁匠铺一、木匠铺一、小杂货铺二、修理铺（铜器）一、银匠一。10户中除一户为富农，一户为小商贩外，其余8户均为中农。这种自杀政策对广大群众和整个解放区的危害，显然是用不着再加以说明了。④地主富农怎样呢？对他们是根本不讲究什么策略的，尤其严重的，我们同志还不认识肉体消灭地主的政策是错误的政策，依然认为多弄死几个富农地主没啥关系。因此两次人民法庭，共判决死刑者12人，其中6人是地富，4人当时被认为地富而实际是中农。据我们了解，12人中，群众认为真正该死的，至多只有2人，其他完全是错误的，而且有些是完全被冤屈的。杀人办法没有一个是用枪毙的，而是采取捅刺刀、开肠破肚、砸核桃等残酷办法。在这种恐怖空气的影响下，全村自杀的15人（内地富3人），加上杀了的12人共27人，占全村人口的0.437%强。现在地主富农的表现一则以忧一则以喜，忧的是今后如何生活，是否还有生命危险，喜的是斗乱了对他们有利。例如有些地富遇着机会便嘲笑中农说："好好受吧，受起来了咱们就可站到一个圪台上来了。"⑤支部的情况又怎样呢？自从被工作团一脚踢开以来，182个党员，挨斗争的24人（其中17人被开除党籍），人民法庭判处死刑的2人，自杀的1人，判徒刑的1人，挨打的15人，坐禁闭的2人，被扫地出门的12户，尤其是武委会主任江彦林，完全冤屈地被判处了死刑。街仓库主任（群众公认为是模范保管者）江禄林（新中农），因坏分子挟嫌报复而遭到家破人亡的下场。因此引起所有党员极端的恐怖与内心不满，甚至江彦林被杀后，附近东寨村支书，亲自看了杀尸的情景，回家后也自杀了（因为他了解江是很能干的人，而且错误比他轻得多）。党员们现在回忆起这些冤屈来时，不分好坏，一致地为这两个同志流着同情之泪，埋怨党和贫农团。甚至很多党员对贫农团抱着仇视的态度。例如有的党员说："论贫苦我也是贫雇啊，论翻身我和他们并无二样啊？为什么他们（指贫农团）想的问题总和我们不一样呢？向贫雇学习，学个屁，学他们的自私自利！"这是可以看成出党员原来对群众的宗派情绪，不但没有得到解决，反而更加增长了。我们在补偿中农之后，更明显地看出了所有党员和贫农团暗中在严重地对抗着。总之，所有这些情况，显然用不着证明。只要有一天工作团一离开更乐，农民内部便会发生混战，地主富农便要趁机反攻，而最后孤立的必然是少数贫农团的干部。

## 二、更乐工作团为什么犯了"左倾"盲动的错误呢？

据我们在三个来月实际工作中所看到的，更乐工作团之所以犯上述错误，主要有下面四点：①由于他们不了解党对农村各阶级各阶层所规定的政策及其待遇是完整的、一致的、不可分割的。因而只知片面、过分地强调贫雇利益，把满足贫雇要求的基本政策和党对其他各阶级、各阶层的政策完全对立起来。因而他

们了解情况，确定方针也必然是片面的。因而在他们脑子中，便始终坚持着两个凝固的观点，一个绝对的机械的贫雇观点，不但对土地是如此要求，房子浮财也想如此要求。另一个必须以"贫雇专政"来代替腐烂了的旧基础。例如我们去了之后仍可看到"贫雇掌权坐天下，贫雇说啥就是啥"的标语，他们既然有了这两个固定的观点，就使他们无法了解各阶级各阶层的实际情况。虽然他们也进行了一些调查研究，但完全不是客观的科学的态度，而是先以他们自己这种观点，灌输给贫雇群众，然后从他们那里收集一切按照这些观点而来的片面的夸大的反映和材料。反之一切反映和材料，与他们的观点相反的，则一律加以排斥。如此他们便只能得出片面的夸大的错误的结论。完全忘记了从实际出发的基本原理，把现象当成事物的本质，因而也忘记了科学分析的基本方法。他们了解情况的公式常常是这样的：首先说贫雇诉苦翻透身没有？没有。为什么没有？一定是封建消灭不彻底。为什么不彻底？一定是支部不纯。于是他们依据这个公式，在更乐首先听取贫雇的诉苦后，毫不加分析地便得出结论，60%以上贫雇未翻透身，证明封建消灭程度极不彻底，因而贫雇小组在未行动前第一次划阶级时，把地主富农划为占总户数的21%，他们毫不怀疑地批准了。群众行动起来后，又把地主富农的面扩大到23%，他们又毫不怀疑地批准了。当然依照公式，第三个结论便是支部极端不纯，据说，182个党员中有19个地富分子，占总数10.38%，其中有17个是村干部。因而毫不怀疑地认为是中农当道的形式，地主富农专政的实质。如此，他们的绝对贫上加贫雇专政的观点，似乎都得到证实了。他们的思想上便更加肯定起来了。于是他们的假报告也便不自觉地产生了。但是事实究竟是怎样呢？根据我们最后分析结果是这样的：贫雇没有翻透身的只有45%左右，而且其原因是很复杂的，至少应该从下述四方面来观察。

其一是封建消灭不彻底，其程度是怎样呢？全村地主共25户，7户被扫地出门，现在土地房子还缺得很多，其余18户，61

口人，只剩房80间，牲口一头，地148亩，合产量179石，每人平均产量2.7石。他们超产量的原因，大部为军、干、烈属和孤寡。他们还长余土地264亩。其他浮财、牲口、房子被斗后，大体相当于富中的情况，个别户还保有相当数量的底财。总之，地主富农的油水很小了，他们拿出的土地，只能解决贫雇、下中所需土地的10%。

其二是过去分果实中的富农路线，其情况到底严重到什么程度呢？据我们了解，全村864户贫雇中，从土地看已翻身的共473户，占贫雇阶层的55%，其中超过全村平均数的83户（内党员和干部共22户），共超过17%。但是他们大部分为双减时期合法分得的；反攻后非法多占的，只是个别的。另外有些村子干部和积极分子，多占一些好地近地。"五四"指示后，土地也未分给中农，这就是在土地上富农路线的情况。浮财、牲口、房子的分配，则较土地严重得多。"五四"指示后分浮财的办法，不分中贫家按户按人口平均分配。牲口规定15亩地以上的户才能分得，房子大部由干部、积极分子先分。特别是250多户军、干、烈属，不分阶级，浮财、牲口、房子一律特殊，先分多分。所以当时贫雇说"分果实是清明上坟高者愈高"，这些就是富农路线的情况。

其三是因许多客观原因，而非上述两个原因所造成。例如我们分析了四个仓的情况：如按土地看，窟窿户（贫雇和下中）共199户，但其中原因是翻身之后，家庭人口增多，因而又成为窟窿户的39家；人口少，按实有人口不缺，但按土地法折合，即缺土地的10户；土地少但副业生产足以维持生活的7户；原来不缺地，因抗战后家中主要劳力参军、当干部或从事其他职业而卖了一些土地，现在按人口算又成为缺地户的3户；母亲改嫁将儿子带走土地卖了，现在儿子又回来立户的2户，以上共104户，占窟窿户的52%。从这些原因可以看出，即使贫雇翻身之后，还会有许多自然的或社会的原因使他们不得不再下降的。

### 附记

1948年4月10日，太行区负责人之一的陶鲁笳在晋冀鲁豫《人民日报》发表了《从更乐"左倾"盲动错误中应汲取哪些教训？》这篇长达万余字的文章，产生了广泛影响。

本书此文选自《更乐镇志》（新华出版社2001年版）一书。

涉县更乐土地改革是在减租清债基础上开展的，从1941年至1946年，先后七次开展减租清债运动，通过地租、典地、当地等形式已将地主、富农大量土地转为贫农手中耕种。其间，也有地主、富农见势头不妙主动地把土地廉价变卖给农民和出让给佃户种的卸包袱现象，其实真正土地所有权还掌握在地主、富农手里。1946年5月4日，中共中央发出《关于清算减租及土地问题》的指示，将减租减息政策改为没收地主土地直接分配给农民。当年秋季，更乐贯彻"五四"精神，搞土地改革试点，彻底解决土地问题。首先由群众评议，划分阶级，对社会各阶层土地进行清算。贫雇当家，走贫雇路线，访问贫苦，开展贫雇诉苦会。对地主富农扫地出门，对果实进行展览，后分给贫雇农。由于受到极左思想影响，工作中出现极端化倾向，影响非常恶劣。1947年10月10日，中共中央发布《中国土地法大纲》。1947年冬季特委工作队进驻更乐。

（附记依据晋冀鲁豫《人民日报》和《更乐镇志》一书中《从更乐"左倾"盲动错误中应汲取哪些教训》一文的说明和涉县党史资料。）

# 一九四九年新年
# 向国民党统治区同胞讲话

请国民党统治区的同胞们注意！现在是陕北新华广播电台向你们讲话。

亲爱的同胞们：恭贺新禧！

一九四九年的到来，的确是应该特别庆贺的。因为在这一年，全国绝大多数人民都将要得到解放。人民解放军将在今年渡过长江，解放长江以南。中国共产党和中国各民主党派，将在今年，召集一个没有反动分子参加的、以完成人民民主革命任务为目标的政治协商会议，宣告中华人民共和国的成立，组成人民共和国的中央政府。一九四九年是非常重要的一年。中国人民在这一年，不论是在军事方面，政治方面，或是经济方面，都要获得比去年更加伟大的胜利。

人民解放军一定得到胜利，江南绝大多数同胞一定得到解放。这一点，不但是你们，就是全世界的舆论界，包括帝国主义的报纸在内，都不再怀疑了。各位大多数是住在城市里的。人民解放军在新解放的城市中实行一些什么政策呢？为了使大家明了这一点，我们可以拿最近平津前线司令部所出的布告向大家介绍一下。这个布告的内容简单地说来，是这样的：它保护各城市里全体人民的生命财产。它保护民族工商业，凡是私人经营的工厂、商店等等，都一样保护，不受侵犯。它保护学校、医院、文化教育机关和其他一切的公共建筑，不准任何人破坏。在城市解放之后，希望学校的教职员和在文化、教育、卫生机关以及其他社会公益机关工作的人员，都照常供职，并且给予保护，使他们不受侵犯。它没收官僚资本，民主政府光是接管国民党反动政府经营的工厂、商店、银行、仓库、铁路、邮政、电报、电灯、

电话和自来水等等企业，如果其中有一部分确实是普通的私人资本，那么民主政府就不没收它，承认原主的所有权。民主政府对待那些在官僚资本企业中工作的人员，采取这样的态度：在民主政府接管以前，要他们照常工作，负责保护资财、机器、图表、账册和档案等等，听候清点接管；在民主政府接管以后，政府对上述人员，将量才录用，那些保护有功的将得到奖赏，那些怠工破坏的将受到处罚。人民解放军对国民党省、市、县各级政府机关的官员，警察人员，区、镇、乡保甲人员，只要他们不拿枪抵抗，不阴谋破坏，解放军一律不俘虏他们，不逮捕他们，并且责成他们守住原来职位，服从解放军和民主政府的命令，负责保护各机关的资财、档案等等，听候接收处理。只要他们有一技之长，只要他们没有反动行为或是没有严重恶劣事迹，民主政府就分别地录用他们；只有那些乘机破坏、偷盗舞弊，或是拒不交代的人，才依法惩办。

上面说的是人民解放军在新解放城市里实行的办法的几个要点，这些已经在济南、郑州、开封、徐州、沈阳、保定、唐山、张家口等城市实行了。关于这些办法的详细内容，我们以后再向大家一一介绍，希望大家注意。

亲爱的同胞们：你们很快就可以得到解放了。残害了你们二十几年的国民党反动统治，很快就会被中国人民彻底推翻了。你们现在的任务，就是用一切方法来帮助人民解放军早些得到胜利。你们中间如果有人在国民党政府的各种机关里做事，应该早些准备保护资财文件，交给解放军，不要让反动派破坏。你们中间如果有人做过坏事，做过对不起人民的事，应当立即停止做坏事，尽力做些帮助人民的事，准备将功折罪。你们中间如果有人有亲戚朋友在国民党的军队、政府、党部里做事，就应当把上面的话告诉他们；如果他们是国民党军队中的官兵，就希望他们赶快投降解放军，保全性命，不要作无谓的牺牲。人民解放军是说得出就做得到的。你们和你们的亲戚朋友，都不要听信国民党特务机关的谣言，自相惊扰。

最后，敬祝各位新年健康，并且预祝各位今年得到自由和解放！

**附记**

陕北新华广播电台一九四九年一月一日广播。邯郸新华广播电台转播。

本书此文选自《延安（陕北）新华广播电台广播稿选》（中国广播电视出版社1985年版）一书。

（附记依据《延安（陕北）新华广播电台广播稿选》一书中《一九四九年新年向国民党统治区同胞讲话》一文的说明和邯郸新华广播电台相关资料。）

# 解放区的货币和货币政策

各位听众！现在向各位介绍一下解放区的货币和货币政策。

在人民解放战争胜利形势的发展下，解放区的货币是越发巩固和稳定了。这和国民党政府货币的日趋破产和崩溃，恰恰成了鲜明的对照。

去年十二月一号，华北、山东、西北三大解放区的银行联合成立了一个中国人民银行，统一发行了一种新货币，先在这三大解放区流通，将来逐渐地推行到全解放区。这种新货币的发行，预示着解放区的货币走上统一和货币信用的进一步巩固。在抗日战争时期，由于各解放区被敌人分割封锁，不可能发行统一的货币，再加上各地区战争情况和生产情况不同，各解放区的币值，当然也无法求其一致。现在，各解放区已经完全打成一片了，民主政府为了各地区之间的贸易联系和货物流通的需要，为了更有组织、更有计划地加强人民的经济建设事业，因此，逐渐地进行了货币的统一工作。

解放区货币发行的基本原则，是独立自主，是平稳物价，是保证生产发展和保障人民财富。由于这样，解放区货币的发行是具备着一定的计划性。这和国民党政府为了扩大反人民战争，为了吞肥四大家族的私囊，而无计划地滥发钞票，完全两样。因此，解放区的货币和物价经常保持着相对的稳定，而国民党政府的货币却是在无限制地贬值，物价在无限制地上涨。

解放区货币稳定的具体条件是什么呢？换句话说，解放区货币有什么特点呢？

第一，是充足的实物准备。民主政府用作保证货币币值的，主要不是靠金银，而是比金银更可靠的粮食、布匹、棉花和各种生活必需的实物。民主政府掌握着这些重要的物资，随时调节物价，从物价的平稳中，同时也保证了币值的稳定。譬如在去年五月份，冀中地区，因为解放军在平汉路北段发动攻势，物资交流发生困难，物价曾有过一次较大的波动，但是经过民主政府有计划地组织调剂了友邻区的物资，在各主要市场规定了适当价格，公营商店并不大量抛售粮食和布匹。这样，群众的要求满足了，物价也就很快恢复正常。去年十一月，石家庄市实行备战疏散的时候，少数奸商，也曾经乘机抬高粮食的价格，可是石家庄的公营商店，立刻抛售大量的粮食，使粮价又趋稳定。

第二，是不作纯财政支出的发行。民主政府的一切财政开支，并不是靠货币的发行，而是依靠发展生产、保障供给的政策。民主政府每年所征的大量公粮和税收，保证了预算、决算大体上的平衡，决不会因为弥补财政亏空，而无节制地增发钞票。本来，在这样巨大规模的人民解放战争中，财政收支是很难做到完全平衡的，但是民主政府为了人民的利益，提倡节约，尽可能减少财政透支，便相对地避免了通货膨胀。

第三，是发展生产、繁荣经济的发行政策。解放区货币的发行工作，是和生产建设、贸易工作相结合的。解放区银行每年都要发放大量的工农业贷款，以及为了市场上流通的需要，通过贸易机构有计划地调节，发行了一部分货币。因为解放区的货币投放在生产事业上，所以不仅帮助了经济的发展，同时有贷有还，很快又做到了货币的回笼，绝不会产生市场游资充斥的现象。

现在，再来看看国民党统治区的情形吧。

国民党政府的货币，表面上说有什么金银和税收作保证，实际上只会增发不兑现的空头票子，而且老演着骗人的魔术，把钞票变成废纸，所谓信用，早已在人民面前破产了。譬如说吧：在日本投降时，解放区冀南银行币和国民党法币的比值是一比二，就是冀南币一元合国民党法币二元；去年八月十九号，却变成了一比一千，去年十一月是一比三万，到去年年底，已经变成一比三万八千，今年一月中旬，又变成一比十八万。看看国民党的法币在三年里贬低了多少，国民党统治区的人民受了多么大的损

失！卖国殃民的国民党政府，主要是靠通货膨胀来弥补它的财政赤字，因此，它的货币必然是在瞬息万变地贬值，必然引起物价的扶摇上涨，拿去年八月十九日的物价来说，就达到战前的七百万倍。国民党卖国政府，把这些灾难统统转嫁到人民身上了。解放区的财政开支，并不依靠货币的发行，因此，解放区的币值和物价，除去因为受蒋币贬值和战争的影响，有时稍有变动外，一般是相当稳定的。去年八月十九号，国民党政府在实行了它的大欺骗大掠夺的所谓币制改革以后，到去年年底，伪金圆券的发行估计已经达到八十万万，物价也高涨了三十倍。但是，我们解放区的物价，在同一时期内，都是平稳的；虽然十二月间涨了一下，但半年中也仅上涨了半倍到一倍左右。

伪金圆券的发行，已经给国民党区人民带来一场大的灾难，搞得多少工厂和商店倒闭，多少人民饿死了。求生的人民已经造成了一种拒用伪币的运动：汉口市民已经半公开地实行用银元为通货；湖北省各地农民都在拒绝用伪金圆券；上海四乡农民也拒绝接受蒋币，而要商人用实物去换他们的粮食。看看人民对蒋币是何等的憎恶和痛恨！相反的，解放区的货币，却到处受着人民的欢迎、拥护和支持。在郑州，中州银行本来打算在郑州解放后第三天开始流通中州票，但是在解放后第二天，许多商店和摊贩就自动地拿中州票作计算价格的单位了，他们拒绝顾客用蒋币购买货物。一个商人说："我不要蒋币，给我中州票吧，我到过洛阳，到过禹州，我知道中州票是保险的。"在济南，在长春，在开封，在沈阳，解放军一到，解放区的货币就很快得到人民的拥护，很快就流通起来了。

这些事实说明：国民党政府的货币是搜刮人民血肉的工具，解放区的货币是便利人民货物交流和发展生产的手段。因此，国民党政府的货币，必然免不了迅速地贬值和崩溃，必然免不了为人民所憎恨和拒绝，而解放区的货币，却在逐渐地稳定和巩固中，得到广大人民的拥护和支持。

**附记**

陕北新华广播电台一九四九年一月二十三日广播。邯郸新华广播电台转播。

本书此文选自《延安（陕北）新华广播电台广播稿选》（中国广播电视出版社1985年版）一书。

（附记依据《延安（陕北）新华广播电台广播稿选》一书中《解放区的货币和货币政策》一文的说明和邯郸新华广播电台相关资料。）

# 肆

## 消　息

# 刘伯承将军慰问马法五将军

[新华社讯]十一战区副司令长官马法五将军的家眷在西安被国民党非法扣压的消息传抵此间后，晋冀鲁豫军区刘伯承将军，特于十二日亲赴马将军寓所，表示慰问。刘将军与马将军握手寒暄后，刘将军说："从广播中得知先生家属已为国民党非法扣押，特致慰问。"马将军面带忧色，愤慨之情，不可抑制。在谈话中，刘将军希望马将军勿过于忧虑，殷望努力为国家民族多做贡献，勿因小失大。至于家庭问题，刘将军说："先生河北人，先生故土已为中国人民军队所解放，先生之家乡也开始解放，望先生在此大家庭中善珍自身，后方家眷当呼国人设法营救。"马将军对国民党此举深表愤慨，他说："特务绞杀中国，如不肃清特务反动分子，则国亡无日。"又谓："幸而这次放下武器，来到解放区，倘若回到大后方，恐怕罪上加罪，不知此身将在何处矣！"

**附记**

原载延安《解放日报》一九四五年十一月。作者安岗。

本书此文选自《我是一名新闻记者》（中国社会科学出版社2015年版）一书。

（附记依据《我是一名新闻记者》一书中《刘伯承将军慰问马法五将军》一文的说明。）

## 国民党起义军官号召进犯军罢战

[新华社太行二十二日电] 国民党三十军九十二团团长周敬之、副团长郁天鹏，八十八团团长华树祯、参谋唐剑英，四十军一〇八师三一八团重机枪连连长杜英俊等中下级官佐三百余人，十六日在太行解放区某地举行座谈会。会中对此次被迫北上进攻解放区，发动内战，一致表示深切痛恨，当场联名发表通电，号召目前尚在各地进攻解放区之国民党军队官兵，立即放下武器，拒绝内战，勿为内战挑拨者所利用。此外，又通过致电高树勋总司令，响应号召，表示愿与八路军、民主建国军携手并进，为反对内战、早日实现和平而奋斗。他们在致尚在进攻解放区的国民党军官兵的通电中称："此次我等被迫北上，进攻解放区，屠杀同胞，殊感惭愧。幸蒙八路军解救，和他们一起反对内战，争取和平建国的实现。思及当前尚被国民党当局驱使进攻解放区的各级弟兄，实有不能已于言者，即希望你们迅速猛醒，不受任何内战挑拨者的驱使，来屠杀自己的同胞。请你们赶快放下武器，站到人民方面来。我们要求的是和平，和平，和平！为了和平，我们竭诚拥护中国共产党对时局的六项主张和民主建国军高总司令的通电。"在致高树勋总司令的电中，略谓："捧读钧座反对内战通电中之三项主张，我等除竭诚拥护外，并愿以实际行动，与八路军、贵军及全国军民携手并进，为反对内战，早日实现和平而努力！"

**附记**

原载延安《解放日报》一九四五年十一月二十二日。作者安岗。

本书此文选自《我是一名新闻记者》（中国社会科学出版社2015年版）一书。

（附记依据《我是一名新闻记者》一书中《国民党起义军官号召进犯军罢战》一文的说明。）

# 士兵们第一次自由座谈

[新华社太行十日电]国民党三十军、四十军现已开到太行山下，备受欢迎与优待。本月五日士兵们举行座谈会，自由自在、毫无拘束的发言中，他们对国民党反动派强迫他们进攻解放区发动内战的罪行，提出了严正的控诉。三十军二十三师八十团二营五连战士营小喜沉痛地说："我是郑州人，今年阴历八月初二，在地里做活，叫中央军抓住，说送些东西。我七十二岁的老娘又哭又叫的，跟着追了十几里，结果还被他们打回去了。到新乡后，给我发了一套破军装，硬逼我当了兵。当官的又哄我们说，到北边去缴日本兵的枪，想不到是来打八路军，早知道是这样，我死也不来了。"接着二十七师九十九团输送连下士王建明说："我是在四川被抓来当兵的，我们谁也不愿意打八路军。但是一过黄河，当官的就在我们背后用机枪硬逼我们向八路军进攻。"全场数百名国民党军队的士兵，同时想起了战场的情景，怒火从每个人的心坎里燃烧起来。该连二等兵王福山紧接着说道："我们连上的弟兄们，一听说叫打八路军，在路上就跑得只剩下十几个人了。连长下命令叫沿路抓壮丁补充，但是随抓随跑，到现在我们也不过三十余人。"他又说："我们出发时，上面说到华北缴日本人的枪，但当我们经过洛阳时，明明看到许多日本兵拿着枪在城里城外站岗，上面却不叫我们去缴他们的枪，一直到过了黄河，我们才知道受了骗，原来上面是叫我们来打八路军的。"在许多士兵相继发表了自己被国民党反动派强迫来打内战的情形后，他们座谈的中心，就转到了来打八路军以后的感想。四十军三九师一一五团副团长的护兵周容海与三十军六七师二〇一团工兵连的传令兵刘金喜异口同声地说："来到八路军这三天了，我们很痛快。白天有饭食，晚上有被子，八路军的官长

和弟兄们待我们都很和气，完全和自己人一样。"三十军山炮营预备射手彭泽友说："来了以后，看见老百姓对待八路军实在亲热；在中央军时老百姓一见我们拔腿就跑。"接着又说："在中央军时，每顿饭谁都吃不饱，来八路军后，每顿饭谁也吃不完，难怪八路军都吃得胖胖的！"三十军二十七师八〇团二营五连二等兵梁虹茂也说："八路军官兵一致；在中央军时，咱们当小兵的经常挨打，谁敢说平等二字。"说话的人愈来愈多了，大家争着把自己过去所遭遇的国民党的虐待和来到八路军后所感受的温暖尽量倾诉出来。王福山又从座位上站起来大声地说："兄弟们，我们过去受国民党反动分子的苦是受够了。今天我们已经找到了生路，我们要和八路军一起反对国民党反动派打内战。如果国民党反动派还想来欺辱我们，我们就干脆和他干！"雷动的掌声，淹没了其他士兵的继续发言。

**附记**

原载延安《解放日报》一九四五年十一月十日。作者安岗。

本书此文选自《我是一名新闻记者》（中国社会科学出版社2015年版）一书。

（附记依据《我是一名新闻记者》一书中《士兵们第一次自由座谈》一文的说明。）

# 和平喊话

[新华社太行三十一日电] 十月三十日，在平汉磁县码头镇前线，敌我的阵地相隔不到五十公尺。国民党××军的士兵们，趴在战壕里，用步枪机关枪向我们进攻。激烈的射击，雨一般的炮弹，从不愿屠杀自己同胞的国民党炮兵手中，被迫飞向我们的阵地上来。但是我们的战士很少予以反击，即使在对方的炮火最凶猛的时候。因为光明是我们的，真理站在我们这一方面，我们有信心用道理来说服他们，制止向自己的同胞进攻，于是和平的喊话开始了。

"兄弟们，咱们都是中国人，不要中了国民党反动派的奸计，互相残杀。"

"放下武器，大家过和平生活！"……

我们团的士兵，首先提高嗓子响亮而诚恳地喊着。

这些正义的呼声，深深地打入了对方的心坎，其中一部分立即停止开火了，他们都静静地呼吸着。

不久，一个士兵从战壕里伸出他的脑袋，惊奇地向他的同伴说："抗战抗了八年，本想回家去团圆，想不到被骗这里来打自己人。"周围的人，瞪着眼对他看了一眼，但很快就低下头去了。

"在华北，除了北平天津等几个大城市外，其他地方完全被我们八路军解放了……"

"八路军兄弟，我的家在尧山，最近那里的情形怎样？"

"八路军兄弟，我是阳谷人，我的家情形怎样？"

"八路军兄弟，我是南宫人，我的家情形怎样？"

"八路军兄弟，我的家都比他们近得多，我的家就在邯郸，那里的情形怎样？"

"八路军兄弟……"

一连串的问题，从对方阵地里爆发出来。不少的××军士兵，从战壕里挺起了腰杆，他们把枪扔在自己的脚下。我们的指挥战员并没有使他们失望，详细而耐心地把他们所要知道的家乡情形，一一作答。他们中有一个士兵跟着叹了一口气说："国民党反动派干什么都让我们当炮灰，现在眼巴巴望着自己的家乡回不去。"

我们还没有把要求国民党成立联合政府和联合统帅部的道理讲完，掌声和高呼赞成的声音就代替了子弹射击声，从××军的战壕里响起来。

"中国的党派比欧美的少得多，国民党还想坚持一党专政，真是不讲道理！"一个下级军官这样说。另外一个士兵更跳起来说："我们队伍里十分之七八，都是河北、山东人，要不是国民党反动派压迫，谁愿意到自己家乡来打自己同胞。"

"打个球，到那边去……"

正义的怒火，燃烧起来了，他们纷纷地从口袋里掏出国民党反动派发给他们的《剿共手本》，用自己的手，把它撕得粉碎，扔在自己的脚下，一边践踏，一边放声大骂。

渴望和平、反对内战的空气，笼罩了整个战场，子弹稀疏地在空气中飞舞，炮声已经沉寂！

**附记**

《新华日报》（太行版）前方三十一日电。原载《新华日报》（太行版）一九四五年十一月三十一日。作者安岗。

本书此文选自《我是一名新闻记者》（中国社会科学出版社2015年版）一书。

（附记依据《我是一名新闻记者》一书中《和平喊话》一文的说明。）

# 邯郸新华广播电台开始正式播音

邯郸新华广播电台

　　呼号：XGHT

　　用长短波同时播音

　　长波：二四〇米一二五〇千周

　　短波：四十九米六一二〇千周

　　九月一日正式开始播音，热诚欢迎各地听众收听。

九月一日节目（下午六时开始）

1.中共中央声明。

2.晋冀鲁豫中央局号召。

3.民主建国军高树勋总司令反内战通电。

4."九·一"记者节各地贺电。

5.XGHT（本台）介绍。

6.国民党统治区没有新闻自由。

7.晋冀鲁豫边区新闻。

8.长治人民眼中的毛主席。

9.时事讲话——苏皖六次大捷。


**附记**

　　原载晋冀鲁豫《人民日报》一九四六年九月一日。邯郸新华广播电台、陕北新华广播电台播出。

　　本书此文选自《邯郸新华广播电台暨陕北新华广播电台在太行时期历史资料汇编》（邯郸人民广播电台2006年编印）一书。

（附记依据《邯郸新华广播电台暨陕北新华广播电台在太行时期历史资料汇编》一书中《邯郸新华广播电台开始正式播音》一文的说明。）

# 庆祝邯郸新华广播电台开播贺词

### 中共太岳区党委的贺词

你光荣地代表三千万人民的意志和呼声，反对独夫蒋介石进行内战，反对美帝国主义武装干涉中国内政，人民有了你，可以把英勇自卫的斗争，民主建设的宏功伟绩传播到全中国全世界。你诞生了，你是人民最忠实可靠的人，人民会在你的号召下组织起来，争取祖国的独立和平民主！

### 太行行署主任牛佩琮的贺词

代表中国人民的呼声，宣传真理，揭穿国民党反动派的无耻谣言，争取中国人民爱国自卫战争的彻底胜利。

### 太岳军区司令部、政治部的贺词

你粉碎了重重困难的锁链，巍然出现在中外人民的面前，发出雄伟的声音，播送着边区人民的欢呼和怒吼，传达着顽占区人民的哀声和呼号，打击着法西斯好战分子的无耻叫嚣，实不啻给我边区人民增加十万雄兵，使我解放区军民对于争取爱国战争的胜利更增强了无限信心。兴奋之余，谨电致贺！

### 太岳新华日报、新华分社的贺词

当听到你的第一句话第一个声音，三千万人民都振奋了！这是三千万人民几千年来第一次得到亲口向全国全世界说话的机

会，这是我党在宣传战线上一个伟大的成就，这是更完善地掌握了为人民服务的新闻斗争武器。

### 太行新华日报、太行新华分社的贺词

自卫战线上的有生力量！

### 人民日报社、新华社晋冀鲁豫总分社的贺词

你所传播的是党的号召，和全边区人民为独立和平民主而战斗的与劳动的声音。

**附记**

原载晋冀鲁豫《人民日报》一九四六年九月一日。邯郸新华广播电台播出。

本书此文选自《邯郸新华广播电台暨陕北新华广播电台在太行时期历史资料汇编》（邯郸人民广播电台2006年编印）一书。

（附记依据《邯郸新华广播电台暨陕北新华广播电台在太行时期历史资料汇编》一书中《庆祝邯郸新华广播电台开播贺词》一文的说明。）

# 邯郸新华广播电台恢复播音

邯郸新华广播电台，前因机器发生故障，于十月十五日停止播音，经该台工作人员积极修整，已告完竣，定于十二月十五日正式播音。

呼号：XGHT

短波：四九点二米，六〇九六千周。

二六〇米，一二五〇千周。

时间为十七点三十分至二十点三十分（即五点半至八点半）。该台热诚欢迎各地听众收听后，随时提供意见，俾便改进，并望踊跃赐稿以充实内容。

**附记**

原载晋冀鲁豫《人民日报》一九四六年十二月十四日。邯郸新华广播电台播出。

本书此文选自《邯郸新华广播电台暨陕北新华广播电台在太行时期历史资料汇编》（邯郸人民广播电台2006年编印）一书。

（附记依据《邯郸新华广播电台暨陕北新华广播电台在太行时期历史资料汇编》一书中《邯郸新华广播电台恢复播音》一文的说明。）

# 邯郸新华广播电台深受全国赞扬

在万难中诞生，成为全国人民号角之一的邯郸广播电台，已获得全国人士的好评。平、津、京、沪、昆明等地的听众，纷纷致函赞扬："邯郸广播电台很好，声音很清晰。"现该台人员为了更提高一步，经过深入讨论，已定出上半年的奋斗目标，首先要争取宣传上的主动，有计划有组织地报道，达到这一目标的步骤是充实人力，健全组织，使通联、编辑、资料、图书、文艺等各部门，迅速建立起来。要做到节目多样丰富，新闻及时，词句要尽量口语化，简短明快，播音时咬字清楚，口齿流利，抑扬顿挫，充满感情。并播送戏剧、故事、歌曲等小型节目。该台"三八"妇女节的广播，开始做到了更加充实，生动和活泼。在各机关衷心关怀与多方帮助之下，全台人员正为提早完成并超过他们的奋斗目标而努力。

## 附记

原载晋冀鲁豫《人民日报》一九四七年三月十四日。邯郸新华广播电台播出。

本书此文选自《邯郸新华广播电台暨陕北新华广播电台在太行时期历史资料汇编》（邯郸人民广播电台2006年编印）一书。

（附记依据《邯郸新华广播电台暨陕北新华广播电台在太行时期历史资料汇编》一书中《邯郸新华广播电台深受全国赞扬》一文的说明。）

# 人民解放军给予蒋军重大杀伤后主动撤离延安

[延安消息]卖国贼蒋介石进攻民主圣地延安，经过我陕甘宁边区军民坚强抗击，予以重大杀伤，十九号，我人民解放军因任务已经完成，主动撤出延安。这次作战，人民解放军和边区人民表现出异常的英勇和积极，而蒋介石、胡宗南的竭尽全力的窜犯，除得到一座空城外，毫无所获。

蒋介石在这次进犯中，调了他的五分之三的空军，驾着美国造的飞机对边区和平居民滥施轰炸，并且将他少得可怜的降落伞部队，也调到西安，准备孤注一掷。在地面上，蒋介石使用于第一线的部队达九个整编师，十三个整编旅，把胡宗南所有的主力都集中起来，企图以突然袭击占领延安，歼灭我人民解放军，打击伟大的中国共产党的首脑机关。这个突然袭击原定于三月六号开始，在三月十号莫斯科外长会议开会以前攻下延安。

蒋介石这次进攻延安的政治目的，显然是企图振奋他内部消沉已极的士气，和在国民党三中全会上替他党内主战派壮胆。在国际上，则配合美国帝国主义的"大棒"政策，使马歇尔在莫斯科外长会议上渡过难关。

我人民解放军的战略向来是不死守一城一地，而以消灭敌人有生力量为目的。这次保卫延安，则着重于破坏蒋介石的突然袭击，保证首脑机关的安全转移。现在可以向全世界宣告：就是这项目的已经完满达成，而蒋介石企图在三月十号以前窜抵延安的计划已被打破，中国共产党中央机关完好无损，并且仍然留在陕北，指导全国的爱国自卫战争。蒋介石占领延安，丝毫不能挽救他在军事、政治、经济各方面的危机，但是蒋介石的这一行动，

将使全国人民更加团结起来，为独立、和平、民主而作最坚决的奋斗。

**附记**

延安新华广播电台于一九四七年三月十四日转移到陕北子长县（瓦窑堡）的山沟里播音，但台名并未更改。一九四七年三月二十日播出本篇消息后，即改名为陕北新华广播电台。邯郸新华广播电台转播。

本书此文选自《延安（陕北）新华广播电台广播稿选》（中国广播电视出版社1985年版）一书。

（附记依据《延安（陕北）新华广播电台广播稿选》一书中《人民解放军给予蒋军重大杀伤后主动撤离延安》一文的说明和邯郸新华广播电台相关资料。）

# 人民解放军总部发言人谈保卫延安之战

[延安消息]人民解放军总部发言人,今天在陕北某地接见记者说:这次保卫延安之战,我军以极小代价,打死打伤了敌人五千,并打死了敌军四十八旅旅长何奇。发言人指出,胡宗南军进攻部队全是轻装,从无人的荒山中开路前进,所以他的兵力非常疲劳。胡军九十师的五十三旅和六十一旅损失严重,而九十师是胡军两个主力师之一。胡军分左右两集团:右集团由董钊率领第一师三个旅、九十师两个旅和二十七师两个旅。左集团由刘戡率领三十六师两个旅、十七师两个旅、七十六师两个旅和十五师的一个旅。真是孤注一掷,全部家当都搬出来了。由于西安空虚,蒋介石又急忙从四川、湖北把第十师罗庆文部老远调来。发言人说:胡军窜到延安之后,国民党宣传机关大肆造谣,说什么消灭我军一万人。又说胡军已进抵安定、清涧等等,完全是一派胡言。到二十二号为止,胡军还没有敢由延安前进一步。如果胡宗南真是俘虏我们一万人,就请他像我们新华广播电台一样把名单公布出来,但不许伪造,否则就证明他完全是造谣。发言人指出,蒋介石在损失了六十多个师(旅)的兵力之后,再来开辟这个新战场,把胡宗南主力十四个旅陷死在这里,战略的愚蠢是很显然的。但是为了"振奋"他的士气,又无法不这样做,这叫做"进退维谷"。现在打进来了,退是不能退的了,这就陷得很深。总之,就是更加"进退维谷"。蒋介石、胡宗南现在很高兴,但这种高兴是短命的。请看蒋介石占领临沂的前例,蒋胡军的官兵很快就会知道,若要生还故乡,唯有放下武器。

**附记**

已改为陕北新华广播电台的延安新华广播电台一九四七年三月二十四日广播。邯郸新华广播电台转播。

延安新华广播电台从一九四六年十二月二十日起，每天广播各个战场上放下武器的蒋军军官名单，介绍起义的、投降的和被俘的蒋军军官的姓名、部别、职别、籍贯、年龄、放下武器地点、家属通讯地址等，并报道他们来到解放区以后的生活情形。有时也广播各个战场上无谓牺牲的蒋军军官名单，和告诉他们的家属到指定地点领回尸体的通知。

本书此文选自《延安（陕北）新华广播电台广播稿选》（中国广播电视出版社1985年版）一书。

（附记依据《延安（陕北）新华广播电台广播稿选》一书中《人民解放军总部发言人谈保卫延安之战》一文的说明和邯郸新华广播电台相关资料。）

# 陕甘宁人民解放军创造模范战例

[延安消息]人民解放军总部发言人，二十八号，在陕北某地接见新华社记者，公布陕甘宁人民解放军的捷报。我陕甘宁人民解放军一部，二十五号，在延安东北七十里的青化砭，从上午十点钟到十二点钟，经过两个钟头的激烈战斗，完全歼灭了胡宗南军的第三十一旅旅部和一个整团，蒋胡军没有一个人逃脱，活捉了该旅旅长李纪云和副旅长、参谋长、团长以下四千多人。

这次战斗有三个特点：第一，是作战的时间极其短促；第二，将敌人消灭得彻底干净；第三，敌我伤亡比例为二十比一。这实在可说是模范的战例之一。这次战斗距离胡军拼死进犯延安只相隔十二天，距离胡军窜抵延安只相隔六天。发言人指出：胡宗南全部进犯陕甘宁解放区的军队连骑兵旅、保安旅以及新调来的一个旅在内，一共只有十七个旅，三十四个团，如果平均十二天消灭一个团，只要半年就可打掉他一半。胡宗南进攻边区一开始就被我打死一个旅长，现又被活捉一个旅长，请问胡宗南一共有几个旅长？我陕甘宁人民解放军旗开得胜，神勇无敌，和其他解放区的伟大胜利互相配合，粉碎蒋介石、胡宗南的进攻是毫无疑问的。

### 附记

陕北新华广播电台一九四七年三月二十八日广播。邯郸新华广播电台转播。

本书此文选自《延安（陕北）新华广播电台广播稿选》（中国广播电视出版社1985年版）一书。

本篇是陕北新华广播电台在陕北最后一天的节目中播出的。

此后，陕北新华广播电台即转移到晋冀鲁豫解放区的涉县西戌镇沙河村继续播音。

一九四七年，《东北日报》、晋冀鲁豫《人民日报》《晋绥日报》《晋察冀日报》《冀晋日报》和《西满日报》也都根据陕北新华广播电台的播音刊登了本篇消息。

（附记依据《延安（陕北）新华广播电台广播稿选》一书中《陕甘宁人民解放军创造模范战例》一文的说明和邯郸新华广播电台相关资料。）

# 为各线野战军服务
# 邯郸新华广播电台增设广播节目

**[新华社晋冀鲁豫二十七日电]** 邯郸新华广播电台为适应前线需要，八月一日起增设新节目，专为我各线野战军服务，广播时间为每晨七点至八点半。节目包括各项重要新闻、评论、通讯等，全部以记录新闻播送。下午十七点至二十一点广播仍旧，该台呼号XGHT，波长四十九点二公尺，周率六〇九六千周。

### 附记

原载晋冀鲁豫《人民日报》一九四七年七月二十九日。邯郸新华广播电台播出。

本书此文选自《邯郸新华广播电台暨陕北新华广播电台在太行时期历史资料汇编》（邯郸人民广播电台2006年编印）一书。

（附记依据《邯郸新华广播电台暨陕北新华广播电台在太行时期历史资料汇编》一书中《为各线野战军服务邯郸新华广播电台增设广播节目》一文的说明。）

# 陕北新华广播电台二周年告听众

各位听众！今天是本台成立两周年纪念日。从今天起，本台节目有了若干改进：

第一，许多听众要我们增加播音时间，我们从今天起每天增加播音时间一小时。

第二，有些听众觉得我们报告新闻的时间太长了，我们从今天起规定新闻时间二十五分钟，另外增加简明新闻，每天十九点四十五分开始播送，时间十分钟左右。

第三，有些听众要求多播一些评论，我们规定以后每天至少播送一篇，每天在十九点开始播送。

第四，有些听众要求增加文艺节目，我们除去经常播送一些故事、歌谣之类，特别在每个星期日增加《星期文艺》，专门介绍解放区文艺作品、民谣、音乐、文化界活动等。在每个星期日十九点二十分开始播送。

第五，有些听众要求把重要评论都摘作记录新闻，我们已经在做了，今后一定继续这样做。

第六，有些听众，特别是有些外国友人，要我们增加英语新闻，我们准备从本月十一号开始增加。

第七，以后规定十八点到十八点三十分，专门对蒋军广播。

本台从去年周年纪念日起，广泛征求全国听众意见，后来虽然因为战争环境，交通不便，但是我们仍然收到了一些听众的来信，仅仅从蒋管区，就有二十多位听众写信给我们。各位提来的意见，凡是能做到的，我们都开始做到了。有些意见，例如要求增强电力，要求每天把播音时间增加到十二小时等等，这些在目前虽然还不能做到，但是我们相信不久之后也有可能做到的。

今年三月间，胡宗南军队侵犯延安，敌人曾经以为这一来延安新华广播电台总不会再发出声音了,在三月三十号那一天,敌人在延安架了一架流动电台,派了一个男人模仿女人的声音,企图冒充本台播音。实在无耻到极点。然而,本台同仁,仅仅两天,就打破一切困难,胜利地完成了转移的任务。我们从延安的山沟,转移到陕北的另一条山沟。我们的声音,又重新越过天空,响亮地传布到祖国的和南洋的每一个角落。胡宗南军队冒充本台、破坏本台的企图,只有几分钟就自己破产了。现在我们和胡宗南军队近在咫尺,敌人天天都会听到我们响亮的声音,但是他们能有什么办法呢?

在今年三月间,胡宗南军队侵占延安以后,蒋家的中央广播电台XGOA,也曾经得意忘形地说:"延安新华广播电台不止一次说过,蒋军侵入延安就是进入坟墓,现在延安新华广播电台,你们为什么不再说了呢?"让我们现在回答蒋家的中央广播电台吧:本台的预言,现在大部分已经变成了事实。不久之后,即将完全证实,而你们的吹牛和叫嚣,早已完全破产了,你们不止一次说过,陕北共军已被全部肃清,前几天蒋家国防部新闻局局长造谣专家董显光又一次造了这样的谣言。然而在事实上,被肃清的绝不是人民解放军,相反的,正是你们蒋军自己。自从三月三十号以来,在陕北战场上,人民解放军已经歼灭了蒋军三万八千多人,你们三十一旅旅长李纪云,一百三十五旅代理旅长麦宗禹,一百六十七旅旅长李昆岗,骑二旅旅长陈应权,陕北警备副司令张子英,一百二十三旅旅长刘子奇,都已经被西北人民解放军活捉过来了。你们的四十八旅旅长何奇,三十六师师长钟松,一百六十五旅副旅长黄廷辉,都已经被西北人民解放军送进坟墓去了。蒋军还送过来许多军火物资,仅仅在上个月二十号米脂沙家店之役,送过来的子弹就有二十多万发。要人证有人证,要物证有物证,蒋家的中央广播电台XGOA!你们还凭什么天天在造谣呢?你们还能造谣到几时呢?

现在西北战场已经开始反攻,全国各战场也已经反攻或将开始反攻,本台配合着这样的新形势,今后将更迅速地把人民解放

军的捷报、蒋管区人民运动开展的情形，随时报告给各位。同时希望各位把本台的消息，用各种办法，随时扩大传播出去，或者用油印散发出去，或者写成墙报贴出去，或者口头转告别人，告诉各位的亲戚、朋友、同事、同乡，而且也要他们一传十，十传百，百传千地传播出去。让蒋管区的父老兄弟姊妹们，都能够配合着人民解放军的大反攻，为着自己的解放，去准备一切必要的条件。

各位听众！不久就会有许多捷报，请等着吧！让我们在人民解放军大反攻声中，为着迎接新中国的诞生，更密切地携手并进吧！这也就是本台在二周年纪念日对各位的一点要求和希望。

本台两周年纪念日向各位讲的话播送完毕，下面介绍一下解放区的广播电台：

陕北新华广播电台，呼号XNCR，波长四十米，七五〇〇千周，每天播音时间十八点到二十一点。

邯郸新华广播电台，呼号XGHT，波长四十九点二米，六〇九六千周，每天播音时间七点到八点三十分，十七点到十八点，二十一点到二十二点。

晋察冀新华广播电台，呼号XGNC，波长三十五米，八六六〇千周，每天播音时间十七点开始。以上都是上海时间。

齐齐哈尔西满广播电台，呼号XNWR，波长三百五十九米，八百三十五千周，每天播音时间六点三十分到八点，二十点到二十四点。上海夏季时间。

佳木斯东北广播电台，呼号XNMR，波长二百八十四点四米，一〇五五千周，每天播音时间，早晨六点开始，下午二十点开始。

哈尔滨广播电台，呼号XMHR，波长二百三十四点四米，一二八〇千周，每天播音时间，东北时间十九点开始。

此外还有安东广播电台、牡丹江广播电台、延吉广播电台和临江广播电台。佳木斯广播电台最近正在加强电力，并且准备增加短波。这就是解放区广播电台的阵容。今后随着人民解放军反攻的胜利，解放区的播音事业一定会有更进一步的发展。代表中国人民的呼声，在祖国乃至全世界的天空，一定会越来越响亮的。

**附记**

陕北新华广播电台一九四七年九月五日广播。

本书此文选自《邯郸新华广播电台暨陕北新华广播电台在太行时期历史资料汇编》（邯郸人民广播电台2006年编印）一书。

（附记依据《邯郸新华广播电台暨陕北新华广播电台在太行时期历史资料汇编》一书中《陕北新华广播电台二周年告听众》一文的说明。）

# 邯郸广播电台新订时间节目

[**新华社晋冀鲁豫二十三日电**] 邯郸新华广播电台自明年元旦起，广播节目及时间重新订定如下：

呼号XCNP，波长四十九点二公尺，六〇九六千周

7：00—9：00向南线人民解放军广播记录新闻。

17：30—17：35报告节目。

17：35—18：00对蒋军广播。

18：00—21：00转播陕北新华广播电台各项节目。

21：00—21：10节目预告。

21：10—21：25报告重要新闻。

21：25—21：50晋冀鲁豫解放区新闻及南线人民解放军胜利消息。

21：50—22：15评论。

22：15—22：30晋冀鲁豫解放区各种新闻报道及新华社重要简明新闻。

## 附记

一九四七年十二月二十三日邯郸新华广播电台广播。晋冀鲁豫《人民日报》发表。

本书此文选自《邯郸新华广播电台暨陕北新华广播电台在太行时期历史资料汇编》（邯郸人民广播电台2006年编印）一书。

（附记依据《邯郸新华广播电台暨陕北新华广播电台在太行时期历史资料汇编》一书中《邯郸广播电台新订时间节目》一文的说明。）

# 晋冀鲁豫中央局宣传部召开通讯报导会议

八月十六日，中央局宣传部张磐石同志亲自主持召开通讯报导会议。出席者有军区司令部王副参谋长，政治部宣传部任部长，参谋处梁处长，边府教育厅张德甫同志，邯郸广播电台常振玉、肖风同志等十余人。会议中心研究如何利用党报、广播电台、总分社等机构指导工作，加强对内对外之宣传教育，克服各干各的手工业式的工作方法，只惯于自己办小报用油印通报指导工作，不惯于用党报、广播电台、总分社等机构指导工作，往往工作指示传达下去，既失去时效，又难普遍贯彻。肖风同志说：如邯郸广播电台主要是广播我区消息，要求各机关、部队、地方工作同志，主动给电台供给材料。任部长说：报纸、广播电台、总分社除应报导我军胜利消息外，要多报导一些后方工作，如优军、贺功等等活动，对前方战士鼓舞作用很大。梁处长说：领导同志等特别重视党报、广播电台、总分社，学会利用这些工具指导工作，除秘密性的东西外，一般东西尽可能争取在报上发表，在电台上广播。他说军区用油印（或复写）发出的指示，因为地方辽阔，交通不便，好多没有传达下去，或传达下去没有看过，但在报上登的指示都看到了。最后互相交换工作情况，约定今后在工作上多打招呼，共同把报导工作做好。

[又讯] 晋冀鲁豫军区司令部，根据中央局宣传部加强通讯报导工作会议精神，于十九日召开报导会议，检讨过去报导工作。会上明确了几个思想问题：一、报纸、电台是地方上指导工作的武器，也是军队的指导工作武器；是对外的宣传武器，也是对内的教育武器，要充分重视利用。谁的工作在报纸上一登、电台上一广播，对工作马上就有推进作用。如补充团在报上登了一个消息，战士们争着看报，欣相传告，说他们上了报啦，非好好

干不可！第二天天不明即起床练兵。登一次报，比几星期教育还强。二、写稿不仅是记者的责任，也是大家的责任，不仅看报，还要写稿，自己工作报导好，主要依靠自己。三、要把写稿当成工作任务之一，立功条件之一，后方机关要主动地找材料，就能遍地是黄金。如军工建设、医务工作、练兵、俘虏工作等等，抓紧其模范人物，新的工作经验，加以提升综合，都是好消息、好文章。报导组织，以行政组织单位处（科）为基础，组织了三个通讯小组，经常供给报馆、广播电台稿件或材料。

**附记**

原载晋冀鲁豫《人民日报》一九四七年八月二十三日。邯郸新华广播电台播出。

本书此文选自《邯郸新华广播电台暨陕北新华广播电台在太行时期历史资料汇编》（邯郸人民广播电台2006年编印）一书。

（附记依据《邯郸新华广播电台暨陕北新华广播电台在太行时期历史资料汇编》一书中《晋冀鲁豫中央局宣传部召开通讯报导会议》一文的说明。）

# 邯郸新华广播电台增加本区新闻广播

[**新华社晋冀鲁豫一日电**]邯郸广播电台从九月一日该台一周年纪念日起，革新节目，加强地方性，增加五十分钟本解放区的报道。并从九月五日起，跟着陕北新华广播电台延长时间一小时，而移后播音时间一小时。"九一"以后的新节目如下：

七点到八点半——专给人民解放军前线部队广播记录新闻；

十七点到十七点半——报告节目，重要新闻；

十七点半到十八点——评论、综合报导、解放军官的介绍、家信和作品；

十八点到二十点——转播陕北新华广播电台的各种节目（九月五日起，转播到二十一点为止）；

二十点到二十点半——（九月五日起，二十一点到二十一点三十分）晋冀鲁豫解放区新闻，二十点半到二十点五十分——（九月五日起二十一点半到二十一点五十分）晋冀鲁豫解放区报道；

二十点五十分到二十一点——（九月五日起，二十一点五十分到二十二点）简明新闻；

该台呼号XGHT，波长四九点二公尺，六〇九六千周。

### 附记

原载晋冀鲁豫《人民日报》一九四七年九月三日。邯郸新华广播电台播出。

本书此文选自《邯郸新华广播电台暨陕北新华广播电台在太行时期历史资料汇编》（邯郸人民广播电台2006年编印）一书。

（附记依据《邯郸新华广播电台暨陕北新华广播电台在太行时期历史资料汇编》一书中《邯郸新华广播电台增加本区新闻广播》一文的说明。）

# 陕北新华广播电台英语新闻节目开播

（一九四七年九月十一日）

各位听众、晚上好！

这里是：XNCR，陕北新华广播电台。

今天，九月十一日，我们开始播送新办的英语新闻节目，由新华通讯社专为讲英语的朋友们提供关于中国方面的新闻。

我们要通过这个电台在上海时间每晚八点四十分，就是二十点四十分向讲英语的世界各地听众播送有关中国时事的简明、真实的报道，因为我们相信这样的材料是不容易从其他地方得到的。

我们准备向听众报道中国正在前进——全人类五分之一的人民正在排除一切障碍走向新的民主生活，这将对今后世界发展的道路发生深刻的影响。

我们的目的是为你们服务，我们衷心希望你们向我们提出建议和批评。

XNCR电台每天广播用的波长是四十米，频率是七五〇〇千周。这次广播同时由XGNC晋察冀广播电台用波长三十五米，频率八六六〇千周转播，并由XGHT邯郸广播电台用波长四十九点二米，频率六〇九六千周转播。

现在播送今天的新闻提要：

人民军队已收复十个陕北城市；

胡宗南在陕北的三十六师被歼灭；

从封建主义制度下解放出来的东北自由农民；

游击队支援人民军队的作用日益增大。

## 附记

这篇稿子由姜桂浓据英文原稿译出。

本书此文选自《中国国际广播电台简史》（中国国际广播出版社2011年版）一书。

1947年3月4日，国民党军队疯狂进攻延安，延安新华广播电台在播完当天中午的节目后，奉命转移到瓦窑堡播音。3月21日，延安新华广播电台改名为陕北新华广播电台。为防备敌人突袭，只在每天晚上播音一次。3月30日，陕北新华广播电台转移到晋冀鲁豫解放区的太行山，即河北省涉县西戌镇境内。

1947年9月5日，陕北新华广播电台播出《陕北新华广播电台二周年告听众》的广播讲话说："根据国内外听众、朋友的意见，增加英语新闻。从当天起，陕北新华广播电台每天播音时间增加到3小时。"当时，语言广播部和英语广播部都在西戌镇西戌村的一个农家院子里办公。

9月11日，陕北新华广播电台在河北省沙河村正式开办英语广播。开始曲使用意大利《阿依达》歌剧中的《凯旋进行曲》，每天广播20分钟。播音员是魏琳。当时，新华社英语广播部主任是沈建图，副主任是陈龙，编辑有彭迪、钱行、李敦白（美国英语专家）、郑德芳、郑平、邓克、黄龙、黎玖、叶周等。播音员除魏琳外，还有钱行、王禹，打字员为胡小为。

陕北新华广播电台的英语广播每天都准时播音，宣传的内容与形式都有了新的开拓，达到了新的境界。

当时，凡是中共领导人的重要活动、党的政策和主张、人民解放战争的重大胜利消息、时局述评等都及时通过电台用英语播出，例如1947年9月12日播出新华社社论《人民解放军大举反攻》，陕北新华广播电台打破惯例，连续4天反复广播。社论说："人民解放军的大反攻，标志着战争形势的根本改变。"29日播出军事述评《中秋月夜谈战局》，详细介绍了人民解放军大反攻一个多月的军事形势，指出："中国的大势已定，蒋介石的覆灭和中国人民的最后胜利已经确定无疑了。"10月10日播出中国人民解放军总部发表的《中国人民解放军宣言》《中国人民解放军口号》以及重新颁布的《中国人民解放军三大纪律八项注意》。1948年1月4日至5日，播出毛泽东在中共中央会议上的报告《目前形势和我们的任务》，全文约1万字。4月2日播出消息《收复延安》。消息说："英勇的西北人民解放军已经收复延安。困踞延安的蒋胡军整编十七师，在人民解放军日益扩展的强大春季攻势的震慑下，在21号早晨，全部仓皇弃城向南逃窜。我围城部队正在乘胜跟踪追击中。延安是去年3月19日我军主动撤离的，到现在一年一个月零三天，又回到人民手中。"上述内容的广播，有力地配合了党领导的人民解放战争逐步走向胜利。

新中国成立后，陕北新华广播电台和涉县人民的关系从未中断过。为纪念中国人民对外广播事业暨中国国际广播电台创建70周年，陕北新华广播电台前身之一的中国国际广播电台于2016年11月25日在涉县西戌镇沙河村隆重举行寻根纪念活动，并为"英语广播开播旧址"揭牌。国际台常务副台长夏吉宣、副台长王明华、总编辑王文俊，河北省委外宣局领导夏文义，时任邯郸市委副书记回建，市委常委、宣传部长贾永清，副市长侯华梅，涉县四套班子领导及中外嘉宾百余人参加了纪念活动。

揭牌仪式上，国际台常务副台长夏吉宣指出，英语广播见证并记录了新中国的诞生与成长，为对外介绍中国、报道世界、增进中国人民与世界各国人民的相互了解和增进友谊做出了重要贡献。英语广播也不断壮大，已发展成集广播、电视、网站、报纸多种传播手段为一体的综合媒体。他表示，重温历史是为了铭记历史，从历史中得到启迪，得到激励。今后，国际台全体员工将以更加饱满的热情、更加昂扬的斗志，全面打造海外城市分台、多语种移动媒体等十八大业务集群，着力打造英语、华语环球广播工程，实现24小时不间断播出，全面提升国际传播能力，基本建成现代综合新型国际传媒，开辟对外广播事业发展的新局面。

回建在讲话时说，国际台建台70年来，秉承优良传统、坚持改革创新，为增进中国人民与世界人民的了解和友谊发挥了重要

作用，为党和国家的新闻和传媒事业做出了卓越贡献。我们衷心希望国际台能够一如既往地关注邯郸的建设和发展，关心支持邯郸的广电传媒事业，更多地宣传推介邯郸。

　　我们将进一步加强与国际台的合作，借助国际台强大的国际传播能力和传播优势，促进邯郸经济社会又好又快发展，大力提升邯郸的知名度和美誉度。他要求，市直有关部门和涉县县委、县政府要加强对广播电台旧址的保护，以新华社暨邯郸、陕北（延安）新华广播电台、《人民日报》旧址管理办公室和红色新闻文化研究会为载体，积极发掘有关文史资料，让蕴藏在这片热土上的革命历史文化熠熠生辉，以实际行动回报国际台对邯郸和涉县老区人民的关怀和厚爱。仪式上，贾永清与涉县领导将象征故土的旧址黄土和代表太行精神的太行石递交到国际台领导手中，侯华梅与涉县领导向国际台赠送了邯郸市艺术家写有"新中国新闻事业从这里走来"的书法作品，为中国人民对外广播事业暨国际台创建70周年祝福。与会领导和嘉宾共同朗诵了表达国际台回涉县寻根代表团共同心声的诗歌——《我们的心声》：

　　七十年前，烽火连天、峥嵘岁月中华民族生死攸关
　　在圣地延安，你毅然决然迎风起航向世界发出坚定的宣告
　　1947年，命运决战、黎明前夕
　　在燕赵大地，巍巍太行迎着硝烟，你精神抖擞再度扬帆向人民发出嘹亮的呐喊
　　在风雨如晦的年代你是灯、你是塔你传播触手可摸的希望
　　在伟业初创的年代你是旗帜，你是号角你掀起热火朝天的高潮

　　（附记依据《中国国际广播电台简史》一书中《中国人民对外广播事业的创建》一文的说明和《邯郸日报》的相关报道。）

## 播送军属家信

本台为了进一步为南下反攻大军服务,从一九四八年一月一日起,代替军属们播送家信,请各军属们把写好的家信(请写明收信人姓名及部队番号,发信人姓名及住址),寄人民日报社转本台编辑部即可。

邯郸新华广播电台编辑部

**附记**

原载晋冀鲁豫《人民日报》一九四七年十二月二十五日。邯郸新华广播电台播出。

本书此文选自《邯郸新华广播电台暨陕北新华广播电台在太行时期历史资料汇编》(邯郸人民广播电台2006年编印)一书。

(附记依据《邯郸新华广播电台暨陕北新华广播电台在太行时期历史资料汇编》一书中《播送军属家信》一文的说明。)

## 关于播送军属家信的声明

本台最近收到很多没有部队番号（有些是寻人的）或番号不明的军属来信，这些信，本台无法播送，都退回了。因为广播信件也要事先告诉是给哪一部分，什么人的，好让那个部分的收音员准备记录下来，再转告收信人本人，如果没有部队番号，就不好办。因此再请各位军属们注意：写信时一定要写明收信人现在的部队番号（某纵队、某旅、某团、某营、某连）和姓名（字要写真）。

另外本台还收到一些部队（或机关）同志写给家里的信。这些信本台也无法播送退回了，因为即使播了也收不到。最后还请各邮局注意：本台只播送邮路不通的南下反攻大军的军属家信，如果已经通邮的地方特别是给晋冀鲁豫解放区以内某部队或某机关的军属信件，还是请你们邮递，不要再转给本台。

邯郸新华广播电台编辑部

**附记**

原载晋冀鲁豫《人民日报》一九四八年二月二十八日。邯郸新华广播电台播出。

本书此文选自《邯郸新华广播电台暨陕北新华广播电台在太行时期历史资料汇编》（邯郸人民广播电台2006年编印）一书。

（附记依据《邯郸新华广播电台暨陕北新华广播电台在太行时期历史资料汇编》一书中《关于播送军属家信的声明》一文的说明。）

# 收复延安

**[延安消息]** 英勇的西北人民解放军已经收复延安。困踞延安的蒋胡军整编十七师，在人民解放军日益扩展的强大春季攻势的震慑下，在二十一号早晨，全部仓皇弃城向南逃窜。我围城部队正乘胜跟踪追击中。我陕甘宁边区延属专员公署，中共延属地委，已经在今天进驻延安市办公。延安是去年三月十九号我军主动撤离的，到现在一年一个月零三天，又回到了人民手中。

**附记**

陕北新华广播电台一九四八年四月二十二日广播。邯郸新华广播电台转播。

本书此文选自《延安（陕北）新华广播电台广播稿选》（中国广播电视出版社1985年版）一书。

（附记依据《延安（陕北）新华广播电台广播稿选》一书中《收复延安》一文的说明和邯郸新华广播电台相关资料。）

# 中共中央"五一口号"发布

[延安消息]现在向大家播送中国共产党中央委员会刚刚发布的纪念"五一"劳动节口号,请各位听众认真收听。

(一)今年的五一劳动节,是中国人民走向全国胜利的日子。向中国人民的解放者中国人民解放军全体将士致敬!庆祝各路人民解放军的伟大胜利!

(二)今年的五一劳动节,是中国人民死敌蒋介石走向灭亡的日子,蒋介石做伪总统,就是他快要上断头台的预兆。打到南京去,活捉伪总统蒋介石!

(三)今年的五一劳动节,是中国劳动人民和一切被压迫人民的觉悟空前成熟的日子。庆祝全解放区和全国工人阶级的团结!庆祝全解放区和全国农民的土地改革工作的胜利和开展!庆祝全国青年和全国知识分子争自由运动的前进!

(四)全国劳动人民团结起来,联合全国知识分子、自由资产阶级、各民主党派、社会贤达和其他爱国分子,巩固与扩大反对帝国主义、反对封建主义、反对官僚资本主义的统一战线,为着打倒蒋介石,建立新中国而共同奋斗。

(五)各民主党派、各人民团体、各社会贤达迅速召开政治协商会议,讨论并实现召集人民代表大会,成立民主联合政府!

(六)一切为着前线的胜利。解放区的职工,拿更多更好的枪炮弹药和其他军用品供给前线!解放区的后方工作人员,更好地组织支援前线的工作!

(七)向解放区努力生产军火的职工致敬!向解放区努力恢复工矿交通的职工致敬!向解放区努力改进技术的工程师、技师致敬!向解放区一切努力后方勤务工作和后方机关工作的人员致敬!向解放区一切工业部门和后方勤务部门的劳动英雄、人民功臣、模范工作者致敬！

（八）解放区的职工和经济工作者，坚定不移地贯彻发展生产、繁荣经济、公私兼顾、劳资两利的工运政策和工业政策！

（九）解放区的职工，为增加工业品的产量，提高工业品的质量，减低工业品的成本而奋斗！拿更多更好的人民必需品供给市场！

（十）解放区的职工，发扬新的劳动态度，爱护工具，节省原料，遵守劳动纪律，反对一切怠惰、浪费和破坏行为，学习技术，提高生产效率！

（十一）解放区的职工，加强工人阶级的内部团结，加强工人与技术人员的团结，建立尊师爱徒的师徒关系！

（十二）解放区私营企业中的职工，与资本家建立劳资两利的合理关系，为共同发展国民经济而努力！

（十三）解放区的职工会与民主政府合作，保障职工适当的生活水平，举办职工福利事业，克服职工的生活困难。

（十四）解放区和蒋管区的职工联合起来，建立全国工人的统一组织，为全国工人阶级的解放而奋斗！

（十五）向蒋管区为生存和自由而英勇奋斗的职工致敬！欢迎蒋管区的职工到解放区来参加工业建设！

（十六）蒋管区的职工，用行动来援助解放军，不要替蒋介石匪徒制造和运输军用品！在解放军占领城市的时候，自动维持城市秩序，保护公私企业，不许蒋介石匪徒破坏！

（十七）蒋管区的职工，联合被压迫的民族工商业者，打倒官僚资本家的统治，反对美帝国主义者的侵略！

（十八）全国工人阶级和全国人民团结起来，反对美帝国主义者干涉中国内政、侵犯中国主权，反对美帝国主义者扶植日本侵略势力的复活！

（十九）中国工人阶级和各国工人阶级团结起来，反对美帝国主义者压迫亚洲、欧洲和美洲的民族解放运动、民主运动和职工运动！

（二十）向援助中国人民解放战争和推动中国职工运动的世界各国工人阶级致敬！向拒运拒卸美帝国主义和其他帝国主义援蒋物资的各国工人阶级致敬！向并肩反抗美帝国主义侵略的各国工人阶级和各国人民致敬！

（二十一）中国劳动人民和一切被压迫人民的团结万岁！

（二十二）中国人民解放战争的胜利万岁！

（二十三）中华民族解放万岁！

**附记**

陕北新华广播电台一九四八年四月三十日广播。邯郸新华广播电台转播。同年五月一日，《晋察冀日报》头版头条刊发，五月二日，晋冀鲁豫《人民日报》头版头条刊发。本书此文选自《中共中央解放战争时期统一战线文件选编》（档案出版社1988年版）一书。

"五一口号"特指中国共产党中央委员会于1948年4月30日发布的纪念"五一"劳动节口号。"五一口号"得到了民主党派、无党派民主人士的热烈响应，他们发表宣言、通电和谈话，并接受邀请奔赴解放区，与中国共产党共商建国大计。这是我国统一战线和多党合作发展史上一件具有里程碑意义的事件，标志着各民主党派和无党派人士公开、自觉地接受了中国共产党的领导，标志着各民主党派和无党派人士坚定地走上了新民主主义、社会主义的道路，标志着中国的民主政治建设和政党制度建设揭开了新的一页。

中共中央"五一口号"的起草与正式发布，在时机成熟和条件成熟的情况下，还缘于时任中共中央宣传部副部长、晋冀鲁豫中央局宣传部部长廖承志的一封电报。按惯例，每年的五一劳动节中共中央都会通过新华社，对外做出专门决定，发布宣言、口号，举行集会、游行，刊发文章、社论。革命战争迅猛发展形势下的1948年五一劳动节，自然也不会例外。时任中宣部副部长、晋冀鲁豫中央局宣传部部长、新华社社长的廖承志，当时正率队驻扎在位于太行山深处的涉县西戌村，在五一国际劳动节到来之际，他给中共中央发了一个十分简短的电报，询问五一劳动节快到了，中央有什么重要事情发布。电文很快传到了西柏坡。廖承志的这封简短来电，当即引起毛泽东和周恩来等中共中央领导人的高度重视。国民党反动统治即将崩溃，一个独立、民主、和平、统一的新中国即将诞生，该是对外公布共产党人的政治主张、提出新中国政治蓝图的时候了。于是，"五一口号"初稿应运而生。

"五一口号"初稿第5条"工人阶级是中国人民革命的领导者，解放区的工人阶级是新中国的主人翁，更加积极地行动起来，更早地实现中国革命的最后胜利"，第23条"中国人民的领袖毛主席万岁"和第24条"中国劳动人民和被压迫人民的组织者，中国人民解放战争的领导者——中国共产党万岁"引起了毛泽东的注意。

毛泽东将"五一口号"初稿第5条修改为："各民主党派、各人民团体及社会贤达，迅速召开政治协商会议，讨论并实现召集人民代表大会、成立民主联合政府。"将第23条"中国人民的领袖毛主席万岁"划掉。将第24条改为"中华民族解放万岁"。这样，修改后的"五一口号"，一共23条。毛泽东的这些改动，寓意极为深刻，体现了他的博大胸怀与高瞻远瞩，表现了他对中国革命进程的准确把握，对统一战线在革命进程中作用的清醒认识。

1948年4月30日，中共中央书记处扩大会议在晋察冀军区所在地河北省阜平县城南庄召开（又称城南庄会议），会议讨论通过了经毛泽东修改后的《中共中央纪念"五一"劳动节口号》。当日，通过中共中央在涉县西戌镇西戌村的新华社正式对外发布。同一时间，同在西戌镇沙河村的陕北新华广播电台和邯郸新华广播电台也进行了广播。5月1日，《晋察冀日报》头版头条刊发了"五一口号"。5月2日，邯郸的晋冀鲁豫《人民日报》头版

肆 消息

头条全文发表。

（附记依据《中共中央解放战争时期统一战线文件选编》一书中《中国共产党中央委员会发布纪念"五一"劳动节口号》一文的说明。）

# 中共中央电贺睢杞大捷

[**陕北消息**] 中国共产党中央委员会发表贺电，庆祝华东和中原人民解放军在豫东睢杞地区歼灭蒋敌约五万人的伟大胜利。贺电全文如下：

刘伯承、邓小平、陈毅、粟裕、李先念、邓子恢、宋任穷、张际春、陈士榘、唐亮诸同志及华东和中原人民解放军全体同志们：

庆祝你们继开封胜利之后，在豫东歼灭蒋敌区寿年兵团、黄伯韬兵团等部约五万人的伟大胜利。此次睢杞战役，蒋介石为解救其区寿年、邱清泉两兵团被我围歼的危机，竟先后调动了三十二个正规旅及一个快速纵队，一个交警总队，共达二十七万人之众。但经九昼夜激战，终不能逃此惨败。而区寿年、沈澄年等高级将领且均被我生俘。这一辉煌胜利，正给蒋介石"肃清中原"的吃语以迎头痛击；同时，也正使我军更有利地进入了中国人民解放战争的第三年度。为此，我等特向同志们致慰念之意。尚希继续努力，为歼灭更多蒋敌，解放全中原人民而战！

中共中央委员会
一九四八年七月十一日

**附记**

陕北新华广播电台一九四八年七月十一日广播。邯郸新华广播电台转播。

本书此文选自《延安（陕北）新华广播电台广播稿选》（中国广播电视出版社1985年版）一书。

（附记依据《延安（陕北）新华广播电台广播稿选》一书中《中共中央电贺睢杞大捷》一文的说明和邯郸新华广播电台相关资料。）

# 解放济南快讯两则

## （一）

各位听众！现在播送刚刚收到的济南前线捷报：进攻山东省会济南的人民解放军，已经完全占领商埠区和外城全部，现正在进行最后阶段的巷战。到二十三号早晨为止，守敌被歼和起义的总共已有六万多人。

## （二）

各位听众：人民解放军今天下午五点钟全部解放济南，守敌全部歼灭，无一漏网，战果正在清查中！

**附记**

第一条新闻是陕北新华广播电台一九四八年九月二十四日在当天晚间新闻节目即将结束时广播的。第二条新闻则是陕北新华广播电台一九四八年九月二十四日在播音已经结束大约一分钟后，根据领导决定又重新开机加播的"号外"消息。邯郸新华广播电台随后转播。

本书此文选自《延安（陕北）新华广播电台广播稿选》（中国广播电视出版社1985年版）一书。

（附记依据《延安（陕北）新华广播电台广播稿选》一书中《解放济南快讯两则》一文的说明和邯郸新华广播电台相关资料。）

## 新华社发表社论庆祝济南解放的伟大胜利

[陕北消息]新华社今天发表社论，庆祝济南解放的伟大胜利。社论指出，这个胜利已经使华东人民解放军获得了比以往任何时候更大的自由，不但山东残余的敌人岌岌可危，而且整个华东和中原的敌人也将遭到更加沉重的打击，华中和中原的全部解放已经更加迫近了。社论说，目前和济南处于同样情形的国民党长期困守的孤立据点，还有长春、沈阳、锦州、承德、保定、南阳、安阳、榆林等城市。社论告诉这些城市的人民和国民党军队说：济南的迅速解放，证明人民解放军强大的攻击能力，已经是国民党军队所无法抵御的了。任何一个国民党城市都无法抵御人民解放军的攻击了。社论接着斥责国民党故意和这些城市里的人民作对。社论指责国民党在守城的时候，残酷地压迫、剥削和驱使这些城市里的人民，甚至于强迫他们大批地饿死、冻死；而在失败了的时候，又马上对市民滥肆轰炸。社论同时指出：国民党军队的广大官兵也只能是做着莫名其妙的牺牲品。社论问道：既然明明守不住，为什么又一定要下命令死守呢？既然明明没有援兵出动，为什么又一定要下令死守待援呢？难道不是故意骗人送死吗？社论最后正告困守孤立城市的国民党军队里面的一切开明人士，要他们走辽南潘朔端师长、营口王家善师长和济南吴化文军长的道路。社论诚恳地对他们说：这样不但使我们的祖国和同胞少受一些损失，使人民解放军早日在全国胜利，而且，你们自己也得到一个将功折罪、重新改造自己和为人民服务的机会。

各位听众！这篇社论的全文，本台在今天上海标准时间二十点整播送，请各位到时注意收听。

**附记**

陕北新华广播电台一九四八年九月三十日广播。邯郸新华广播电台转播。

本书此文选自《延安（陕北）新华广播电台广播稿选》（中国广播电视出版社1985年版）一书。

（附记依据《延安（陕北）新华广播电台广播稿选》一书中《新华社发表社论庆祝济南解放的伟大胜利》一文的说明和邯郸新华广播电台相关资料。）

## 邯郸新华广播电台广播军属家信介绍

[新华社华北十月九日电]去年七月，刘邓、陈谢大军相继南下，深入国民党区作战，指战员及随军地方干部远离家乡，和后方的军属干属互相想念，但通邮非常困难。邯郸新华广播电台便从今年一月一日起正式增设军属家信节目，以记录方式对本军播送，以沟通前后方联系，巩固部队，鼓励士气，该台自开始播送家信以来，每天收到寄往前方的家信五六封，有时甚至二三十封。从一月份到九月份，已经播送到前方的家信共两千四百三十九封。该台从收到军属的家信以后，除了无法播送的（如无部队番号或番号不明）原信退回外，其余均设法播送。由于收到的信件太多，广播时间有限，为了避免积压，即实行编号，压缩或合并（如几个人寄信给一个人，或是只简单的问好信等），同时尽量保留原文，按收到先后依次播发。对带季节性、时间性，而内容较好的（如报告过年过节时优待军属的情形，麦秋丰收的情况，庆功贺喜，增添人口等）则提前播发。已经能够通邮的地区，即集中转送前方，并在广播家信时将名单广播，请他们查收。该台九个月来收到的军属家信，内容大部分是报告家庭土改中得到了土地，生活改善，或群众庆功贺功的情形，勉励其子弟、丈夫努力杀敌，争取当人民功臣。根据前方部队函电反映，军属家信的播送，在前方部队中受到普遍的欢迎，虽然还未做到每个同志都能接到自己的家信，但别人家信中所说的事情，如翻身、生产、优待军属等，都是大家熟悉关心的。根据其中所谈事情，联想起自己的家乡及家庭的情形，也可得到很大的安慰。一位同志从前方来信说，去年中秋节，家在晋冀鲁豫解放区的战士们听到涉县北关军属李舒梅写给她丈夫贺全柱的家信，其中谈到贺全柱家在翻身以后欢度了个快乐幸福的中秋节时，均感

到莫大的安慰和兴奋。听完以后，大家谈个不休，甚至能把广播中的每一句话一字不漏地背出来。解放战士们听到远方广播电台替前方播家信的事，非常惊异。他们说：在国民党军队时里，就是家里来了信，当官的都扣起来不给。人民解放军真是军民一体，官民一致。现在，由于人民解放军不断地胜利，许多地方连成一片。能通邮的地区，后方军属普遍接到了前方的来信，许多来信中都提到广播的家信收到了，非常高兴。许多军属纷纷写信给广播电台致谢。

**附记**

新华社华北一九四八年十月九日电。邯郸新华广播电台播出。

本书此文选自《邯郸新华广播电台暨陕北新华广播电台在太行时期历史资料汇编》（邯郸人民广播电台2006年编印）一书。这篇文章提到了涉县北关家属李舒梅写给在晋冀鲁豫军区服役的贺全柱的家信，其中谈到翻身解放后过上的幸福生活，引起很大反响。

（附记依据《邯郸新华广播电台暨陕北新华广播电台在太行时期历史资料汇编》一书中《邯郸新华广播电台广播军属家信介绍》一文的说明。）

## 解放长春

[长春前线急电] 长春迅速解放，是锦州胜利的直接结果。曾经是伪满洲国首都的长春，是在一九四六年四月由东北人民解放军从伪军姜鹏飞部手中收复，又在同年五月被国民党军侵占的。自从东北人民解放军去年冬季攻势以后，长春就被解放军所包围，市内国民党守军完全陷于饥饿和绝望状态。虽然，美国侵略者和蒋介石曾经因为是否撤出长春与何时撤出长春而吵闹不休，事实上这种撤退早已成为幻想。一直到本月十五号解放军攻克锦州的时候，慌忙飞往沈阳的蒋介石才派飞机来长春投下他的所谓"手令"，命令国民党守军立即撤退。但是早在十四号，曾泽生将军就和解放军接洽实行起义和交卸防务事宜。蒋介石撤退命令一到，六十军就率部起义，退出长春。其余国民党军队也宁愿投降，不愿再打，突围更是不可能了。长春国民党最高指挥官、"东北剿总副总司令"、国民党中央候补执行委员郑洞国，率领所部第一兵团直属机关部队和新七军全部官兵在昨天放下武器。新七军由原属新一军的新三十八师和东北伪军两个师编成。郑洞国部的投降，是国民党守城军队在高级指挥官率领下实行全体投降的第一次。这是中国战争形势已经发生了巨大变化并将继续发生更大变化的象征。因为这一点，长春的解放不但加速了东北的全部解放，而且给所有据守大城市的国民党军队指出了一个前途。

**附记**

陕北新华广播电台一九四八年十月二十日广播。邯郸新华广播电台转播。

本书此文选自《延安（陕北）新华广播电台广播稿选》（中国广播电视出版社1985年版）一书。

（附记依据《延安（陕北）新华广播电台广播稿选》一书中《解放长春》一文的说明和邯郸新华广播电台相关资料。）

# 辽西人民解放军全部歼灭蒋军十二个师

[辽西前线急电]被包围在黑山、打虎山地区的廖耀湘所率五个军十二个师,已经在今天早晨全部被歼灭。这五个军十二个师是:新一军两个师,新三军三个师,新六军两个师,七十一军两个师,四十九军一个师和归四十九军指挥的另一个师,还有二〇七师一个旅,素称精锐的廖耀湘所率各军,在作战中一触即溃,狼狈不堪。俘虏官兵人山人海。在俘虏中已查出师长六名。美国制造的汽车、大炮、军火在战场上到处堆积。战场上人民群众和解放军连成一片,欢声雷动。

## 附记

陕北新华广播电台一九四八年十月二十八日广播。邯郸新华广播电台转播。

本书此文选自《延安(陕北)新华广播电台广播稿选》(中国广播电视出版社1985年版)一书。

(附记依据《延安(陕北)新华广播电台广播稿选》一书中《辽西人民解放军全部歼灭蒋军十二个师》一文的说明和邯郸新华广播电台相关资料。)

# 我军攻克沈阳　东北全境解放

[沈阳前线急电]东北人民解放军昨天傍晚攻克沈阳,东北全境都已解放。我军在辽西打虎山以东的地区歼灭国民党军的主力廖耀湘兵团以后,以急风暴雨之势,接连收复沈阳外围的卫星据点新民、铁岭、抚顺、本溪、辽阳、鞍山、海城等地,猛烈追击从沈阳向南逃窜的敌军。解放军的先头部队,在十月二十九号打下沈阳东北的东陵和北陵飞机场,主力部队赶到之后,三十号上午四点钟,在铁西区开始突破,向东北国民党军的老巢沈阳开始进攻,到十一月二号黄昏,全部解决战斗。这个拥有一百八十万人口,被敌军侵占了两年六个月零二十天的东北第一大城市沈阳,全部解放。守城的国民党军全部被歼灭。被歼灭的敌军有:东北剿总司令部,第八兵团司令部,沈阳警备司令部,五十三军三个师的全部,新一军的暂编五十三师,整编二百师,七师第一旅、第二旅,东北剿总直属警卫团,骑兵司令部的第一旅、第二旅、第三旅,炮兵第七团全部、第十六团一部,重迫击炮第十一团,装甲兵团战车第三团第一营,工兵第十团、第十二团,通讯兵第六团、第九团,宪兵第六团,第六补给区司令部,东北守备第一、第二总队,沈阳守备第一、第二总队。辽宁保安旅和各杂色部队,各地反动的流亡政府等全部被歼灭。除了卫立煌、杜聿明和少数国民党高级军官仓皇地乘飞机逃跑以外,没有一个漏网。战果正在清查中。到此,东北全境以内,除了营口和锦西狭窄滩头阵地还有少数敌军以外,其余敌军已经全部肃清。东北全境解放,军民欢腾若狂。

**附记**

陕北新华广播电台一九四八年十一月三日广播。邯郸新华广播电台转播。

本书此文选自《延安（陕北）新华广播电台广播稿选》（中国广播电视出版社1985年版）一书。

（附记依据《延安（陕北）新华广播电台广播稿选》一书中《我军攻克沈阳　东北全境解放》一文的说明和邯郸新华广播电台相关资料。）

# 淮海战役开始

[**淮海前线消息**]强大的人民解放军解放淮海地区的战役已经开始。七号,在豫东商丘以东的张公店地区,全部歼灭由商丘东逃的敌军五十五军一八一师。该敌除打死打伤的以外,全部被我生俘,包括该军副军长兼一八一师师长米文和在内。五十五军是西北军旧部,属国民党四绥区刘汝明指挥,现任军长是曹福林。一八一师在九月底由鲁西南菏泽逃到商丘,本月六号由商丘东逃,就全部被歼灭。此外,解放军六号收复江苏东北角的海州,七号收复海州东北的新浦镇,八号收复鲁南的郯城,同一天收复商丘以东、徐州以西的砀山,该城距徐州约八十公里。在这次作战中,解放军士气极盛,敌军不断地忙于逃跑,每天害怕被消灭,结果被消灭得更快。这次敌人一八一师,只经过一夜作战就被解决。

**附记**

陕北新华广播电台一九四八年十一月九日广播。邯郸新华广播电台同日转播。

本书此文选自《延安(陕北)新华广播电台广播稿选》(中国广播电视出版社1985年版)一书。

(附记依据《延安(陕北)新华广播电台广播稿选》一书中《淮海战役开始》一文的说明和邯郸新华广播电台相关资料。)

# 人民解放军各路大军合围徐州

[淮海前线消息] 徐州地区战局发展迅速。人民解放军各路大军已向徐州东、西、南、北四面急速推进,将该地区敌军加以包围。冯治安将军所部两个军起义后,徐州东北面立即暴露。现在徐州以东运河地区敌七兵团黄伯韬所部正被围歼,徐州以西敌邱清泉第二兵团正被围攻,徐浦段铁道线已被我军切断,敌徐州总部部署已乱,士气颓丧,毫无斗志。由商丘东逃到徐州西南方面的国民党四绥区刘汝明部,在一八一师被歼,又听说冯治安部起义后,军心动荡。解放军已向该部提出忠告,要求该军立即反正。该部和吴化文、冯治安两部同属旧西北军系统,一向被蒋介石所排挤,现在更不受信任。徐州国民党军形势恶化后,南京极为恐慌,十号已宣布紧急戒严,戒严地区北到蚌埠,西到安庆,东到上海,南到杭州。

**附记**

陕北新华广播电台一九四八年十一月十一日广播。邯郸新华广播电台同日转播。

本书此文选自《延安(陕北)新华广播电台广播稿选》(中国广播电视出版社1985年版)一书。

(附记依据《延安(陕北)新华广播电台广播稿选》一书中《人民解放军各路大军合围徐州》一文的说明和邯郸新华广播电台相关资料。)

# 中共中央负责人
# 评我国军事形势的重大变化

[陕北消息]中共中央负责人,今天评论我国的军事形势说:中国的军事形势现已进入一个新的转折点。就是说,战争双方力量对比已经发生了根本的变化。人民解放军不但在质量上早已占有优势,而且在数量上现在也已经占有优势。这是中国革命的成功和中国和平的实现已经迫近的标志。今年六月底,国民党军队总数约计三百六十五万人,现在只有二百九十万左右的人数。人民解放军,则由一九四六年六月的一百二十万人,增加到一九四八年六月的二百八十万人,现在又增加到三百多万人。今年六月底,国民党正规军还有二百八十五个师的番号。最近四个月内,被人民解放军歼灭了营以上部队合计八十三个师,其中包括六十三个整师。这样,就使我们原来预计的战争进程,大为缩短。原来预计,从一九四六年七月起,大约需要五年时间,便可能在根本上打倒国民党反动政府。现在看来,只需从现在起,再有一年左右的时间,就可能将国民党反动政府从根本上打倒了。(各位听众!本台今晚二十点还要播送这篇评论的全文,请注意收听。)

**附记**

陕北新华广播电台一九四八年十一月十四日广播。邯郸新华广播电台转播。

本书此文选自《延安(陕北)新华广播电台广播稿选》(中国广播电视出版社1985年版)一书。

本篇是根据毛泽东同志为新华社写的评论《中国军事形势的

重大变化》改编的。原文见《毛泽东选集》第四卷。

（附记依据《延安（陕北）新华广播电台广播稿选》一书中《中共中央负责人评我国军事形势的重大变化》一文的说明和邯郸新华广播电台相关资料。）

# 人民解放军全部歼灭黄伯韬兵团

[淮海前线急电]徐州以东一百多里碾庄地区的国民党军黄伯韬兵团已经在今天下午五时全部歼灭，无一漏网。淮海战役的第一阶段，从本月七号开始，现在已告结束。在这第一阶段的十六天中，国民党军已经丧失了他的正规军（非正规军没有计算在内）十八个整师，就是：黄伯韬部五个军十个师，孙良诚部一个军两个师，刘汝明部一个师，宿县守军一个师，和大部由何基沣、张克侠两将军率领起义，小部由解放军歼灭的冯治安部两个军四个师。黄伯韬兵团的覆没，对于淮海战役今后的发展有巨大意义。该兵团原来在陇海东段运河到海州之间的地区，一听说我军出动，就星夜西窜，刚过运河，就被我穿过冯治安部防地直插徐州东侧的强大解放军兵力堵住，逃跑不得。我主力从海州运河间迅速赶上，敌主力四个军当即被我压缩在纵横不到十华里的碾庄车站及其北侧地区。由运河车站以南绕道西窜的黄伯韬兵团六十三军两个师早在十二号就被歼灭。碾庄之敌黄伯韬兵团二十五军、四十四军、六十四军、一百军则困守待援。蒋介石和刘峙从十二号起，派邱清泉、李弥两兵团六个军十五个师由徐州向东增援，人民解放军则布阵阻击。这两个兵团以庞大兵力一步一跌地前进，走了十一个整天，付出大批伤亡和部分被歼灭的代价，总共走了三十个华里左右，距碾庄还有四十多里，眼看着黄伯韬全军覆没。蒋介石这次增援计划的唯一产物，就是中央社所连日喧嚷的所谓"共匪总崩溃""国军伟大胜利"等一连串的梦话。国民党在徐州蚌埠地区有八个兵团，连同刘峙直属的共计六十六个正规师，除被歼及起义的以外，现在被分割为南北两部分。在徐州方面的为邱清泉十个师，李弥七个师，孙元良四个师，文峙直属一个师。在蚌埠方面的是黄维十一个师，刘汝明五

个师，李延年九个师及守备灵璧一个师。其中十个师左右战斗力较强，其余都是很弱的。

**附记**

陕北新华广播电台一九四八年十一月二十二日广播。邯郸新华广播电台转播。

本书此文选自《延安（陕北）新华广播电台广播稿选》（中国广播电视出版社1985年版）一书。

（附记依据《延安（陕北）新华广播电台广播稿选》一书中《人民解放军全部歼灭黄伯韬兵团》一文的说明和邯郸新华广播电台相关资料。）

# 人民解放军包围黄维兵团

[**淮海前线消息**] 蒋介石由豫南急急忙忙调来增援徐州前线的黄维兵团，已被人民解放军团团包围在宿县西南浍河与涡河中间的狭小地区内。该部经过十几天的长途行军，二十四号刚到宿县西南三十多里的南平集、孙仪、白沙、曹市地区，就遭到强大的解放军四面包围。经解放军几天来猛烈炮轰，伤亡极大。该敌曾数次向东南方向突围，企图与蚌埠地区北上策应的李延年、刘汝明两兵团会合，都告失败。其突围部队的一部，已被消灭。李延年、刘汝明两兵团进到宿县东南任桥、固镇地区后，因害怕被歼，也弃黄维兵团于不顾，掉头逃回蚌埠。现在蚌埠以北任桥、固镇、曹老集一线已被我军控制。在这种情况下，黄维兵团已完全陷入绝境。这支约十万人的军队，现已被压缩在以双堆集为中心的东西十五里、南北五里的狭小地区内，粮草弹药，极端缺乏。在将居民的猪、鸡、狗吃光后，仅靠宰杀骡马及抢劫居民的红薯和红薯藤叶为食。飞机空投粮食极少，且专投给十八军胡琏部，十军、十四军、八十五军所得很少。官兵为抢夺空投食物，往往互相殴打致死。因为缺少饮水，只能喝泥浆。没有房屋住，只能大冷天露营，和大堆的死尸、伤兵、车辆、牲口挤成一团。又冷又饿又渴又累，狼狈不堪。解放军每发出一个炮弹，都要打死该敌一部。现在解放军正劝该部投降，如不投降，就要坚决歼灭。

**附记**

陕北新华广播电台一九四八年十二月一日广播。邯郸新华广

播电台转播。

本书此文选自《延安（陕北）新华广播电台广播稿选》（中国广播电视出版社1985年版）一书。

（附记依据《延安（陕北）新华广播电台广播稿选》一书中《人民解放军包围黄维兵团》一文的说明和邯郸新华广播电台相关资料。）

# 新华社发表一九四九年新年献词
## 《将革命进行到底》

[陕北消息]新华社在十二月三十号发表了一篇重要的社论，题目是《将革命进行到底》。这是一九四九年的新年献词。社论指出，一九四九年人民解放军将向长江以南进军，将要获得比一九四八年更加伟大的胜利。一九四九年，解放区的农业生产和工业生产将要比过去提高一步，铁道公路交通将要全部恢复。一九四九年，将要召集没有反动分子参加的政治协商会议，宣告中华人民共和国的成立，并且组成共和国的中央政府。这个政府是一个民主联合政府，将由共产党领导，有各民主党派各人民团体的适当的代表人物参加。社论着重论述了反动派的"和平"阴谋，和中国人民与一切民主党派应当抱的态度。社论揭露说：中国反动派和美国侵略者，现在一方面正在利用现存的国民党政府来进行"和平"阴谋，另一方面又正设计使用某些既同中国反动派和美国侵略者有联系，又同革命阵营有联系的人们，叫他们力求混入革命阵营，构成革命阵营中的所谓反对派，以便保存反动势力，破坏革命势力。社论号召全国人民、各民主党派和各人民团体，同中国共产党一起，用革命的方法，坚决彻底干净全部地消灭一切反动势力，驱逐美国帝国主义的侵略势力出中国，将革命进行到底。（各位听众！本台今晚二十点播送这篇社论全文，请注意收听。）

附记

陕北新华广播电台一九四八年十二月三十日广播。邯郸新华广播电台转播。

本书此文选自《延安（陕北）新华广播电台广播稿选》（中国广播电视出版社1985年版）一书。

（附记依据《延安（陕北）新华广播电台广播稿选》一书中《新华社发表一九四九年新年献词〈将革命进行到底〉》一文的说明和邯郸新华广播电台相关资料。）

# 解放天津

**[平津前线急电]** 人民解放军,今天下午一点半钟,完全占领华北最大的工商业城市天津。守城的敌军全部被歼灭。天津警备司令陈长捷被活捉。市民对天津的迅速解放极为欢欣。人民解放军对天津的攻击,从十四号上午十点钟开始,仅仅经过二十七个半钟头,就完全解决战斗。天津的迅速解放,给北平的傅作义和李文一个鲜明的教训:如果不接受解放军的要求,迅速率部投降,他们就只有等着做俘虏。

**附记**

陕北新华广播电台一九四九年一月十六日广播。邯郸新华广播电台转播。

本书此文选自《延安(陕北)新华广播电台广播稿选》(中国广播电视出版社1985年版)一书。

(附记依据《延安(陕北)新华广播电台广播稿选》一书中《解放天津》一文的说明和邯郸新华广播电台相关资料。)

## 解放塘沽

[平津前线急电] 人民解放军，今天上午五点半钟，占领华北重要的海港塘沽。守敌十七兵团侯镜如部乘船从海上逃窜。天津和塘沽解放以后，华北傅作义军，只剩下了北平一座孤城。北平和全华北解放的日子，很快就要到来了。

**附记**

陕北新华广播电台一九四九年一月十七日广播。邯郸新华广播电台转播。

本书此文选自《延安（陕北）新华广播电台广播稿选》（中国广播电视出版社1985年版）一书。

（附记依据《延安（陕北）新华广播电台广播稿选》一书中《解放塘沽》一文的说明和邯郸新华广播电台相关资料。）

# 蒋介石退到幕后继续指挥反革命战争

[陕北消息]国民党政府伪总统蒋介石，在二十一号，以"因故不能视事"的名义宣告"引退"，把职务交给伪副总统李宗仁"代理"。李宗仁是美国政府久已内定在必要时机代替蒋介石的工具，正是因为这样，美国人才支持他当了伪副总统。美国政府在去年十二月以来，曾用各种方式再三催促蒋介石退到幕后去。据去年十二月十八号合众社上海电讯说，杜鲁门曾在去年十二月直接致函蒋介石，问他"是否已考虑他辞职或继续执政的问题"。但是事实上蒋介石并没有宣布辞职。蒋介石宣布的是"因故不能视事"，暂时离开南京，他仍然是国民党政府的"总统"。蒋介石所发的"引退"文告中说了一句"李代总统"，随即由中央社更正为"李副总统"，以免人们关于蒋介石的"总统"地位继续存在这一点发生任何误会。蒋介石在"离职"以前对于继续反革命战争作了新的安排，以陈诚为台湾省主席和台湾警备司令，蒋经国为台湾国民党省党部主任委员，朱绍良为福州绥靖公署主任兼福建省主席，方天为江西省主席，余汉谋为广州绥靖公署主任，薛岳为广东省主席，张群为重庆绥靖公署主任。国民党政府行政院在十九号做出"立即先行无条件停战"的荒谬决议的同时，通知驻南京各国使节迁往广州。国民党政府的一切实际权力仍然操在蒋系和蒋介石本人手里。一切迹象都表明，南京国民党反动政府没有任何愿意接受真正的民主的和平的诚意。

**附记**

陕北新华广播电台一九四九年一月二十二日广播。邯郸新华广播电台转播。

本书此文选自《延安（陕北）新华广播电台广播稿选》（中国广播电视出版社1985年版）一书。

（附记依据《延安（陕北）新华广播电台广播稿选》一书中《蒋介石退到幕后继续指挥反革命战争》一文的说明和邯郸新华广播电台相关资料。）

# 中共发言人就和谈问题发表谈话

[陕北消息] 据南京国民党反动政府的中央通讯社二十二日报道，这个反动政府的行政院已于二十二日推翻了它自己在十九日所作"若不先行停战便不愿意进行谈判"的那个荒谬决议，而重新决定派遣五个代表同中国共产党进行谈判。这五个代表是邵力子、张治中、黄绍竑、彭昭贤、钟天心。中共发言人称：我们愿意在一月十四日毛泽东主席对时局声明的基础之上和南京反动政府谈判和平解决的问题。南京反动政府应负发动反革命内战的全部责任，全国人民对于这个政府早已完全丧失信任，这个政府早已没有代表中国人民的资格。有资格代表中国人民的政府，只能是由即将召开的没有反动分子参加的新的政治协商会议所产生的民主联合政府。因此，我们允许南京反动政府派出代表和我们进行谈判，不是承认这个政府还有代表中国人民的资格，而是因为这个政府手里还有一部分反动的残余军事力量。如果这个政府感于自己已经完全丧失人民的信任，感于它手里的残余反动军事力量已经无法抵抗强大的人民解放军，而愿意接受中共的八个和平条件的话，那么，用谈判的方法去解决问题，使人民少受痛苦，当然是比较好的和有利于人民解放事业的。最近北平问题的和平解决，就是一个实例。但是，南京反动政府是否愿意接受中共所提出的反映全国人民公意的八个条件，现在谁也不知道。现在所知道的，就是在南京反动政府方面放出了许多虚伪的装腔作势的和平空气，企图欺骗人民，以达其保存反动势力，获得喘息机会，然后卷土重来，扑灭革命力量之目的。全国人民应有清醒的头脑，决不可被那些伪善的空谈所迷惑。谈判的地点，要待北平完全解放后才能确定，大约将在北平。彭昭贤是主战最力的国民党CC派的主要干部之一，人们认为是一个战争罪犯，中共方

面不能接待这样的代表。关于战争罪犯名单问题，中共发言人称，我们尚未发表全部战争罪犯名单，去年十二月二十五日新华社发表的仅仅是第一批名单，发动内战残杀人民的国民党反动派中的主要负责人员绝不止四十三个。

**附记**

陕北新华广播电台一九四九年一月二十五日广播。邯郸新华广播电台转播。

本书此文选自《延安（陕北）新华广播电台广播稿选》（中国广播电视出版社1985年版）一书。

（附记依据《延安（陕北）新华广播电台广播稿选》一书中《中共发言人就和谈问题发表谈话》一文的说明和邯郸新华广播电台相关资料。）

# 解放北平

[陕北消息]世界驰名的文化古都，拥有二百多万人口的北平，今天宣告解放。北平的解放是伟大的中国人民革命运动中最重要的军事发展和政治发展之一。原有国民党反动军队及其军事机构大约二十万人据守的北平，乃是执行中国共产党毛泽东主席所宣布的八项和平条件以和平方法结束战争的第一个榜样。这个事实的发生，是人民解放军的十分强大，所向无敌，国民党反动军队中的广大官兵战意消沉，不愿再作毫无出路的抵抗，和北平广大人民群众坚决拥护真正民主和平的结果。北平的国民党军主力现在已经开到城外指定地点，人民解放军定于今天开始入城接防。北平的人民很久以来已像亲人一样地渴望着人民解放军。在知道了人民解放军就要开入北平之后，北平的工人、学生、市民连忙热闹非凡地筹备着盛大的欢迎仪式，并且因国民党军一再延期全部出城而感到不耐烦。人民解放军就要和平地开入北平的消息，使这个古城突然恢复了青春的活力。从一月二十三日起物价顿然下降，街道上重新拥挤着欢天喜地的行人，他们到处探听着解放军入城的确实日期，询问着和传说着解放军和共产党的宣传品的内容。北平的和平谈判曾经进行了一个很长的时间，事实上从去年十二月人民解放军包围了北平的那一天就已经开始接触，但是直到天津解放的前夜，傅作义将军还不愿意接受人民解放军的条件，因而使谈判没有得到结果。开始时期傅作义还梦想着做绝望的抵抗，随后又梦想着率部逃到绥远或太原，或青岛、上海，并且与蒋介石信使往还不绝，对和人民解放军的和平谈判采取敷衍的态度，傅作义直系主力在新保安和张家口先后被歼，以及国民党整个军事政治形势处于绝望境地，动摇了他的原定计划。一月十四日中共毛泽东主席宣布八项和平条件，十五日天津

迅速解放，十六日人民解放军平津前线司令员林彪将军、政治委员罗荣桓将军向傅作义送出关于北平和平解决办法的公函。这些事变，促使傅作义将军决心接受解放军的提议，谈判才得到进展。双方的谈判决定：为了便于移交和接管，在过渡期间，成立七人的临时联合委员会，人民解放军方面四人，傅作义将军方面三人，以叶剑英将军为主任，这个委员会是在人民解放军平津前线司令部的领导之下工作的。双方协议：开出城外的傅作义将军所部全军，在大约一个月后开始改编为人民解放军。双方又协议：在过渡期间，北平市内的各级行政机关、企业机关、银行、仓库、邮电机关、报社、学校、文化机关等，一律暂时维持现状，不得损坏，听候处理。北平的解放基本上结束了华北的战争。中国北部的河北、察哈尔、山东、山西、绥远五省以及河南的一部，现在只有太原、大同、归绥、包头、五原、临河、青岛、安阳、新乡等少数地方尚未解放，这些地方的国民党反动军队如果不愿意跟随北平的榜样，就只有跟随天津的榜样。天津是在二十九小时内经过战斗解放的，守城的国民党反动军队全部解决，其高级将领全部被俘。其中拒绝和平解决、坚持抵抗到底，并且严重破坏人民生命财产的首要分子，将被审讯判罪。北平的解放对于长江以南及其他地方的解放也指出一个榜样。全国人民要求由战争罪犯们统率的所有执行"戡乱剿匪"伪令、屠杀中国人民的一切反动军队，都能像傅作义将军及其所部一样地接受人民解放军的条件，这将证明他们确有诚意实现真正的和平。傅作义将军在过去两年半中是积极执行所谓"戡乱剿匪"伪令的一人，因此成为战争罪犯之一。但是，人们相信，既然他现在接受人民解放军的和平条件，率部出城听候改编，那么，只要他今后继续向有利于人民事业的方向走去，他就有希望取得人民的谅解，允许他将功折罪。

**附记**

陕北新华广播电台一九四九年一月三十一日广播。邯郸新华广播电台转播。

本书此文选自《延安（陕北）新华广播电台广播稿选》（中国广播电视出版社1985年版）一书。

（附记依据《延安（陕北）新华广播电台广播稿选》一书中《解放北平》一文的说明和邯郸新华广播电台相关资料。）

## 南京的假和平丑剧原形毕露

[陕北消息]南京的假和平丑剧,从上月二十一号蒋介石"离职",只过了一个星期,就土崩瓦解,原形毕露。除了伪代总统李宗仁还守着南京的空虚的舞台以外,所有的和谈代表以及所有的伪政府部长都已经无影无踪。剩下的就只有战争准备。大批的国民党军一方面由江北撤往江南布防,一方面由京沪路和沪杭路南撤,转往浙江、江西布防。上海和浦东挤满了军队,强占民房,并迅速构筑工事。和李宗仁要求"迅速和谈"同时,李宗仁所指定的和谈代表张治中二十八号到了汉口,和白崇禧有所商谈,三十号又由汉口飞到西安,据说他还要去甘肃和新疆。另一个被指定的和谈代表彭昭贤,因为受中共拒绝而提出辞职,又被伪行政院挽留,现在连究竟还称不称得上一个代表,也没有下文。甚至李宗仁自己也有准备逃往广州的传说。伪行政院正副院长孙科和吴铁城则同告"失踪"。一个外国记者在上海找孙科,找寻了三十个小时,始终没有找到。据说,他已经往奉化见蒋介石,然后转往新的反革命中心广州。战犯陈立夫、谷正纲、何应钦、张群、彭昭贤、关吉玉等比孙科、吴铁城走得还要早。蒋介石尽管已经引退到奉化,事实上仍在继续演幕后操纵国民党的把戏。据可靠消息,奉化和南京之间的电话和无线电很忙碌。代总统李宗仁依照蒋介石的命令而伸出触角。上海消息说,根据蒋介石的命令,国民党中央宣传部在二十四号发出《特别紧急宣传通报》一件。其中说:"总裁虽暂不行使总统权威,但仍以总裁地位继续领导本党致力革命。本党同志更须共同精诚接受总统之指示。"又说,关于和平问题必须"研究总裁元旦文告及一月二十一日声明,以为言论之基准"。人们相信,尽管南京国民党政府表示得如此矛盾,如此儿戏,如此虚伪,如此混乱,中国共

产党和中国各民主党派、人民团体，都不能让他们随便说了就算。一切郑重的民主力量，一定要坚持和南京政府谈判出一个究竟，以便按照八项和平条件，确实地实现全国的和平。

**附记**

陕北新华广播电台一九四九年二月一日广播。邯郸新华广播电台转播。

本书此文选自《延安（陕北）新华广播电台广播稿选》（中国广播电视出版社1985年版）一书。

（附记依据《延安（陕北）新华广播电台广播稿选》一书中《南京的假和平丑剧原形毕露》一文的说明和邯郸新华广播电台相关资料。）

## 新华社评四分五裂的反动派为什么还要空喊"全面和平"

[陕北消息] 新华社今天发表一篇评论,指出国民党的残余力量,已经陷于不可挽救的四分五裂、土崩瓦解的状态。国民党中的死硬派,在这种形势下,空喊所谓"全面和平",他们的实际目的,是要取消和平,妄想再战。新华社评论说:"这些反动派是今天中国实现和平的最大障碍。他们梦想在'全面和平'的口号下鼓吹全面战争,即所谓'战要全面战,和要全面和'。但是,事实上他们既没有什么力量实行全面和平,也没有什么力量实现全面战争。全面的力量是在中国人民、中国人民解放军、中国共产党和其他民主党派这一方面,不在四分五裂土崩瓦解的国民党方面。一方面,握有全面的力量,另一方面,陷于四分五裂土崩瓦解的绝境,这种局面,是中国人民长期奋斗和国民党长期作孽的结果。任何郑重的人,都不能忽视今天中国政治形势中这个基本的事实。"

(各位听众,本台在今晚二十点播送这篇评论的全文,请注意收听。)

### 附记

陕北新华广播电台一九四九年二月十六日广播。邯郸新华广播电台转播。

本书此文选自《延安(陕北)新华广播电台广播稿选》(中国广播电视出版社1985年版)一书。

（附记依据《延安（陕北）新华广播电台广播稿选》一书中《新华社评四分五裂的反动派为什么还要空喊"全面和平"》一文的说明和邯郸新华广播电台相关资料。）

# 新华社评国民党反动派由"呼吁和平"变为呼吁战争

[陕北消息]国民党反动派最近又高弹战争的老调。二月十三日,国民党中央宣传部发给"各党部各党报"一个《特别宣传指示》,说"政府与其无条件投降,不如作战到底";说毛泽东声明"政府原不应接受",又说"中共所提战犯名单",使"和平商谈之途径,势难寻觅"。新华社今天评论了这件事,指出:这是表示国民党反动派公开放弃了他们两个星期以前说过的"以拯救人民为前提"等类的话,现在他们要"以拯救战犯为前提"了。新华社评论指出:战争罪犯的名单,中共方面还在向各民主党派人民团体征求意见中,根据已经收到的意见,都认为要负发动反革命战争屠杀几百万人民的责任的人,绝不止四十三个,应当是一百几十个。评论指出:国民党死硬派又在呼吁战争了,这将把他们自己孤立在宝塔的尖顶上,而且至死也不悔悟。评论最后说:长江流域和南方的人民大众,包括工人、农民、知识分子、城市小资产阶级、民族资产阶级、开明绅士、有良心的国民党人,都请听着:站在你们头上横行霸道的国民党死硬派,没有几天活命的时间了,我们和你们是站在一个方面的,一小撮死硬派不要几天就会从宝塔尖上跌下去,一个人民的中国就要出现了。(新华社的这个评论,本台在二十点全文播送,请各位注意收听。)

**附记**

陕北新华广播电台一九四九年二月十六日广播。邯郸新华广播电台转播。

本书此文选自《延安（陕北）新华广播电台广播稿选》（中国广播电视出版社1985年版）一书。

《国民党反动派由"呼吁和平"变为呼吁战争》是毛泽东同志为新华社写的评论。全文见《毛泽东选集》第四卷。

（附记依据《延安（陕北）新华广播电台广播稿选》一书中《新华社评国民党反动派由"呼吁和平"变为呼吁战争》一文的说明、邯郸新华广播电台相关资料及《毛泽东选集》第四卷。）

## 新华社评国民党对战争责任问题的几种答案

[陕北消息] 新华社今天发表一篇重要社论，题目是《评国民党对战争责任问题的几种答案》。社论根据蒋介石、李宗仁和孙科最近所作的正式声明与演说，指出国民党对战争责任有三种说法，但只有第一号战争罪犯蒋介石把战争责任推在共产党身上，李宗仁和孙科则都已供认国民党应负战争的责任。社论指出，李宗仁在一月二十二号发表的声明中，举出"战祸遍及黄河南北"的事实，认为战争责任应归国民党，并根据他的逻辑，表示："中共方面所提八条件，政府愿即开始商谈。"社论说："如果李宗仁别的什么都不好，他说出这句老实话总算是好的。"社论继而分析孙科二月七号在广州的演说，指出在这次演说中，孙科不但表示国民党应负战争的责任，改变了他在今年元旦广播中所说应由各方共同负责的论调，而且承认了国民党"党内若干人士，过分迷信武力"，以致"刀兵再起，民不聊生""军事步步失利"。孙科在这里已供认了发动战争和战败求和的是国民党，是蒋介石。可是孙科又不同意惩办这些过分迷信武力的"若干人士"，并且说中共"亦正迷信武力"。社论接着对孙科所指中共迟迟不指派代表和拒绝先行停战两点为"迷信武力"加以驳斥。社论说，中共迟迟不指派代表，是因为确定战犯名单是一件大事，故须和各民主党派人民团体互相商量，但是，大约不要很久，战犯名单就可公布，代表就可指派，谈判就可开始。其次，关于所谓"拒绝先行停战"一点，社论指出，此点中共发言人早已予以严正批评，连蒋介石那样的战争罪犯，也知道停止战争恢复和平，没有"商谈"是不可能的。社论说，孙科现在虽然站在一旁说风凉话，可是孙科就是战犯，他就是国民党内迷信武力的"若干人士"之一。（请各位听众注意，社论全文，

本台在二十点起播送，请注意收听。）

**附记**

陕北新华广播电台一九四九年二月十八日广播。邯郸新华广播电台转播。

本书此文选自《延安（陕北）新华广播电台广播稿选》（中国广播电视出版社1985年版）一书。

（附记依据《延安（陕北）新华广播电台广播稿选》一书中《新华社评国民党对战争责任问题的几种答案》一文的说明和邯郸新华广播电台相关资料。）

## 中国共产党七届二中全会完满结束

[石家庄消息] 中国共产党第七届第二次中央委员会全体会议,在石家庄附近举行,会议经过八天,业已完满结束。全会到会的中央委员三十四人,候补中央委员十九人。中央委员及候补中央委员缺席者二十人。毛泽东主席向全会作了工作报告。全会批准了一九四五年六月一中全会以来中央政治局的工作,认为中央的领导是正确的。全会批准了由中国共产党发起,并协同各民主党派、人民团体及民主人士,召开没有反动分子参加的新的政治协商会议及成立民主联合政府的建议。全会并批准一九四九年一月十四日毛泽东主席的声明及其所提八项条件以为与南京国民党反动政府及其他任何国民党地方政府与军事集团举行和平谈判的基础。

中共七届二中全会着重地讨论了在现在形势下党的工作重心由乡村移到城市的问题。全会指出:从一九二七年中国大革命失败到现在,由于敌我力量的悬殊,中国人民革命的斗争重点是在乡村,在乡村聚集力量,用乡村包围城市,然后夺取城市。党在毛泽东同志的领导下团结了广大的劳动人民,执行了这个用乡村包围城市的方针;历史已经证明这个方针是完全必要,完全正确,并且是完全成功的。但是,采取这样一种工作方式的时期现在已经完结。从现在起,重新开始了由城市到乡村,由城市领导乡村的时期,毫无疑问,城乡必须兼顾,必须使城市和乡村、工人和农民、工业和农业密切地联结起来。决不可以丢掉乡村,仅顾城市,如果这样想,那是完全错误的。但是党的工作重心必须放在城市。全会指出:我党必须用极大的努力去学会领导城市人民进行胜利的斗争,学会管理城市和建设城市。在领导城市人民的斗争时,党必须依靠工人阶级,团结其他劳动群众,争取知识分子，争取尽可能多的能够和共产党合作的小资产阶级、自由资产阶级及其代表人物站在一条战线上，以便向帝国主义者、国民党反动派和官僚资产阶级作坚决的斗争，一步一步地去战胜这些敌人。全会认为：管理和建设城市的中心关键是恢复和发展工业生产，第一是公营企业的生产，第二是私营企业的生产，第三是手工业生产。城市中的其他工作，例如党的组织工作，政权机关的建设工作，工会工作和各种民众团体的工作，治安工作，文化教育工作等，都应当为恢复和发展工业生产这一个中心工作而服务。全会号召全党同志用全力学习工业生产的技术和管理方法，学习和生产有密切联系的商业工作、银行工作和其他工作。并且发出警告说：如果我党在生产工作上无知，不能很快地学会生产工作，不能使生产事业尽可能迅速地恢复和发展，获得确实成绩，首先使工人生活有所改善，并使一般人民的生活有所改善，那么，党和人民就将不能维持政权，就会站不住脚，就会失败。

中共七届二中全会指出：无产阶级领导的以工农联盟为基础的人民民主专政，要求中国共产党认真地团结全体工人阶级，全体农民阶级和广大的革命知识分子，作为这个专政的领导力量和基础力量；同时也要求中国共产党团结尽可能多的能够与共产党合作的小资产阶级和自由资产阶级的代表人物，它们的知识分子和政治派别，以便共同打倒国内的反革命势力和帝国主义势力，迅速地恢复和发展生产，从而创造条件使中国有可能稳步地由农业国转变为工业国，由新民主主义国家转变为社会主义国家。二中全会号召全党在思想上和工作上确立与党外民主人士长期合作的政策。在这个问题上，既要反对无原则的迁就主义的态度，又要反对妨碍党与党外民主人士团结的关门主义或敷衍主义的态度。

鉴于具有伟大国际意义的中国革命的全国胜利不久就要到来，中共七届二中全会特别警戒全党同志不要骄傲自满，不要被人们的无原则的捧场所软化。全会指出：中国的革命是伟大的，但是夺取全国革命胜利只是工作的第一步，革命以后的路程更

长，工作更伟大，更艰苦。全会号召全党同志继续保持谦虚谨慎、不骄不躁和艰苦奋斗的作风，以便在打倒反革命势力之后，用更大的努力来建设一个新中国。全会认为：中国的经济遗产虽然是落后的，但是中国人民是勇敢而勤劳的，中国人民革命的胜利和人民共和国的建立，中国共产党的领导，加上世界各国工人阶级的援助，其中主要的是苏联的援助，中国的兴盛是可以计日程功的。对于中国经济复兴的悲观论点，没有任何的根据。

**附记**

陕北新华广播电台一九四九年三月二十三日广播。邯郸新华广播电台转播。

本书此文选自《延安（陕北）新华广播电台广播稿选》（中国广播电视出版社1985年版）一书。

一九四九年三月五日到十三日，中国共产党第七届第二次中央委员会全体会议，在当时的中共中央所在地河北省平山县西柏坡村召开。这是在中国人民革命全国胜利前夕召开的一次极其重要的会议。这个会议消息，是在三月二十三日由新华社发表，同日和次日在陕北新华广播电台反复广播的。会议消息发表以后，三月二十五日，中共中央和中国人民解放军总部就由西柏坡村迁到北平。同一天，新华总社和陕北新华广播电台也迁到北平。从这一天起，陕北新华广播电台改名为北平新华广播电台。

另外，这年的三月，在党的七届二中全会之后不久，新华社社长廖承志来到了陕北新华广播电台播音组和电务处的所在地——井陉县窟窿峰，他是来传达毛主席在这次会上的重要报告的。

廖社长平易近人，和蔼可亲，喜欢诙谐，有时甚至是淘气的。他走到哪里，哪里的空气就活跃起来，欢声四起。同志们亲切地称呼他"廖公""三〇二"。他对每个人都真诚地关心爱护，对立过大功的钱家楣格外亲切。他关心钱家楣政治上的进步，关心组织问题的解决，关心工作能力的提高。

这次他来，陕北新华广播电台的工作人员非常高兴，有的坐在地上，有的坐在条凳上，个个聚精会神地听他传达。

听了廖承志社长的传达，大家知道了党的工作重心正由乡村转移到城市。同时要警惕，一定要防止骄傲自满、以功臣自居、不求进步、贪图享乐、不愿再过艰苦生活的情绪，一定要防止资产阶级糖衣炮弹的轰击……

这次传达后不久，一九四九年三月下旬，陕北新华广播电台的人员乘着大卡车进了北平城。

（附记依据《延安（陕北）新华广播电台广播稿选》一书中《中国共产党七届二中全会完满结束》一文的说明和陕北台播音员钱家楣的《陕北台杂忆》一文及邯郸新华广播电台相关资料。）

## 人民解放军九个师继续渡江

[长江前线急电]强大的人民解放军,二十一号下午五时,继续在贵池以西到马当间全线横渡长江。到二十二日早晨止,已有九个整师渡过长江到达南岸,并已占领贵池以西乌沙闸附近和东流以北黄石矶附近的阵地,解放军的另一个军占领马当以西的江心八保洲。现在自芜湖到马当间数百里的江面,成千成万艘船只穿梭往来于南北两岸,解放军各部正继续蜂拥渡越长江。已经到达南岸的解放军,至今只遭遇很微弱的抵抗。现在正继续扩大南岸阵地,并猛烈向纵深发展中。

**附记**

北平新华广播电台一九四九年四月二十二日广播。邯郸新华广播电台转播。

本书此文选自《延安(陕北)新华广播电台广播稿选》(中国广播电视出版社1985年版)一书。

(附记依据《延安(陕北)新华广播电台广播稿选》一书中《人民解放军九个师继续渡江》一文的说明和邯郸新华广播电台相关资料。)

# 人民解放军战胜英帝国主义和国民党大队军舰的联合进攻

[新华社长江前线消息] 在镇江江阴段的渡江作战中，人民解放军曾在二十日和二十一日战胜英国帝国主义和国民党的大队军舰的联合进攻，这件事值得全国人民极大注意。事情的经过是这样的：当二十日我军攻击北岸敌桥头据点及江中许多洲岛，准备大举渡江的时候，除和国民党陆军作战外，还要和国民党的海军作战。二十日上午，有两艘敌舰由东向西开来，向我泰兴县西北扬中县正北名叫口岸的北岸桥头阵地发炮，其目的是阻止我军向中心洲进攻和展开船只渡江。我军炮兵当即奋勇还击，敌舰一艘被毁，不久下沉；另一艘负伤，向西驶至镇江附近大部下沉。这时又有一艘敌舰从镇江方面向东开进，至口岸附近向我阵地发炮，我再还击，又将该舰击伤，该舰负伤向下游驶去。二十一日上午，又由东面来了两艘敌舰，一大一小。这时我军首先发炮，使它不敢迫近，又将该两舰击伤，狼狈向来路江阴方面逃去。由于这一次向敌舰作战胜利，才将敌舰阻我渡江的计划打破，二十一日下午方得大举渡江。当我军和上述五艘敌舰作战时，江中还泊有几艘敌舰，和上述五舰相距不远，也参加战斗，但是怕我炮火，不甚积极。直到二十一日夜间，我军还以为上述各舰都是国民党的军舰。到了二十二日，从各方面收集情报，才知道上述诸舰中，竟有四艘是英国军舰。四艘英舰中，有三艘在战败后向江阴以东逃去，大概是逃往上海。另一艘英舰现在搁浅在镇江附近不远的江中，要待我军占领镇江后才能将详细情形查清楚。在和上述诸舰作战的过程中，人民解放军伤亡二百五十二人，阵地及武器被毁一部。英帝国主义的海军竟敢如此横行无忌和国民党反动派勾结一起，向中国人民和人民解放军挑衅，闯入人民解

放军防区发炮攻击，直接参加中国内战，致使人民解放军遭受巨大损失，英帝国主义政府必须担负全部责任。国民党反动派历来勾结美帝国主义发动战争，屠杀同胞，现当日暮途穷的时候，又复勾结英帝国主义的大队海军深入长江，妄图阻止人民解放军渡江，这种卖国残民罪行，必须彻底清算。

**附记**

　　北平新华广播电台一九四九年四月二十二日广播。邯郸新华广播电台转播。

　　本书此文选自《延安（陕北）新华广播电台广播稿选》（中国广播电视出版社1985年版）一书。

　　（附记依据《延安（陕北）新华广播电台广播稿选》一书中《人民解放军战胜英帝国主义和国民党大队军舰的联合进攻》一文的说明和邯郸新华广播电台相关资料。）

# 南京解放　国民党反动统治宣告灭亡

[**新华社南京急电**]国民党二十二年反革命中心南京，已在二十三号午夜为人民解放军解放。国民党反动统治宣告灭亡。人民解放军入城后，受到学生和市民的热烈欢迎，男女学生们纷纷向解放军献花致敬。人民解放军已布告安民，城内秩序安定，商店照常开门营业。在发起渡江作战后三天时间内，人民解放军便攻占这一全中国第一个大城，这说明解放军威力的强大，国民党军一触即溃，已经无法进行有组织的抵抗。

**附记**

北平新华广播电台一九四九年四月二十四日广播。邯郸新华广播电台转播。《人民日报》华北版发表。

本书此文选自《延安（陕北）新华广播电台广播稿选》（中国广播电视出版社1985年版）一书。

（附记依据《延安（陕北）新华广播电台广播稿选》一书中《南京解放　国民党反动统治宣告灭亡》一文的说明和邯郸新华广播电台相关资料。）

# 新华社发表社论庆祝上海解放

[北平消息] 新华社二十九号以《祝上海解放》为题发表社论。它说上海的解放，在中国人民解放事业中，具有特殊的意义，它表示中国人民已经打倒了自己的敌人国民党反动派；也表示中国人民已经确立了民族独立的基础。社论说：上海的命运实际上是近代中国历史的缩影，它的解放，当然要加速完成中国内外关系的一系列根本变化，这些根本变化，当然要使新中国的地位，一天比一天光明。上海是一个生产的城市和革命的城市，在反革命统治被捣毁之后，这个特征将要显出伟大的威力。社论又说：上海的解放不但是中国人民的胜利，而且是国际和平民主阵营的世界性的胜利。中国人民愿意在上海或在其他任何地方，和任何外国人民友好合作，但是若干外国政府，不但过去是而且现在仍然是和国民党反动派站在一起，反对中国人民。这些外国政府如果愿意开始从中国事变中吸取教训，那么，它们就应当着手改变它们干涉中国内政的错误政策，采取和中国人民建立友好关系的政策。

**附记**

北平新华广播电台一九四九年五月三十日广播。邯郸新华广播电台转播。

本书此文选自《延安（陕北）新华广播电台广播稿选》（中国广播电视出版社1985年版）一书。

（附记依据《延安（陕北）新华广播电台广播稿选》一书中《新华社发表社论庆祝上海解放》一文的说明和邯郸新华广播电台相关资料。）

# 新政治协商会议筹备会第一届全体会议闭幕

[北平消息]新的政治协商会议筹备会已经成立。它的第一届全体会议,在本月十五号开幕,今天下午六点四十分宣告闭幕。这次筹备会全体会议的主要结果是:通过了新政治协商会议筹备会组织条例,选举了筹备会的常务委员会,并且通过了参加新政治协商会议的各单位和各单位的代表名额。按照已经得到的协议,参加新政治协商会议的单位,将有四十五个,代表人数将有五百一十个。

新的政治协商会议是中国共产党在一九四八年五月一号向全国人民提议召开的,这个提议很快得到了全国各民主党派、各人民团体和无党派民主人士的响应。新政治协商会议筹备会就是由新政治协商会议的原提议人中国共产党和赞成这个提议的各民主党派、各人民团体、各界民主人士、国内的少数民族和海外华侨等,一共二十三个单位,一百三十四位代表组成的。它是一年来许多次磋商协议的结果。

筹备会的第一届会议在十五号下午八点钟在北平中南海勤政殿开幕。会议由中共中央政治局委员兼中国人民革命军事委员会副主席周恩来宣布开幕。以后,首先由中国共产党中央委员会毛泽东主席讲话。毛主席指出:"召集新的政治协商会议成立民主联合政府的一切条件,都已经成熟。""这个筹备会的任务,就是:完成各项必要的准备工作,迅速召开新的政治协商会议,成立民主联合政府,以便领导全国人民以最快的速度肃清国民党反动派的残余力量,统一全中国,有系统地和有步骤地在全国范围内进行政治的、经济的、文化的和国防的建设工作。"在筹备会开幕式上讲话的,还有中国人民解放军朱德总司令,中国国民党革命委员会主席李济深、中国民主同盟中央常务委员沈钧儒、

无党派民主人士郭沫若、产业界民主人士陈叔通、华侨民主人士陈嘉庚。他们在讲话中对于在中国共产党的领导下，团结一致，建设一个独立、民主、繁荣、强盛的新民主主义的新中国，表示了一致的愿望和坚强的信心。筹备会在和谐团结、热烈兴奋的气氛中，全场一致地通过了筹备会的组织条例以及参加新政治协商会议的各单位名单和各单位的人数。筹备会协商推选了二十一位常务委员，组成了常务委员会，常务委员会又推选了中共中央主席毛泽东做主任，周恩来、李济深、沈钧儒、郭沫若和陈叔通五人做副主任。筹备会为了工作的需要，设立了六个小组。这些小组，在筹备会全体会议休会期间，将要在常委会领导之下，继续加紧进行以下的各项工作，这就是：拟定参加新政治协商会议的各单位代表的名单，决定新政治协商会议开会的时间、地点和议程，拟定新政治协商会议组织条例，拟定共同纲领和中华人民共和国政府的方案，起草宣言，并且拟定中华人民共和国的国旗、国歌、国徽方案等等。

**附记**

北平新华广播电台一九四九年六月十九日广播。邯郸新华广播电台转播。

本书此文选自《延安（陕北）新华广播电台广播稿选》（中国广播电视出版社1985年版）一书。

（附记依据《延安（陕北）新华广播电台广播稿选》一书中《新政治协商会议筹备会第一届全体会议闭幕》一文的说明和邯郸新华广播电台相关资料。）

# 中共中央电贺全国文代大会开幕

[北平消息] 中共中央委员会，一号打电报庆贺在北平开幕的中华全国文学艺术工作者代表大会，电报说：在革命胜利以后，我们的任务主要地就是发展生产和发展文化教育。人民革命的胜利和人民政权的建立，给人民的文化教育和人民的文学艺术开辟了发展的道路。我们相信，经过你们这次大会，全中国一切爱国的文艺工作者，必能进一步团结起来，进一步联系人民群众，广泛地发展为人民服务的文艺工作，使人民的文艺运动大大发展起来。藉以配合人民的其他文化工作和人民的教育工作，藉以配合人民的经济建设工作。

**附记**

北平新华广播电台一九四九年七月二日广播。邯郸新华广播电台转播。

本书此文选自《延安（陕北）新华广播电台广播稿选》（中国广播电视出版社1985年版）一书。

（附记依据《延安（陕北）新华广播电台广播稿选》一书中《中共中央电贺全国文代大会开幕》一文的说明和邯郸新华广播电台相关资料。）

# 新华社发表"八一"二十二周年纪念社论

[北平消息] 新华社为纪念中国人民解放军建军二十二周年发表一篇社论,题目是《我们是能够克服困难的》。社论说:一九二七年的八月一号,是中国工农红军——中国人民解放军诞生的日子,实际上,这又是人民民主新中国诞生的日子。经过二十二年来的斗争,人民解放军从小到大,从弱到强,已经打出了一个即将在全国范围内胜利的人民民主的新中国。

社论指出:"二十二年来中国人民解放军在和帝国主义及其走狗中国反动派的斗争中所遇到的艰难困苦,是在人类的政治史上和战争史上所少见的,或者说,几乎是没有前例的。然而我们都一个一个地加以战胜了。这是中国人民伟大的战斗英雄主义的集中表现,这又是毛泽东同志应用马克思列宁主义指导中国革命的结果。对于我们现在与将来所临到的建设事业来说,这些依然是重要的教训。这种教训就是说:我们在过去既然有能力克服军事上那样史无前例的重重困难。那么,在现在和将来,我们也就有能力去克服那种在经济上及其他一切所不可避免地要遇到的重重困难。"

社论认为:为着克服困难,必须完成几项根本性的工作,这就是:第一,消灭封建势力,使农民得到土地;第二,实行精兵简政,简省国家开支;第三,在上列两项基础之上初步地恢复和发展一切有益的工业和农业生产。要完成上述几项工作,在新解放的南方和西方各省,一般地说来,必须准备付以三年左右的时间,过于性急是没有用的。社论最后说:我们是能够克服困难的,不管什么样的困难也不怕,人民解放军的二十二年的斗争史给了我们这样一种经验和信心,只要共产党、人民解放军和全国人民明了自己所遇困难的性质,坚决地执行克服困难的各项根本政策，我们就能达到目的。

**附记**

北平新华广播电台一九四九年七月三十一日广播。邯郸新华广播电台转播。

本书此文选自《延安（陕北）新华广播电台广播稿选》（中国广播电视出版社1985年版）一书。

（附记依据《延安（陕北）新华广播电台广播稿选》一书中《新华社发表"八一"二十二周年纪念社论》一文的说明和邯郸新华广播电台相关资料。）

# 中共中央电贺各军事前线连续胜利

[北平消息] 中共中央委员会八号打电报给前线各野战军、南方人民武装和各界人民，庆贺各军事前线连续不断的胜利。电报的原文说：

各野战军全体指挥员、战斗员同志们，南方各地人民解放军及各界人民同胞们：

我各路英勇的人民解放军奉命出师，向南方及西北各省大举进军以来，业已四个多月。除完成第一步计划，解放江苏、安徽、浙江全省，江西的东北部及北部，湖北及陕西的大部，山西及豫北的残余敌占区，山东的青岛地区，共消灭数十万敌军，解放数千万人民以外，又复继续前进，解放甘肃及青海的大部，湖北的一部，湖南的中部、北部，江西全省，福建的大部，渤海的长山列岛，包括长沙、福州、兰州、西宁四个省城及赣州、常德、宜昌、天水诸重镇在内，消灭了大批敌军，解放了广大人民。在此期间，程潜将军及陈明仁将军率部起义，站在人民方面，给了国民党反动派以重大打击，有力地配合了人民解放军的进军。我广东、福建、广西、云南诸省的人民解放军在各该省的胜利发展，极大地威胁着国民党反动派的后方。我各路人民解放军军行所至，全体人民同胞及各界民主人士表示热烈欢迎，给予人民解放军以极大的帮助。其中，有甘肃和青海的回民同胞，和汉人同胞一样，表示热烈欢迎和帮助人民解放军。我军全体指挥员战斗员长途远征冒着酷热的气候，以无比的英勇和自我牺牲精神，为解放全国人民、统一全国领土的伟大的神圣的志愿所鼓舞，以短促的时间，完成了巨大的任务。中国共产党中央委员会特表示热烈的祝贺和深切的慰问。尚望你们继续努力，为完成新的军事政治任务，为消灭残余敌军，解放全国人民而奋斗。

**附记**

北平新华广播电台一九四九年九月八日广播。邯郸新华广播电台转播。

本书此文选自《延安（陕北）新华广播电台广播稿选》（中国广播电视出版社1985年版）一书。

（附记依据《延安（陕北）新华广播电台广播稿选》一书中《中共中央电贺各军事前线连续胜利》一文的说明和邯郸新华广播电台相关资料。）

# 中国人民政治协商会议隆重开幕

[北平消息] 现在我们向国内外的听众，宣布一个非常重要的消息，就是各位听众多年以来殷切期望的中国人民政治协商会议第一届全体会议，已经在今天下午七点钟在北平隆重地开幕了。参加这个会议的，包括了中国共产党、各个民主党派、各个人民团体、各个地区、人民解放军、各个少数民族、国外华侨等四十五个单位的代表和候补代表，以及特别邀请的其他爱国民主人士，一共是六百六十二位代表。中国人民政治协商会议，一方面是中国人民民主统一战线的组织形式，另一方面，由于它的广泛的代表性，具有代表全国人民的性质，所以它的第一届全体会议又执行全国人民代表大会的职权。第一届全体会议，将要制定中国人民政治协商会议的组织法和共同纲领，并且选举中国人民政治协商会议的全国委员会，它并且将要制定中华人民共和国中央人民政府组织法和选举中央人民政府委员会，宣告中华人民共和国正式成立。

中国人民有史以来第一次地建设了真正属于自己的国家。占世界人口总数四分之一的人类，从此站起来了。中国人民政治协商会议的举行，是中国历史上划时代的重大事件，这是中国人民一百多年来长期奋斗的目标，是二十多年来中国人民在中国共产党领导下艰苦斗争的结果，我们应该为这个伟大的中国人民政治协商会议的开幕致热烈的庆贺。本台从今天起，将逐日播送会议进行的各项消息和各重要报告和讲话的录音，现在我们就开始播送会议开幕消息：

北平消息：伟大的划时代的中国人民政治协商会议第一届全体会议今天十九点整在北平举行隆重的开幕典礼，出席会议的包括了中国共产党、各个民主党派、各个人民团体、各个地区、人民解放军、各个少数民族以及国外华侨等四十五个单位的代表和候补代表，和特别邀请的其他爱国民主人士，一共六百三十六人，代表准时入席以后，在长久不停的掌声中通过了以毛主席为首的八十九个人的主席团名单和秘书长人选，接着，会议就在音乐和礼炮声中隆重地正式开幕。会议开始，代表们首先全体肃立，向在人民解放战争中阵亡的人民解放军指战员和死难的革命烈士默念致哀。然后就由中共中央毛泽东主席致开幕词，接着讲话的有孙夫人宋庆龄，中共中央政治局委员刘少奇等。会议现在还在继续进行中，毛泽东主席的开幕词和开幕典礼上所有的讲话已经由本台全部录音。现在先把第一届全体会议主席团及秘书长名单宣读如下：

（一）主席团（依所属单位次序排列）

毛泽东，刘少奇，周恩来，林伯渠，董必武，陈云，彭真；李济深，何香凝，李德全，谭平山，陈铭枢，蔡廷锴，蒋光鼐；张澜，沈钧儒，章伯钧，张东荪，史良，彭泽民，沙千里；黄炎培，章乃器，胡厥文；郭沫若，马寅初，张奚若，李达；马叙伦，陈其尤，许德珩，谢雪红，冯文彬；马明方；薄一波，陈毅，高岗，黄克诚，连贯，乌兰夫，黄敬，杜国庠；朱德，聂荣臻，贺龙，刘伯承，粟裕，罗荣桓，张云逸，李国英，卫小堂，魏来国，刘梅村；李立三，朱学范，陈少敏，张晔，刘玉厚，蔡畅，邓颖超，廖承志，射邦定；陈叔通，盛丕华，李烛尘；刘晓，朱俊欣；沈雁冰，梁希，陈伯达，成仿吾，胡乔木，潘震亚；刘格平，张冲，陈嘉庚，司徒美堂，吴耀宗；宋庆龄，陶孟和，张难先，张元济；张治中，邵力子，程潜，傅作义，赛福鼎，刘英源，李时良。

（二）秘书长林伯渠。

**附记**

北平新华广播电台一九四九年九月二十一日广播。邯郸新华

广播电台转播。

本书此文选自《延安（陕北）新华广播电台广播稿选》（中国广播电视出版社1985年版）一书。

（附记依据《延安（陕北）新华广播电台广播稿选》一书中《中国人民政治协商会议隆重开幕》一文的说明和邯郸新华广播电台相关资料。）

# 上海市人民热烈收听毛主席开幕词的录音广播

[上海消息]中国人民领袖毛主席在人民政治协商会议上的开幕词的录音广播，振奋了全上海市人民的心。上海人民广播电台和二十多家私营电台二十一号晚上全部转播了毛主席的开幕词，全市党政军民都聚精会神地收听，有些机关人员担心自己的收音机万一临时发生故障，特别跑到人民电台去听。解放军某部的战士们听了毛主席开幕词的广播以后，兴奋得睡不着觉。许多战士都说：毛主席讲的话就是有道理。后勤部生产部的工人们，当听到毛主席讲话强调的地方，大家都情不自禁地鼓起掌来，他们的掌声和几千里以外的会场上的掌声响成了一片。从延安出来的一些老干部，好几年没听到毛主席讲话了，现在一听到毛主席的声音，熟悉极了，分外地感到亲切。大家谈论着：革命胜利了，咱们毛主席的身体也更健康了。你听，他讲话的声音多么有劲，多么具有说服和感召的力量。

**附记**

北平新华广播电台一九四九年九月二十三日广播。邯郸新华广播电台转播。

本书此文选自《延安（陕北）新华广播电台广播稿选》（中国广播电视出版社1985年版）一书。

（附记依据《延安（陕北）新华广播电台广播稿选》一书中《上海市人民热烈收听毛主席开幕词的录音广播》一文的说明和邯郸新华广播电台相关资料。）

# 中华全国总工会和新疆人民代表分别向人民政协大会献旗

[北平消息]在今天人民政协大会上，中华全国总工会和新疆人民代表分别向大会献旗，新疆代表向毛主席献衣献帽。西北回民代表，向毛主席和朱总司令献旗，全国总工会的大红锦旗由平津铁路局丰台机务段毛泽东号司机李永、五一劳动节号司机苏宜生、北平七十兵工厂周文彬、北平被服厂女工阮懿、天津电车公司刘春年和天津北洋纱厂女工何家庆捧上主席台，上面写着：中国工人阶级坚决拥护人民政治协商会议，并为彻底实现它的共同纲领而奋斗。执行主席高岗和史良，在音乐和热烈的鼓掌声中，代表全体会议接受了献旗。新疆代表赛福鼎等四人在向大会献旗后，又向毛主席献礼物，包括一顶镶着貂皮边的绒帽，一顶维吾尔人的红色小帽和一件织锦的外衣，这是新疆维吾尔族人民，对于他们最敬爱的人爱戴的表示。

当毛主席在音乐声中，慢步走上主席台，由新疆代表赛福鼎替他戴上绒帽，披上锦衣的时候，全场起立，热烈鼓掌经久不息。（接着是当时会场献旗、献衣、献帽的录音）西北回民代表吴鸿宾等五人，又分别向毛主席、朱总司令献"你是人民的救星""你是人民的舵手"两面红色锦旗，毛主席和朱总司令在乐声和热烈的掌声中，步上主席台，亲自接受，并与各代表热烈握手。（接着是西北回民代表向毛主席、朱总司令献旗的会场录音）

附记

北平新华广播电台一九四九年九月二十六日广播。邯郸新华广播电台转播。

本书此文选自《延安（陕北）新华广播电台广播稿选》（中国广播电视出版社1985年版）一书。

（附记依据《延安（陕北）新华广播电台广播稿选》一书中《中华全国总工会和新疆人民代表分别向人民政协大会献旗》一文的说明和邯郸新华广播电台相关资料。）

# 毛泽东当选为中央人民政府主席

[北京消息] 在中国人民政治协商会议第一届全体会议最后的一次大会上，中国人民的代表一致选举人民领袖毛泽东为中华人民共和国中央人民政府的主席。六位副主席和五十六位政府委员也已经同时选出，中国历史上第一次由人民的代表自己选举的中央人民政府，至此产生。

大会执行主席刘少奇，在全体代表一致通过主席团提出的监票人员名单之后，即宣布选举开始。十六点整，代表开始分别向十个票柜投票，十六点三十分，执行主席李立三宣布检查选票结果，一共五百七十六票，和当天出席的有选举权的代表的名单相等，因此本次选举完全有效。代表五十四个单位和特邀代表的六十名监票人，即分成二十个小组，分别开票。当选举总监督刘少奇宣布全体代表一致选出人民领袖毛泽东为中华人民共和国中央人民政府主席时，全场欢声雷动，掌声经久不息。由大会选出的六位副主席是：朱德、刘少奇、宋庆龄、李济深、张澜和高岗，五十六位政府委员是：陈毅、贺龙、李立三、林伯渠、叶剑英、何香凝、林彪、彭德怀、刘伯承、吴玉章、徐向前、彭真、薄一波、聂荣臻、周恩来、董必武、赛福鼎、饶漱石、陈嘉庚、罗荣桓、邓子恢、乌兰夫、徐特立、蔡畅、刘格平、马寅初、陈云、康生、林枫、马叙伦、郭沫若、张云逸、邓小平、高崇民、沈钧儒、沈雁冰、陈叔通、司徒美堂、李锡九、黄炎培、蔡廷锴、习仲勋、彭泽民、张治中、傅作义、李烛尘、李章达、章伯钧、程潜、张奚若、陈铭枢、谭平山、张难先、柳亚子、张东荪、龙云。

**附记**

北京新华广播电台一九四九年九月三十日广播。邯郸新华广播电台转播。

本书此文选自《延安（陕北）新华广播电台广播稿选》（中国广播电视出版社1985年版）一书。

一九四九年十月一日，中华人民共和国诞生。那天下午，在中国人民广播史上，北平新华广播电台第一次在天安门城楼上对全国进行实况广播。在现场主持工作的是梅益、李伍等，胡若木、高而公、杨兆麟在一个月前就开始进行采访，编写实况广播稿，丁一岚、齐越二人在现场播音。广播开始以后，胡若木、丁一岚、齐越和杨兆麟并肩站在城楼西侧，向全国和海外听众报道"开国大典"的盛况。杨兆麟的任务是根据事前了解的情况，在旁协助，使播出的段落和现场的情况相吻合。从下午三点直到晚上九点二十分，庆典持续了六个小时，丁、齐二位始终激情满怀，声音洪亮，使千千万万听众有如身临其境，共庆伟大的节日。

（附记依据《延安（陕北）新华广播电台广播稿选》一书中《毛泽东当选为中央人民政府主席》一文的说明和邯郸新华广播电台相关资料，及原陕北新华广播电台编辑杨兆麟的《一个记者的足迹》（北京广播学院出版社2001年版）一书。）

# 开国大典

[新华社北京1949年10月1日电] 新华社记者李普报道：中华人民共和国毛泽东主席，今日在新中国首都宣布中华人民共和国中央人民政府成立。这是在北京庆祝中华人民共和国中央人民政府成立的典礼上宣布的。典礼在北京天安门举行，参加这个典礼的有中国人民政协全体代表和首都各工厂职工、各学校师生、各机关人员、市民、近郊农民和城防部队共30万人。主席台设在天安门城楼上，面对着列满群众和飘扬着红旗的人民广场。当毛泽东主席在主席台上出现时，全场沸腾着欢呼和掌声。

下午3时，中央人民政府委员会秘书长林伯渠宣布典礼开始。中央人民政府主席、副主席、各委员就位，乐队奏义勇军进行曲，毛泽东主席宣布说："中华人民共和国中央人民政府已于本日成立了。"毛主席亲自开动有电线通往广场中央国旗旗杆的电钮，使第一面新国旗在新中国首都徐徐上升。这时，在军乐声中，54门礼炮齐鸣28响。毛主席宣读了中央人民政府公告。

毛主席宣读公告完毕，阅兵式开始。阅兵式由人民解放军朱德总司令任检阅司令员，华北军区司令员兼京津卫戍区司令员聂荣臻将军任阅兵总指挥。朱总司令驱车检阅各兵种部队后回到主席台上宣读了人民解放军总部命令。受阅部队随即分列经主席台前由东向西行进，前后历时3小时。受阅部队以海军两个排为前导，接着是一个步兵师、一个炮兵师、一个战车师、一个骑兵师，相继跟进。空军包括战斗机、蚊式机、教练机共14架在广场上空自东向西飞行受阅。在阅兵式中，全场掌声像波浪一样，一个高潮接着一个高潮。

阅兵式接近结束时，天色已晚，天安门广场这时变成了红灯的海洋。无数的彩色火炮从会场四周发射。欢呼着的群众在阅兵式完毕后开始游行。当群众队伍经主席台附近走出会场时，"人民共和国万岁""毛主席万岁"的口号声响入云霄。毛主席在扩音机前大声地回答着："同志们万岁！"毛主席伸出身子一再地向群众招手，群众则欢呼鼓掌，手舞足蹈，热情洋溢，不能自已。当游行的队伍都已有秩序地一一走出会场时，已是晚间9点25分。举着红灯游行的群众像火龙似地穿过全城，使新的首都沉浸在狂欢里直到深夜。

**附记**

北京新华广播电台一九四九年十月一日广播。当天，人民日报在显著位置刊登。

本书此文选自《新华社70年新闻作品选集》（新华出版社2001年版）一书。

（附记依据《新华社70年新闻作品选集》一书中《开国大典》一文的说明。）

# 伍

## 评论

# 战局的转折点

## ——评蒋军一三五旅被歼

现在播送新华社社论,题目是:战局的转折点——评蒋军一三五旅被歼。

四月十四号,我西北人民解放军获得大捷。胡宗南部整编十五师一三五旅,在瓦窑堡附近被我军全部歼灭。这次歼灭战解放的迅速,和上月二十五号青化砭歼灭三十一旅(缺一个团)之战一样,实在可说是模范的战例。

一三五旅的歼灭,标志着胡宗南从此走下坡路。

胡军以十六个旅(初为十四个旅,后增加两个旅)十余万人的大兵力,从洛川宜川之线窜犯延安及陕北,到现在刚一个月。这样地集中兵力进攻一地,是蒋军在这次内战中仅次于进攻临沂的一次,在其他地方尚未见过。侵占延安之后,胡宗南集中主力四处乱闯,进攻安塞时用九个旅,进攻延长、延川、清涧时用十一个旅,进攻瓦窑堡时用九个旅,回窜青化砭、蟠龙时为八个旅,这次向安定、瓦窑堡之线前进时又为八个旅。胡军每次进攻,全军轻装,携带干粮,布成横直三四十里的方阵,只走山顶,不走大路,天天行军,夜夜露营,每天前进二三十里。据俘虏讲,这是所谓"国防部指导的新战术"。这种战术和国民党军队中另一派战术不同,另一种战术是被白崇禧、陈诚等认为保守的,那种战术主张携带重装,集中驻扎,每天前进十里左右,就是所谓"用兵宜正不宜奇,驻军宜聚不宜散,行军宜缓不宜急"的战术。这两种战术比较起来,所谓"国防部新战术"是在形式上表现为比较更疯狂的战术。但在实际上却表现了国民党的毫无出路,异常愚蠢和孤注一掷。胡宗南用的就是这种战术。又据俘虏讲,胡宗南又新发明了所谓"钻隙战术",遇到我军,绕道而

过，以求迅速，这实际上就是不打仗只走路的战术。这种战术，除了表示胡宗南的怯懦而外，没有别的。

胡宗南应用这种战术，其结果是怎样呢？现在已经表现出来的是：第一，占领了一些地区之后，不得不分散兵力担任守备，因而他所能集中的兵力就越来越小，到现在已由攻延安时的十四个旅减为八个旅；第二，由于分散兵力，因而他的薄弱之点就显露出来，被我军歼灭的机会就加多了；第三，因为人民反对，胡宗南所集中的主力像瞎子一样，只能到处扑空，白天武装大游行，晚上几万人集中大露营；第四，由于粮食缺乏，将士疲劳，减员异常巨大。据俘虏供称，胡军士兵每天只吃一顿稀饭，一顿干饭，有些队伍干脆饿饭。士兵离开队伍五里，就被我游击队捉来。因为露营而生病的极多。许多士兵乘机逃亡。一个月中，连队中减员多的百分之六十，少的百分之三十几。在这种情况之下，胡军士气以非常快的速度降低下去，其战斗力也以同样速度降低下去。

在陕甘宁边区军民方面，情形就完全相反，游击战争很快地发展，人民解放军的战斗力很快提高，军民团结很快加强，歼灭敌人有生力量的作战方法很快被领会，因而愈战愈强。

一三五旅的全部被歼，说明所谓"国防部新战术"的破产，说明胡军战斗力的下降和西北人民解放军战斗力的上升，已经到了一个转折点。从此以后，胡宗南军就要走下坡路了。胡军的凶焰仅仅维持了一个月时间，从此就要下降了。胡军现在所能集中的主力只有八个旅，消灭了一三五旅之后，就连八个旅的集中也将难于维持。这样下去，不论胡军是继续其攻势，或者转取守势，对于胡宗南都是死路一条。

一三五旅的全部被歼，对于西北人民解放军则奠定了今后彻底粉碎胡军的基础。同时，又证明了西北人民解放军仅以自己现有的力量，就足以打败胡宗南。

西北战局的转折点，同时就是全国战局的转折点。在时间的顺序上说，胡宗南是蒋介石的最后一张王牌。到今年三月国民党三中全会上蒋介石宣布"政治解决已经绝望"的时候，蒋介石手里还可能组织十几个旅在一起的进攻力量，现在只剩下胡宗南这一支了。蒋介石在召集伪"国大"之后，又驱逐中共驻京、沪、渝代表人员，下令进攻延安，决心最后破裂，他把希望主要地寄托在胡宗南这支军队身上。胡宗南窜抵延安之后，国民党所以那样兴高采烈，大吹大擂，把占领延安描述得好似反动势力从此得救，民主势力从此倒霉，就是这个道理。西北战局的转折，意味着蒋介石全部希望的最后寄托已经靠不住。而在人民解放军方面，西北战局的转折，是在几个战场已经转入优势，另外几个战场将要转入优势的情况下发生的。这就是说，全国战局将从此全面地起变化。可以预计，从四月开始的两三个月内，蒋军将由攻势转变成守势，人民解放军将由守势转变成为攻势。蒋介石从此走下坡路，再没有什么本钱挽救其全国战场的颓势了。今后事变的发展，将证明这个估计。而当全国人民了解了这种形势之后，当现在正在开展的同蒲路、平汉路、石家庄周围及东北、山东等地区的大胜利充分发展了之后，蒋介石反动集团的崩溃将会加速起来。

历史事变的发展，表现得如此出人意料。蒋介石占领延安，将标志着蒋介石的灭亡；人民解放军的放弃延安，将标志着中国人民的胜利。

**附记**

陕北新华广播电台一九四七年四月十七日广播。邯郸新华广播电台转播。

本书此文选自《延安（陕北）新华广播电台广播稿选》（中国广播电视出版社1985年版）一书。

（附记依据《延安（陕北）新华广播电台广播稿选》一书中《战局的转折点》一文的说明和邯郸新华广播电台相关资料。）

# 评蟠龙大捷

现在播送一篇评论，评蟠龙胡宗南军的被歼。

四月十四号西北人民解放军歼灭胡军一三五旅之后，我们早就指出：不管胡宗南此后继续进攻或者转为防御，他的凶焰从此下降，西北战局已经到了转折点。

十四号之后，西北人民解放军接着在十九号，在永坪地区，进攻胡军，歼敌一千多人。当时，我陈赓将军所部的人民解放军，在晋南三角地区大展威力，光复了许多城市。胡宗南在西北战场既然劳而无功，后方又着实吃紧起来，对于自己的行动曾经踌躇了一番。但是，蒋介石急迫需要吗啡针来不断刺激士气。在这个要求之下，胡军在四月二十六号拼凑了九个半旅，由蟠龙经过瓦窑堡向绥德、米脂窜犯，要打通从延安到榆林的公路，跟邓宝珊会师，并且要把人民解放军赶过黄河东岸去。蟠龙是胡军的重要据点，是一个补给的总站口。胡宗南把主力第一师的一六七旅旅部和四九九团留守在蟠龙，加上一个保安总队和各部的后方，有七千余人之多。胡宗南又叫邓宝珊军和他在榆林的二十八旅由北面进犯，占领响水、波罗、西岔，并向米脂、葭县窜进，答应要跟邓宝珊会师。

当胡军主力由蟠龙地区向绥德前进的时候，人民解放军在山头上看着他们蹒跚通过：每个士兵背着武器、工作器具、背包和九天的干粮，穿的是露出背脊和屁股的烂棉衣，笨重和褴褛得像狗熊一样，专挑没有道路的黄土高山爬上爬下。天气也好像故意跟胡宗南作对，在胡军前进时下了一场透雨，弄得胡军个个滚得像落汤鸡，跌得像泥菩萨。胡军走了一个星期，五月二号到绥德。人民解放军的主力却吃得饱饱的，睡得足足的，也在五月二号这一天把蟠龙包围了起来。胡军主力听得后方危急，米脂也不去了，黄河边上也不去了，像热锅上的蚂蚁在绥德周围转了三天。就在这三天里，人民解放军打下了蟠龙。

于是胡军主力和守备部队都像触电似的受到震动。守备部队个个自危，对于工事失掉了信心，埋怨胡宗南把守备兵力放少了。如果蟠龙那样的据点都很容易就打开了，那么，现在胡宗南所安下的据点，每个只有一个团或一个营的兵力，谁知道哪一天会轮到自己倒霉呢？主力部队武装大游行了好几次，每次游行都有一部胡军被消灭。这次游行的路特别远，背得特别重，走得特别苦，不游还罢，一游把个蟠龙游掉了。粮食只带了九天，已经完全吃光了，抢粮又抢不到多少，蟠龙打掉之后，眼看着就要饿饭。震动最大的还是胡宗南自己：他对记者吹过牛说，五月里要在绥德接见他们；他对邓宝珊吹过牛说，要跟他会师；他对蒋介石吹过牛说，自己是怎样的怎样的打胜仗。现在怎么办呢？三条计策：一条是做好汉做到底，继续北进打通从延安到榆林的公路；一条是留兵守住绥德，主力向南回头；再有一条，也是最没有面子的一条，最泄气的一条，就是不守绥德，全部回窜。人民解放军五月四号夜里解放了蟠龙，胡宗南决了策，采取了最泄气的一条，叫他的九个半旅不守绥德，五号起全部回窜，把兴高采烈准备会师的邓宝珊吊在半空中，上不得上，下不得下。但是，这一场戏还没有完结，好戏还在后头。一方面，人民解放军，在青化砭，把胡宗南派来的援军附了坦克的八十四旅，打得冒雨乘夜南窜，现在正穷追逃敌，迫近延安城郊；另一方面，胡军主力正饿着肚子战战兢兢地爬回蟠龙。他们是否能吃得到西安运来的军粮，还在未知之数。西北战局的发展完全证明了我们的论断，胡军的凶焰是在下降，胡宗南的指挥无能使这个下降来得更快，更剧烈，更富于戏剧性。我们把蟠龙这一仗编成一首打油诗：

胡蛮胡蛮不中用，
延榆公路打不通，
丢了蟠龙丢绥德，

一趟游行两头空！
官兵六千当俘虏，
九个半旅像狗熊，
害得榆林邓宝珊，
不上不下半空中。

### 附记

陕北新华广播电台一九四七年五月九日广播。邯郸新华广播电台转播。

本书此文选自《延安（陕北）新华广播电台广播稿选》（中国广播电视出版社1985年版）一书。

新华社和陕北新华广播电台的同志们虽然从延安来到太行西戌，但他们身在太行，心里常常思念着还在陕北转战的党中央，想念着毛泽东、周恩来、任弼时等同志。他们也每天都通过留在陕北的新华社工作队发来需要由新华社播发的重要消息，有时还发来评论和社论来了解时局。社论过去都是由《解放日报》发表的，用新华社的名义发表，迁出瓦窑堡后《解放日报》停刊了。不过，毛泽东同志还常常收听陕北新华广播电台的广播。5月中旬的一天，陕北新华广播电台在西戌镇收到新华社工作队从陕北发来的电报，说毛泽东同志听了陕北新华广播电台报道蟠龙大捷的那次节目之后，认为播得爱憎分明，很有力量，应予表扬。陕北新华广播电台表扬了播出这个节目的播音员钱家楣同志，陕北新华广播电台和邯郸新华广播电台全体同志也都受到鼓舞。

当时在陕北安塞王家湾，毛泽东站起来走了几步，注意地听着，这时候，陆定一同志把声音放大了，播音员钱家楣那激昂的声调，立刻响满了整个院子，毛泽东主席抽了几口烟，又向前走了几步说："这个女同志好厉害，骂起敌人来真是义正词严，讲到我们的胜利也很能鼓舞人心，真是爱憎分明。这样的播音员要多培养几个。"

周恩来也高兴地说:"这个播音员讲得很好,应该通令嘉奖。"

这个时期,又逢晋冀鲁豫军区开展评功运动,因陕北新华广播电台播音组生活和工作都和邯郸新华广播电台在一起,钱家楣也和大家一起参加了这个运动,因为播音受到毛主席、周副主席等人的表扬,被评为一等功。功臣事迹展览那天,常振玉台长把在西戌村编辑部的同志也都请了过来批评指导。后来,钱家楣把这个运动情况和自己被选为功臣的事,写信告诉从延安疏散到山西临县的父亲。她的父亲很高兴,写了一首五言绝句:"弟子膺模范,女儿列功臣,愿长持两喜,来慰老年人。"后又告诉驻在甘泉的谢觉哉,他也写了一首表示喜悦的诗:"男骥与女楣,继起更可爱。立功报爸爸,爸爸未老迈。"

新中国成立后,尤其是2006年以来,钱家楣与西戌镇保持着密切的关系,还被授予西戌镇"荣誉村民"称号。2016年7月,89岁的她在北京因病去世,西戌镇文化站王矿清等专程到北京八宝山参加了告别仪式。

(附记依据《延安(陕北)新华广播电台广播稿选》一书中《评蟠龙大捷》一文的说明和邯郸新华广播电台相关资料,以及温济泽的回忆文章《在延安和陕北新华广播电台的日子里》和钱家楣的回忆文章《陕北台杂忆》。)

## 同打胜仗一样要紧的事情

请各解放区党政军民机关注意！特别请陕甘宁边区各地委、县委注意！本台在今天记录新闻时间，将播送中共中央西北局关于春耕问题的指示，请你们准备抄收。为了说明这个指示的重要意义，新华社发表了一篇社论，题目是：同打胜仗一样要紧的事情。下面播送这篇社论：

现在全国各解放区军民都在打敌人。打胜仗是第一件重要的事情，这一点大家早已了解。但战争是长期的，没有粮食就打不了仗。不能大家动员起来，克服暂时的一切困难，进行春耕，粮食问题就会发生重大的困难。春耕，这是同打胜仗一样重要的事情。西北局所发出的关于春耕的指示，不仅西北的党政军民，大家要注意执行，全国各解放区，不论前方后方，都值得引起严重的注意。照此原则，因地制宜，把它实现起来。今年的春耕，是全面战争爆发以后的第一次春耕，因而这次春耕对于坚持长期战争的胜利，意义特别重大。我们必须从这次春耕中取得经验，然后在今后的生产工作中，才有信心，才有办法。

一九四七年春天，蒋介石、胡宗南军队在陕甘宁边区窜扰，春耕时节已到，而各地春耕还没有普遍开始。为了推动和组织春耕，西北局发布了关于春耕的指示。由于战时交通阻隔，不能及时将指示送达各地，因此将这个指示发到陕北新华广播电台，由广播电台连续重复广播了三天，通知各地委、县委注意抄收并贯彻执行。与此同时，新华社发表了这篇社论。

这次蒋介石在美国帝国主义者指使和帮助之下，发动了全面内战，战争的规模和激烈程度，比日本帝国主义的侵略战争有过之无不及。蒋介石占领了解放区许多地方，对人民的生产力的残酷摧毁，达到极点，同日本帝国主义强盗在侵略战争末期所执行的"三光政策"没有差别。在解放区方面，由于战争规模巨大，人力的动员也非常之大；由于战线时常变动，人民遭受蒋军摧残，流离不定，也就无心生产。这时候，春耕的领导就特别重要。西北局指示中首先强调领导问题，是很正确的。解放区各级党政军民领导机关，要亲自动手，来进行这个春耕，争取时间，抢耕抢种，哪怕种上一点点也比不种好，多种一点点也比少种一点点好。官僚主义必须打倒。这是第一重要的事情。

西北局指示中又提出了以发展游击战争来保卫春耕，十分节用民力，组织劳动互助等办法。在这些问题上，各解放区有许多很好的例子，但是并未完全做好。有些地方做得很差，或者没有把游击战争和春耕联系起来；或者使用民力方面不知节用，发生极大的浪费；或者平时有劳动互助，战时反而没有了。大家要重视这些缺点，并设法把它改正。

另一个重要的环节，是机关、学校、部队帮助人民耕种。西北局指示中提出了"到前线服务的人民，如担架队等，亦可利用空闲，帮助战区群众生产"，提出了"坚持今年的自给生产，比以往任何一年都更重要"。机关、学校、部队帮助人民生产，好处非常之多：军民的团结，纪律的改善，生产的增加，劳动的教育等，就是这些好处。不但后方应该这样做，前线部队，凡驻军有一星期时间，必须抽出人力和畜力来助民耕种，首先帮助军人家属和贫苦农民。到前线服务的人民，帮助所到地区人民进行耕种，是这次指示中第一次提出来的办法。如果切实执行，就可增加很多劳动力，和加强人民中互助的教育。

总之，今年的春耕是一件大事，对争取爱国自卫战争的胜利，有极其重大的意义。除了争取打胜仗，和进行土地改革之外，全体一致尽力来把春耕做好，胜利才有更大的保证。

**附记**

陕北新华广播电台一九四七年五月九日起连续广播三天。邯

郸新华广播电台转播。

　　本书此文选自《延安（陕北）新华广播电台广播稿选》（中国广播电视出版社1985年版）一书。

　　（附记依据《延安（陕北）新华广播电台广播稿选》一书中《同打胜仗一样要紧的事情》一文的说明和邯郸新华广播电台相关资料。）

# 祝蒙阴大捷

现在播送一篇时评，题目是：祝蒙阴大捷。祝贺华东人民解放军，在山东蒙阴东南孟良崮山区，全部歼灭蒋军美械装备的五大主力之一——七十四师的伟大胜利。

华东人民解放军，经过十四号早晨到十六号中午的激战，在蒙阴东南五十多华里的孟良崮地区，完全歼灭了前来进犯的蒋军七十四师师部及其所属的五十一旅、五十七旅、五十八旅三个旅和八十三师十九旅的一个团。这又是一个伟大胜利。

蒋介石对于整个解放区的进攻，目前只集中在山东和陕北。陕北的胡宗南军接连遭到青化砭、瓦窑堡、蟠龙三次惨败，正陷入进退维谷的境地。山东方面，蒋介石在二月莱芜大败以后，四月又集中了十三个整编师（其中第五军尚未整编）、三十四个旅在第一线，再次分路北犯。虽然四月底在泰安被歼七十二师三个旅，五月初在临沂、蒙阴公路上的青驼寺地区也受重大损失，但是蒋军依然继续冒进。蒋介石的中央社对于这个冒险行动，曾和历次一样大肆吹嘘，并且造了一大堆可笑的谣言，说什么共军在此被歼几何，在彼遗尸若干，甚至说什么将军已经阵亡云云。直到十四号蒋府新闻局长董显光在答复记者询问时还说："政府对山东之军事发展引为满意……国军已与共军主力接触而击破之。相信该省大规模战事不久可以结束。"正当这个说谎者在客厅中"引为满意"的时候，蒋介石极少数最精锐部队之一和进攻山东解放区的极少数中坚部队之一的七十四师，却已经被陈毅、粟裕、谭震林三位将军所统率的威名远震的华东野战军团团包围在孟良崮的深山之中。中央社徐州十六号电吞吞吐吐地透露了这个消息，说是"蒙阴以东地区之决战……战事之烈前所仅见"，并要求被围的军队"以一当十"。但是，晚了，这个占淮阴、占

涟水、占沭阳、占临沂都充当主力，为师长张灵甫率领（过去王耀武任军长）的美械整编师，已经全军覆灭。蒋介石对山东的进攻，又受了一次惨重打击。他即使还想重整旗鼓，再次冒险，但是他的困难更大了，他的将领们将更加缺少信心，他的士兵们将更加缺少斗志了。

华北人民解放军和华东解放区的人民，在全中国人民的爱国自卫战争中，担负的任务最严重，得到的成就也最荣耀。从去年七月到现在，华东人民解放军已经歼灭了蒋介石正规军三十个整旅（旅以下成团成营被歼灭的正规军及全部被歼灭的伪军、保安部队、交警、还乡团等都未计算在内），这就是去年七月份的十九旅（这次被歼一个团是后来补充的新部队）、九十二旅、一〇五旅、暂十二师、二十六旅，八月份的七十九旅、九十九旅、一八七旅、新七旅，十二月份的四十一旅、六十旅、预三旅，今年一月份的四十四旅、八十旅、一六九旅、一一三旅、一一四旅，二月份的十五师、七十七师、一九三师、新三十六师、一七五旅、一八八旅、新十九旅，四月份的三十四旅、新十三旅、新十五旅和这次的五十一旅、五十七旅、五十八旅。蒋介石以近一百个旅使用于华东战场，想以此决定两军胜负，这个主观幻想，已经接近于最后破灭。

这次蒙阴胜利，在华东人民解放军的历史上更有特殊意义，因为：第一，这是打击了蒋介石今天最强大的和几乎唯一的进攻方向；第二，这是打击了蒋介石的最精锐部队（四五个精锐师之一）；第三，这个打击是出现于全解放区全面反攻的前夜，和这个胜利同时，东北、豫北、晋南、正太等地强大的反攻正在展开。我们谨向华东人民解放军致热烈的祝贺和敬意。我们相信，华东人民解放军将于不久的将来，彻底粉碎蒋介石的进攻，从而使解放军转入全面反攻。

**附记**

陕北新华广播电台一九四七年五月二十日广播。邯郸新华广播电台转播。

本书此文选自《延安（陕北）新华广播电台广播稿选》（中国广播电视出版社1985年版）一书。

（附记依据《延安（陕北）新华广播电台广播稿选》一书中《祝蒙阴大捷》一文的说明和邯郸新华广播电台相关资料。）

# 祝鲁西大捷

现在播送新华社社论，题目是：祝鲁西大捷。

我刘伯承、邓小平两将军所部的人民解放军，自从六月三十号夜在晋西渡黄河南下以后，七月八号，收复郓城，歼灭敌曹福林部五十五师师部及所属七十四旅、二十九旅；十号，收复定陶，歼灭敌林湛部六十三师一五三旅；十二号到十四号，在巨野金乡之间，歼灭敌唐永良部三十二师师部及所属一三九旅、一四一旅，敌陈颐鼎部七十师师部及所属一三九旅（和三十二师的一三九旅同番号）、一四〇旅（该旅第二次被歼，缺一个团）；二十二号，在金乡以北，歼灭敌宋瑞珂部六十六师一九九旅和十三旅一个团；二十八号，收复金乡以北羊山集，歼灭敌宋瑞珂部六十六师师部及所属一八五旅和十三旅另一个团。前后二十天中间，连战连捷，除较小战果不计外，歼敌四个师部、九个半旅，据初步统计俘虏和击毙敌军达五万八千多人，俘虏中间包括六十六师师长宋瑞珂，七十师师长陈颐鼎，七十师副师长罗哲东，五十五师副师长理明亚等高级将领。全面爱国战争第二年第一个月中的这个伟大的胜利，完全可以跟今年一二月华东人民解放军在鲁南战役和莱芜战役中歼敌四个师部、十二个整旅的记录，以及今年五六月东北人民解放军在中长路、吉沈路等处歼敌八万的记录相媲美，进一步表明了我军愈战愈强和敌军愈战愈弱的真理，奠定了我军在今后一年中争取超过过去一年战绩的信心。

鲁西大捷答复了蒋介石的总动员令。蒋介石在七月四号发出了他的总动员令之后，他的军事形势没有任何好转，反而更加恶化了。在整个七月份里，除东北、晋察冀、陕甘宁等地的解放军处于战役间歇的休息时间以外，整个南线从胶济东段，鲁中鲁南，津浦沿线，鲁西陇海路南的豫皖苏边区，陇海路北的平汉路两侧，直到晋西南的夏县平陆地区，人民解放军都给了蒋军以各种程度的打击，特别是这次鲁西大捷给蒋军的打击最大。蒋介石下了总动员令，没有挽救鲁西的败局，蒋介石在七月十九号亲自到开封去总动员，也没能挽救鲁西的败局，甚至在魏德迈代表团二十二号来华以后，据美联社南京二十七号电，说什么"指挥官甚至士兵均因代表团之到来而振奋"，还是没有挽救鲁西的败局。在这一切魔术表演过后，蒋介石嫡系陈诚的亲信宋瑞珂部六十六师，还是跟在五十五师、三十二师、七十师等杂牌后面遭到了全军覆没的命运。

鲁西大捷答复了蒋介石的重点进攻。蒋介石在去年十月的攻势达到顶点以后，特别是在今年二月的莱芜大败以后，集结了八十多个旅的兵力在华东战场（包括苏北），企图压迫我军退到黄河以北。但是五月十五号蒙阴孟良崮一战，仍然歼灭了蒋介石的精锐七十四师。蒋介石在捶胸泣血之余，宣布自己直接指挥鲁中作战，用和进攻陕北大体相同的方法，把二十几个旅堆在一起前进，企图避免被我军歼灭。这个笨拙的战术，丝毫没有替蒋介石造成什么胜利，却使他的兵力和空间的矛盾大大尖锐化了。顾此失彼，惜指失掌，加强一处，减弱十处；正是蒋介石的这个战术，使鲁西大捷和鲁南费县等地的胜利得以顺利实现。蒋介石今后只有两条路可走：或是放弃重点进攻，退而抱残守缺；或是继续重点进攻，使我军在广大战场上自由运动，取得更多的鲁西大捷。无论他走哪一条路，他的失败都是显然不可挽救的。

鲁西大捷答复了蒋介石的黄河阴谋。蒋介石及其美国合作者，为什么毁信弃义，不顾历次协议和黄河故道下游人民生命财产的损失，在今年三月十五号令花园口合龙，这个毒计的目的现在是完全明白了。蒋介石的目的，就是利用黄河的滔滔洪水，作为他的所谓"四十万大军"，阻止晋冀鲁豫区我军收复失地，并将山东我军驱逐于黄河以北，同时，破坏解放区人民的护堤工作，以便造成泛滥，使沿河解放区军民无立足之地。现在刘邓大

伍 评论

军南渡，蒋介石肃清黄河以南的阴谋是被粉碎了。但是，正因为这样，蒋介石就更加加紧了他的破坏黄河河堤的卑鄙凶恶计划。根据密讯，蒋介石正在准备决堤，企图以对付日本人的方法对付中国同胞。解放区人民和中外一切正义人士必须严重警惕，采取步骤，击破蒋介石及其合作者的新的毒计。

鲁西大捷答复了蒋介石的无耻造谣。蒋介石的谣言现在主要有两大类，一类是宣布自己的失败为胜利，一类是宣布对方的胜利为由于"外援"。蒋介石发言人的本领，就在于他们说话可以连一点影子都不要，而且照例不顾下文，尽管每一次都被事实驳倒，他们还是唾面自干，若无其事。因此你尽可以教会一只狗不吃屎，你却休想教会蒋介石的发言人不造谣，谣言已经长在他们的身体发肤中间，就如受之父母的生理元素一般了。七月十八号，中央社宣布说："犯巨野南羊山集之共匪与北上国军展开激战，十八号下午，终将共匪五个纵队完全击溃，获空前大捷。由于此次战役，鲁西共匪已开始总崩溃。"中央社二十六号电又说："金乡巨野羊山集一带之共匪约二个纵队，已抢渡黄河北进。"请看呀！这就是中央社董显光、李维果、陈诚和蒋介石自己的无穷胜利宣传的日常标本。但是，用什么来收场呢？在东北，尽管沈阳的美国记者们以亲身经验，一致揭发了蒋介石所捏造的"苏联援助"和"韩共参战"的山海经，又将原先准备的四平参观临时改变计划不许中外记者前往，但是他的谣言，还可以有一小部分市场，并得到一小部分美国反动派的响应。这是因为：第一，蒋介石就像个铁肺人一样，一呼一吸都得依赖外力，因此他居然以为解放军所缴获得来的美国武器竟是苏联出品，居然以为长久没有经历过战争的韩国人反比长久生活在战争中的中国人更会打仗。第二，东北离上海南京很远，而离苏联朝鲜很近，便利于这种谣言的散布。但是鲁西呢？离上海南京这样近，离苏联朝鲜那样远，而这次鲁西胜利则和东北五六月间的惊人胜利同样惊人，请问蒋介石的造谣工厂及其美国顾主们，又该作何解释呢？没有解释。蒋介石的策略只有跟历来一样：沉默。

从积极方面来说，鲁西大捷对于今后解放区自卫战争的意义，自然是极其重大的。鲁西的胜利，为攻坚战树立了光荣的模范，并展开了南线反攻的伟大远景。战争还刚在发展；关于这个发展的前途，我们最好是让将来的事变本身来说明它自己。

**附记**

陕北新华广播电台一九四七年七月三十一日广播。邯郸新华广播电台转播。

本书此文选自《延安（陕北）新华广播电台广播稿选》（中国广播电视出版社1985年版）一书。

（附记依据《延安（陕北）新华广播电台广播稿选》一书中《祝鲁西大捷》一文的说明和邯郸新华广播电台相关资料。）

# 人民解放军大举反攻

现在播送新华社重要社论,题目是:人民解放军大举反攻。

经过一年又两个月的内线作战,大量歼灭敌人之后,人民解放军大举反攻了。

正当美国帝国主义者血腥屠夫魏德迈以侮辱中国人民的姿态来华"调查",鼓励蒋介石强盗集团放弃"可鄙的失败主义",加强屠杀中国人民的内战的时候,正当蒋介石发布所谓"总动员令",自吹自擂企图发动他的所谓"九月攻势"的时候,我英勇的人民解放军却用大举反攻答复了他们。七月间,我们冀鲁豫及山东人民解放军开始出击,在鲁中、鲁南各地取得胜利,特别是在鲁西南,连续歼敌九个半旅,获得空前的大胜利。八月十一号,我刘伯承、邓小平、徐向前、李先念诸将军所部,越过陇海路,接着渡过涡河、黄汛区、颍河、沙河、洪河、汝河、淮河,如入无人之境,八月二十七号到达大别山地区,威震长江南北。八月十二号,我苏北人民解放军大捷于盐城,歼灭蒋伪军四十二集团军第一师全部。八月二十号,我贺龙、王世泰诸将军所部西北人民解放军,在米脂以北歼灭胡宗南的整编第三十六师,西北战场我军转入反攻。八月二十三号,我陈赓、秦基伟诸将军所部,在洛阳、陕县间南渡黄河,进入陇海以南、平汉以西、汉水以北广大地区。九月八号,我陈毅、粟裕诸将军所部华东人民解放军,进入鲁西南,在菏泽以东、郓城以南的沙土集歼灭蒋军五十七师全部。我人民解放军在南线诸战场上,东起苏北,西至陕西,南抵长江,已经转入反攻;长江以北诸省的伟大解放战争已经揭幕了,我们已经打到蒋介石的后方去了。人民解放军在南线诸战场的攻势,加上我晋察冀人民解放军现在正在进行的对平汉北段的攻势,我东北、热河、冀东人民解放军早已于五月间就开始了的伟大攻势，组成了人民解放军全面反攻的总形势。

人民解放军的大举反攻，标志着战争形势的根本改变，蒋介石的全面攻势已被打得粉碎，已经一去不复返了。他所吹嘘的"九月攻势"换了个方向，变为人民解放军的全面的战略攻势了，蒋介石则转到被动地位，并且因为人民反对，兵力削弱和后方空虚，而处在极其危殆的地位。

在政治协商会议以来，不到两年的过程中，特别在蒋介石发动全面内战以来的一年又两个月的过程中，蒋介石的卖国独裁、祸国殃民的罪行，已被全国人民所清楚认识。蒋介石所制造出来的经济崩溃和战争灾难，使蒋管区人民求生无路。这次魏德迈来华，执行美国帝国主义扶助日本侵略中国的政策，和更进一步助蒋内战，"监督"蒋政府把中国彻底变为美国殖民地的政策，卖国贼蒋介石竟不惜把八年抗战中全国军民牺牲奋斗的果实完全出卖，顺从美国帝国主义的意旨，同意与日本立即通商，让日本反动派再来侵略中国，把台湾、琼崖、青岛、成都、西安、兰州、天水等地，或者已经送给或者准备送给美国帝国主义作为军事基地。蒋介石的无耻罪行，激起全国人民的愤怒，全国人民不但已分清了内战中谁是谁非，而且也看清了内战中谁胜谁败的前途。因而认识了这一真理：即是要求得自己的解放，必须推翻蒋介石的万恶统治。打倒蒋介石才有和平，打倒蒋介石才有饭吃，打倒蒋介石才有民主，打倒蒋介石才有独立，已经是中国人民的常识了。

蒋介石的兵力，其正规军被歼的到八月底止已达一百十四个旅，九十万人；伪军、地方军和特种部队被歼的三十五万三千人。这就是说，蒋介石的正规军已有一半曾被歼灭或受过歼灭性打击，其伪军、地方军和各种部队已被歼灭三分之一，因而大大地削弱了蒋介石的军事地位。蒋军们不但士气低落，而且在一切高级文武官员中，在整个反动派阵营中，都充满了失败情绪。没有前途，没有出路，灰心丧气，慌乱动摇，风声鹤唳，草木皆兵，贪污腐化，越陷越深，互相埋怨，见死不救，这就是整个蒋

军营垒的现状。再打一年、两年，蒋帮就离全军覆灭不远了。

至于蒋介石的后方，则是空虚到了极点。到八月底止，蒋介石的正规军二百四十八个旅中，用于前线作战的已达二百二十七个旅，留在后方的仅有二十一个旅，其中新疆及甘肃西部八个旅，川康七个旅，云南两个旅，广东两个旅，台湾两个旅，如此而已。湘、桂、黔、闽、浙、赣六省无一个正规军，蒋介石完全没有第二线部队。蒋介石必败的主要原因之一，就在这里。人民解放军向长江以北诸省大举反攻，出现于蒋军后方，就把蒋介石这个弱点赤裸裸暴露出来。我人民解放军向敌人后方前进，如入无人之境，而且逼着蒋介石不得不手忙脚乱，从第一线调兵向后方增援。蒋介石后方有许多城市和战略要点，从前是不要防守的，现在却必须派兵防守，这就使蒋介石的兵力大大分散，战略机动兵力大大减少，不得不在战略上全局转入防御，剩下的只有某些局部的地方性攻势，这就给人民解放军在解放区内外大量歼灭敌人，收复失地和解放新地区人民大众，造成必要的前提。总起来说，人民反对，兵力削弱，后方空虚，这就是蒋介石的三个致命弱点。这些弱点是蒋介石的卖国独裁内战的反动政策的结果。蒋介石在以往还处于战略攻势地位，还能以进攻一地来鼓励他的士气，但是从今以后战略攻势既然属于人民解放军方面，蒋介石的崩溃就必然加速。由于人民解放军在一年多的时间中进行了内线作战，大量歼灭了敌人，大大加强和锻炼了自己。解放区因为实行土地改革而更加巩固，一时被它占领的地方，蒋军一跑仍然是我们的。这些条件，又造成了反攻的有利形势，奠定了今后彻底消灭蒋介石全部军队的基础。蒋帮覆没的前途是定了的，美国帝国主义的任何帮助也不能挽救蒋介石的这个命运。

毫无疑问，在解放长江以北各省的战争中，人民解放军将会遇到许多困难，并须经过一个较长时间的艰苦奋斗，大量歼灭蒋军，才能达到解放广大被压迫人民群众的目的；但是，这些困难是完全可以克服和必须克服的。

我人民解放军出征部队的全体指战员，必须明了自己所担负的任务是何等光荣、何等伟大；必须英勇善战，服从命令，不怕牺牲，不怕劳苦，大量歼灭敌人；必须和当地人民群众亲密结合，整饬群众纪律，严格遵守三大纪律八项注意，全心全意为人民的解放和民族的解放奋斗。

我们的工作人员的最光荣的位置，是到长江以北各省中去工作，实行正确的政策，放手发动群众，摧毁蒋介石反动统治，组织广大人民建立人民的民主政权，进行土地改革，武装人民并同各阶层的一切爱国的民主分子合作。

解放区的军民同胞们！继续在解放区内外歼灭蒋军，收复失地，扩大解放区，深入土地改革，增加生产，厉行节约，支援前线，只有把蒋军彻底地、全部地消灭了，解放区人民才能真正安居乐业。

蒋管区同胞们！一致起来援助人民解放军战胜蒋军，这个胜利将使你们永远脱离蒋介石万恶统治下的痛苦生活，实现人民群众的民主解放。

人民解放军伟大的反攻已经开始，长江以北各省伟大的解放战争已经开始。争取这个大反攻的胜利，把解放的旗帜插到全中国！把民主的联合政府在全国范围内建立起来！

中华民族万岁！

中国人民解放万岁！

**附记**

陕北新华广播电台一九四七年九月十六日广播。邯郸新华广播电台同日转播。

本书此文选自《延安（陕北）新华广播电台广播稿选》（中国广播电视出版社1985年版）一书。

（附记依据《延安（陕北）新华广播电台广播稿选》一书中《人民解放军大举反攻》一文的说明和邯郸新华广播电台相关资料。）

## 驳斥国民党中央社对长春问题的造谣

现在播送一篇广播评论,驳斥国民党中央社对长春问题的造谣。

在人民解放军发动了大反攻之后,以蒋介石为首的国民党反动派,已经受到一连串沉重的打击。最近的一次,也是特别沉重的一次打击,是人民解放军在短短的五天之内,接连着解放了锦州和长春。锦州和长春的解放,不但决定了东北国民党全部灭亡的命运,而且让蒋介石更清楚地看出了,国民党反动派是众叛亲离了。

在今年八月三号,蒋介石在南京国民党的军事检讨会上,曾经作了一次"训话"。当时他这样说:"尤其使我痛心的,是两年以来,有许多受我耳提面命的高级将领,被俘受屈而不能慷慨成仁。"蒋介石认为这是他的奇耻大辱。可是他更大的"奇耻大辱"还在后头。九月底,受他耳提面命的黄埔出身的王耀武,被人民解放军活捉了;十月中,受他耳提面命的黄埔出身的范汉杰和卢浚泉又被人民解放军活捉了;在范汉杰、卢浚泉被俘之后四天,另一个受他耳提面命的黄埔出身的郑洞国,公然违抗蒋介石的命令,率领他的新七军全体,向人民解放军投降了。这是国民党守城军队在高级指挥官率领下,实行全体投诚的第一次。

郑洞国将军率领新七军投诚,使得蒋介石大为惊慌失措。蒋介石心里明白,郑洞国的这一行动,证明了国民党军,包括蒋介石的嫡系军队在内,在人民解放军的强大进攻之下,已经发生了巨大的变化。在他的嫡系部队里面,有一部分对战争已经完全失去了信心,并且已经公开违抗蒋介石的命令,终于向人民解放军缴械投诚。这是蒋介石嫡系部队公然叛离卖国贼蒋介石的开始,同时又给所有的国民党军队指明了一个前途。

蒋介石完全懂得，郑洞国的率部投诚，对其他各地的国民党军，特别是对东北的国民党军，和黄埔嫡系的部队，会发生巨大的对国民党反动派极其不利的影响。这个消息的传播，将使面临覆灭的东北国民党军，更迅速地趋向分化和崩溃。因此，他命令国民党的造谣机关，用一切卑鄙无耻的手段，来掩盖郑洞国将军投诚和曾泽生将军起义的真相。特务头子、伪国防部政工局长邓文仪，在十九号离开沈阳之后，造谣公司中央社，就打破了对长春守军投诚这件事的沉默，突然派记者去访问国防部，询问长春的真相。在郑洞国所部新七军全部已缴械完毕，长春完全解放，东北政委会已经任命长春特别市正副市长，长春市军管会已经正式办公，全市民主秩序已经建立之后，中央社还连续四天，发出长春仍然在巷战的消息。可是这些骗子做贼心虚，唯恐读者听者不相信，几乎每一消息都说摘引自他们自己捏造的所谓郑洞国亲笔的或是亲自盖章的呈文，到了二十三号，这无耻的造谣达到了顶点，中央社竟公然宣布，郑洞国已经战死了。

中央社打自己嘴巴的事太多了。他们不是说康泽已经死了吗？后来又活了。他们不是说王耀武也死了吗？后来又活了。这次又说郑洞国死了，可是不久又要活过来的。正如济南、锦州和长春解放之后，中央社开头还是厚着脸皮，不肯承认，而后来又不得不承认一样。中央社的造谣，就像胆怯的人，走过坟场吹口哨，只不过越吹越心慌了。单是这一点，也就可以看出，国民党反动派统治的最后崩溃，已经是越来越迫近了。

**附记**

陕北新华广播电台一九四八年十月二十五日广播。邯郸新华广播电台转播。

本书此文选自《延安（陕北）新华广播电台广播稿选》（中国广播电视出版社1985年版）一书。

（附记依据《延安（陕北）新华广播电台广播稿选》一书中《驳斥国民党中央社对长春问题的造谣》一文的说明和邯郸新华广播电台相关资料。）

# 东北解放震撼南京蒋家小朝廷

下面播送一篇时事述评，讲的是人民解放军完全解放东北之后，南京蒋家小朝廷惊惶失措、分崩离析的情形。

人民解放军完全解放东北的伟大胜利，震撼着南京的蒋家小朝廷。据美联社记者十月二十九号从南京发出的报道说：国民党"在满洲的严重败北，已使南京突呈紧张，人们已在公开谈论着政府迁都的可能性"。英国路透社记者在本月一号从南京发出的电讯中，设想国民党反动集团可能要跑到"广州之类的避难所成立流亡政府"。这个记者并说："国民党在满洲的军事挫折，现在已使蒋介石政府比过去二十年存在期间的任何时候，都更加接近崩溃的边缘。"

在东北亲手丢掉了三个美械化兵团的蒋介石，在上月三十号，从北平狼狈逃回南京以后，据美国合众社电讯说，当天下午，就把他的高级助手，包括翁文灏、何应钦、张群，召集到他的官邸，举行紧急会议。整个会议都被一种前所未有的阴郁气氛所笼罩。报道还说："蒋介石放弃了平常的乐观腔调，描述目前的军事情势为对日战争结束以来之最'严重者'。蒋介石说他的政府在东北的地位'很糟'，崩溃是否能够避免，将在今后三个月中决定。他承认今后三个月最难度过。他没有对政府能否度过今后三个月表示具有信心。他以最阴郁和悲观的腔调讲话。"据美国《纽约先驱论坛报》记者史迪禄报道，这个满脸晦气的蒋介石，慌忙中向美帝国主义又一次伸出求援的手，他在答复史迪禄的问询时，竟然毫不知羞耻地叫喊他的洋爸爸"拯救"他，并保证自己"恪守国际信义""克尽其道义责任"，就是说，他要死心塌地地充当美帝国主义的忠实走狗。

但是，美帝国主义及其代言人是更加不客气了。据美联社南

京三十号的电讯说:"一项长时间暗中谈论的蒋介石辞去总统而出国一年的建议,已经公开化。"合众社在同一天也报道,装着反蒋姿态的国民党反动分子伪立法委员刘不同,已公开要求蒋介石下野,到美国去休养。刘不同在《大学评论》杂志发表论文,题目是《祝总统赴美休养一路平安》。

不管美帝国主义是否立即丢开蒋介石,找李宗仁之类第二、第三名走狗,来作为奴役中国人民的新工具,或者是迟延一些时日,无论如何,蒋介石这只走狗,在美国主子眼中,是越来越不值钱了。在美国策动下,一个以李宗仁、何应钦、白崇禧、宋子文为首的表面上去掉蒋介石的美国殖民政府的阴影在蠕动着。但是,这能顶什么事呢?只需人民解放军再打几个东北那样的大胜仗,这批狐群狗党就没有活命了。不论美国殖民政府留在南京也好,搬到广州去也好,总之活不了多少时候。最近几个月人民解放军的胜利,缩短了中国革命的过程。

**附记**

陕北新华广播电台一九四八年十一月六日广播。邯郸新华广播电台转播。

本书此文选自《延安(陕北)新华广播电台广播稿选》(中国广播电视出版社1985年版)一书。

(附记依据《延安(陕北)新华广播电台广播稿选》一书中《东北解放震撼南京蒋家小朝廷》一文的说明和邯郸新华广播电台相关资料。)

# 解放南阳

各位听众！人民解放军已经占领了河南省西南部重要城市南阳。现在跟各位谈谈解放南阳的重要意义和今后的形势。

在人民解放军伟大的胜利的攻势下，南阳守敌王凌云部，在四号下午，弃城向南逃窜，解放军当即占领了南阳城。南阳，是古代的宛县。三国时代，曹操和张绣曾经在南阳发生争夺战。后汉光武帝刘秀，曾经在南阳起兵，发动反对王莽王朝的战争，创立了后汉王朝。民间所传的二十八宿，就是刘秀的二十八个主要干部，大多数就出生在南阳这一带。在过去的一年中，蒋介石极端重视南阳，曾经在南阳设立所谓绥靖区，以王凌云为司令官，企图阻挡人民解放军向南发展的道路。上个月，白崇禧使用黄维兵团三个军的力量，经营了整整一个月，企图打通信阳和南阳之间的运输道路，始终没有达到目的。最近，蒋军在全国战场上都遭到失败，被迫把整个南部战线上将近一百个师的兵力，集中在以徐州为中心和以汉口为中心的两个地区。在两个星期以前，被迫放弃了开封，现在又放弃了南阳。从此，河南全省，除了豫北的新乡、安阳，豫西的灵宝、阌乡，豫南的确山、信阳、潢川、光山、商城、固始等地还有残余的敌人以外，已经全部解放。

自从去年七月，南线人民解放军开始向敌人后方实行英勇的进军以来，一年多的时间，解放军除了歼灭大量的国民党军正规部队以外，最大的成绩，就是在大别山区、皖西区、豫西区、陕南区、桐柏区、江汉区、江淮区，恢复和建立了稳固的根据地，创立了七个军区，并且大大地扩大了豫皖苏军区老根据地。除了江淮军区属于苏北军区管辖以外，其余各军区，都属于中原军区管辖。现在的豫皖苏区、豫西区、陕南区、桐柏区，已经连成一片，没有敌人阻隔了。这四个军区，并且已经和华北解放区连

成一片。解放军的武装力量，除去补上野战军和地方军一年多以来激烈战争中的消耗以外，还增加了大约二十万人，今后还会有更大的发展。白崇禧经常说："不怕共产党凶，只怕共产党生根。"他是怕对了。解放军在江淮河汉地区，不仅是树木，而且是森林了，不仅是生了根，而且枝叶茂盛了。

在去年下半年一个极短的时间内，解放区的民主政府，在这个地区，曾经过早地执行了分配土地的政策，犯了一些策略上的"左"的错误。但是很快就纠正了，普遍地利用了抗日时期的经验，执行了减租减息的社会政策和各阶层合理负担的财政政策，这样，就把一切可能联合或者中立的社会阶层，都联合或者中立起来，集中力量，反对国民党反动统治势力，反对乡村中最为广大群众所痛恨的少数恶霸分子。这一策略，是明显地成功了，敌人已经完全孤立起来。

在人民解放军强大的野战军和地方军的配合打击之下，困守在各个孤立据点里边的敌人，像开封、南阳等地的敌人，被迫弃城逃窜。南阳守敌王凌云统率的军队是第二军、第六十四军和一些民团，现在逃到襄阳去了。襄阳也是国民党的一个所谓绥靖区，第一任司令官康泽在襄阳被活捉以后，接手的是从新疆调来的宋希濂。最近宋希濂升任徐州的副总司令兼前线指挥所主任，他是去代替杜聿明的。杜聿明刚刚从徐州飞到东北，一战惨败，又逃到了葫芦岛。王凌云到襄阳，大概是接替宋希濂当司令官。但是从南阳到襄阳，并没有走得多远，襄阳还是一个孤立据点。王凌云如果不再逃跑，康泽的命运是在等着他的。

**附记**

陕北新华广播电台一九四八年十一月九日广播。邯郸新华广播电台转播。

本书此文选自《延安（陕北）新华广播电台广播稿选》（中国广播电视出版社1985年版）一书。

（附记依据《延安（陕北）新华广播电台广播稿选》一书中《解放南阳》一文的说明和邯郸新华广播电台相关资料。）

## 永城东北地区歼灭战的巨大胜利

各位听众！人民解放军淮海前线司令部发言人发表谈话，评论最近永城东北地区歼灭战的巨大胜利。谈话说：

被人民解放军包围在永城东北地区的国民党军队，大约有三十万人，已经在十号完全被歼灭了。头号战犯之一杜聿明，也被解放军活捉。淮海战役第三阶段，已经胜利结束了。

解放军在徐州战场上，经过两个月零五天的作战，赢得了整个战役的彻底胜利。连起义的计算在内，一共歼灭了国民党军五个兵团全部，一个兵团大部，两个兵团各一部，二十二个整军，五十五个整师，以及其他部队。

永城东北地区歼灭战的大胜利，是在淮海战役第一、第二两个阶段的胜利基础上发展起来的，是连续作战大量歼灭敌人有生力量的结果，特别是全歼了黄维兵团，对保证这次大歼灭战的全胜，更有决定的意义。在战役第一阶段，徐州战场上，敌军有邱清泉、李弥、黄伯韬、黄维、孙元良、冯治安、刘汝明、李延年等八个兵团。到了战役第二阶段结束，黄维兵团被全歼以后，李延年、刘汝明两兵团逃回蚌埠，接着又继续向南逃跑，所谓徐州"剿总"也从蚌埠搬到滁县，这样，就使得被包围的杜聿明部邱清泉、李弥两个兵团和孙元良兵团的残部，完全孤立无援。解放军在休息了二十天以后，就在本月六号，继续发动攻势。

这次大歼灭战从攻击开始到最后解决战斗，只经过四天四夜，十几万残余的敌军就全部覆没了，平均每天要消灭敌人四万到五万。这样坚决、迅速、干脆、彻底和全部地歼灭大量敌人，是永城东北地区歼灭战最显著的特点之一。

另一个特点，就是敌人内部发生了新的变化。有不少的国民党军高级将领和许许多多的官兵们，都不愿意跟着国民党统治集团一齐走向灭亡。在淮海战役第一、第二两个阶段中，有何基沣、张克侠、廖运周等部的起义，有孙良诚、黄子华、赵璧光等部的放下武器，在战役第三阶段最后四天的大歼灭战中，蒋介石嫡系部队最精锐的邱清泉兵团和李弥兵团，更有整营、整团、整师地向解放军放下武器。现在已经知道的就有第五军四十五师师长率领两个团的官兵，第八军四十二师副师长和参谋长率领三个团的官兵，第九军军部率领第三师的残部，第七十二军军部率领的一个团，第七十军三十二师师部率领的一个野炮营带了十二门野炮、三门美式山炮和一个辎重营，以及十二军一一二师三五五团团长率领全团官兵，先后向解放军放下武器。

一切还没有被歼灭的国民党军队，应该从永城东北地区大歼灭战中汲取三个重要的教训：

第一，人民解放军已经取得了绝对优势，国民党兵力已经到了山穷水尽的时候。像邱清泉、李弥、孙元良这样大都是美械装备的三个兵团，再加上蒋介石儿子蒋纬国指挥下仅存的战车团等许多特种部队共计三十万人在一起，结果都被歼灭了，那么国民党的其他军队，更逃脱不了被歼灭的命运。

第二，不论是国民党哪一个军队，一旦被人民解放军包围了，他就再也别想突围逃跑。唯一的生路就是迅速缴枪投降。否则不是冻死饿死，就是被彻底歼灭。

第三，绝对不能违反人民解放军总部所公布的《惩办战争罪犯的命令》，如果违反了，就一定要受到严厉的惩罚。已经成了战争罪犯的人，假如能够幡然悔改，戴罪立功，当可将功折罪。比方，在被包围的时候，下令全军停止抵抗，保证不破坏武器弹药，有秩序地缴枪投降等等。假如胆敢杀害俘虏，施放毒气，破坏武器，那人民解放军就一定要捉拿归案，严厉惩办。像黄维和杜聿明就是活生生的例子，他们都曾经几次放毒，但都丝毫没有挽救了他们自己被歼灭的命运。

在整个淮海战役中，人民解放军连续作战两个多月，始终保持着旺盛的士气，表现了高度的顽强坚韧的精神和艰苦奋斗的英

雄气概。解放军在政策纪律、战斗技术各方面，都有很大进步，无论是阻击战或攻坚战，解放军都已经能够进行近代化的正规作战。

　　在这一次有历史意义的大决战中，由于中共中央毛主席、朱总司令和华东中央局以及中原中央局的正确领导，中原和华东两大野战军和中原、华东、华北的地方军并肩作战，各战场兄弟部队协同配合，华北、华东和中原三大解放区千百万人民的全力支援，我军终于获得了空前的伟大胜利。由于淮海战役彻底胜利，已使海州、徐州、开封、郑州、洛阳和淮河以北的广大地区，变成人民解放军的后方了。


　　**附记**

　　陕北新华广播电台一九四九年一月十八日广播。邯郸新华广播电台同日转播。

　　本书此文选自《延安（陕北）新华广播电台广播稿选》（中国广播电视出版社1985年版）一书。


　　（附记依据《延安（陕北）新华广播电台广播稿选》一书中《永城东北地区歼灭战的巨大胜利》一文的说明和邯郸新华广播电台相关资料。）

## 揭露国民党中央社篡改中共发言人声明的无耻行为

现在播送一篇评论,揭露国民党中央社篡改中共发言人声明的无耻行为。

南京中央社一月二十九号转发一月二十八号中共发言人的声明,除删掉或篡改许多重要的字句之外,还有意地删掉许多包含着极重要意义的段落。

关于日本战犯冈村宁次问题,中央社删掉了下面一段,就是:"中国人民在八年抗日战争中牺牲无数生命财产,幸而战胜,获此战犯,断不能容许南京国民党反动政府擅自宣判无罪。全国人民、一切民主党派、人民团体以及南京国民党反动政府系统中的爱国人士,必须立即起来反对南京反动政府方面此种出卖民族利益,勾结日本法西斯军阀的犯罪行为。"下面的一段也被中央社删掉,就是:"此事与你们现在要求和我们进行谈判一事,有密切关系。我们认为你们现在的种种作为,是在企图以虚伪的和平谈判掩护你们重整战备,其中包括勾结日本反动派来华和你们一道屠杀中国人民一项阴谋在内;你们释放冈村宁次,就是为了这个目的。"

关于内战罪犯问题,中央社删掉并篡改了下面一段,"你们召开伪国大,制定伪宪法,选举伪总统,发布'动员戡乱'的伪令,又是那样的紧张、热烈、殷勤、迫切,又是什么人的劝告也不听。那时,上海、南京和各大都市的官办的或御用的所谓参议会、商会、工会、农会、妇女团体、文化团体一齐起哄,'拥护动员戡乱','消灭共匪',又是那样的紧张、热烈、殷勤、迫切,又是什么人的劝告也不听。如今,过了两年半,被你们屠杀的人民何止数百万,被你们焚毁的村庄,奸淫的妇女,掠夺的财

物,被你们的空军炸毁的有生无生力量,是数不清的,你们犯了滔天大罪,这笔账必得算一算。听说你们很有些反对清算斗争。但是这一次清算斗争是事出有因的,必得清一清,算一算,斗一斗,争一争。你们是打败了。你们激怒了人民。人民一齐起来和你们拼命。人民不欢喜你们,人民斥责你们,人民起来了,你们孤立了,因此你们打败了。"上面这一段,中央社删篡成为这样几句:"如今,过了两年半,你们犯了滔天大罪,这笔账必得算一算。虽说你们反对清算斗争,但是这一次清算斗争是事出有因的,必须清一清,算一算,斗一斗,争一争。"在谈内战罪犯问题的末尾一段中,中共发言人声明的原文是:"除了逮捕日本战犯冈村宁次以外,你们必须立即动手逮捕一批内战罪犯,首先逮捕去年十二月二十五号中共权威人士声明中所提四十三个战犯之在南京、上海、奉化、台湾等处者。其中最重要的,是蒋介石、宋子文、陈诚、何应钦、顾祝同、陈立夫、陈果夫、朱家骅、王世杰、吴国桢、戴传贤、汤恩伯、周至柔、王叔铭、桂永清等人。特别重要的是蒋介石,该犯现已逃至奉化,很有可能逃往外国,托庇于美国或英国帝国主义,因此,你们务必迅即逮捕该犯,毋令逃逸。"中央社把这一段删篡成为下列几句:"除了逮捕日本战犯冈村宁次以外,你们必须继续动手逮捕一批内战罪犯,首先逮捕去年十二月二十五号中共某权威人士声明中所提四十三个战犯。你们务必迅速逮捕,勿使逃逸。"

  读者们和听者们注意:中央社擅自删掉和篡改的是些什么呢?是关于必须逮捕日本战犯的理由,是关于必须清算内战罪犯的理由,是关于要求南京政府首先逮捕蒋系直属各重要战犯的名单,特别是蒋介石这个战犯魁首。南京国民党反动政府是同意以中共的八条为谈判基础的,八条的第一条是惩办战犯,但是他们却不愿意我们提起所以要惩办战犯的理由和战犯的具体名单。此外,中央社还整个地删掉了中共发言人声明的第三点,这一点的全文总共只有十七个字,就是:"(三)以上二项,要求南京反动政府给予答复。"删掉这十七个字的用意何在呢?难道是因为文字太长吗？

**附记**

陕北新华广播电台一九四九年一月三十一日广播。邯郸新华广播电台转播。

本书此文选自《延安（陕北）新华广播电台广播稿选》（中国广播电视出版社1985年版）一书。

（附记依据《延安（陕北）新华广播电台广播稿选》一书中《揭露国民党中央社篡改中共发言人声明的无耻行为》一文的说明和邯郸新华广播电台相关资料。）

## 北平问题和平解决的基本原因在哪里

现在播送一篇评论，谈谈北平问题和平解决的基本原因在哪里。

南京国民党反动政府，对于北平的和平解决采取什么态度，是值得注意的。国民党中央社在一月二十二号发表傅作义将军的文告，这篇文告说："北平的和平解决，是为了迅速缩短战争，获致人民公议的和平，保全工业商业基础与文物古迹，使国家元气不再受损伤，以期促成全国彻底和平之早日实现。"一月二十七号，中央社又发表南京政府国防部的文告说："华北方面，为了缩短战争，获致和平，借以保全北平故都基础与文物古迹，傅作义总司令曾于二十二号发表文告，宣布自二十二号上午十时起休战。北平市国军大部当即遵从总部指示，先后撤离市区，开入指定地点。共军已有少部开进市区。绥远、大同两地亦将实施休战。"

战败了，一切希望都没有了，比较好的一条出路，是军队离城改编，让人民解放军和人民政府和平地接收城防和市政，这是北平问题和平解决的基本原因。为什么天津不肯这样做呢？难道天津的"工业商业基础与文物古迹"不应当保全吗？难道天津的"国家元气"应当受损伤吗？为什么一月二十二号应当"促成全国彻底和平之早日实现"，而在一月十三号不应当，而令天津的和平解决不能实现呢？基本的原因是傅作义将军还想打一打。天津打败了，二十九个钟头内十几万人解除武装，陈长捷、林伟俦、杜建时等一齐被俘，北平孤立了，毫无希望了，决心走第二条路，和平解决北平问题的可能性从此产生。人民解放军十五号攻克天津，十六号林彪、罗荣桓、聂荣臻三位将军即和傅作义将军的代表邓宝珊将军、周北峰将军成立了和平解决北平问题的基本协议，往后数日又成立了细节方面的许多协议。周北峰将军是在一月八号由张东荪教授引导出城和林彪将军等谈过一次的，这回出城是第二次。和平地解决北平问题的基本原因是人民解放军的强大和胜利，难道还不明显吗？

北平人民，包括劳动人民、资产阶级及绅士们在内，一齐渴望和平解决，又是一个原因。一月十九号北平人民的十一个代表出城和人民解放军公开接洽，他们听了人民解放军方面的宽大处理政策，很为满意，人民解放军第四十一军军部招待了代表们，举行了畅谈和欢宴。代表中的一个是前北平市长何思源，他是过去山东国民党省政府的主席，坚决反对过人民解放军，当北平市长时也是坚决压迫人民的，他是国民党CC系北方派的干员之一。不管他过去做得怎么坏，按这一次总算做对了。又一个代表是吕复，他是国民党法统内的立法委员。又一个代表是北平古物保管机关的康同璧女士。其余是官办的民众团体的代表。他们就是二十二号傅作义将军文告中所说"获致人民公议的和平"那一句话中所谓"人民公议"的表现。不管这一切，他们总算是代表了真正的民意，这和过去大半个月内国民党CC系在南方各省策动官方的参议会、商会、工会等起劲地叫嚣的所谓"和平攻势"，是截然不同的，人们切不可将这二者混为一谈。最近南京、上海、武汉，开始酝酿的局部和平运动，也是资产阶级及绅士们策动的，应属于何思源、吕复、康同璧这一类，因而被CC系死硬派战争罪犯潘公展所反对。

北平和平解决的又一个原因，是近二十万的国民党军队除少数几个死硬分子外，从士兵到将军们，一概不愿打了，天津失守后的傅作义将军代表这种情绪，下了出城改编的决心。不管傅作义过去如何反动透顶，华北人民如何恨之入骨，这件事总算是做得对的。只要他以后向有利于人民事业的方面走，愿意向人民低头，在军队改编问题上予以协助，不起阻碍作用，而不再企图高踞在人民头上压迫人民，人民解放军就有理由向人民说明，赦免他的战犯罪，并给他以新的出路。

南京政府为什么也同意这样干呢？这是全国革命高潮和国民党大崩溃的表现。他们不得不同意，就像他们不得不同意以共产党的八个和平条件为谈判基础一样。在全国人民的逼迫下，他们孤立了，他们的二十万军队已经这样做了，他们无法不同意。这一同意是有巨大意义的，全国的问题就有合法（合国民党之法）的理由遵循北平的道路去解决，他们丝毫也没有理由反对别的地方这样做了。尽管以蒋介石为首的国民党死硬派还在准备"抵抗到底"，但是他们将被完全地彻底地孤立起来，他们的反动政策会被人民的革命浪潮迅速地打得粉碎。

**附记**

　　陕北新华广播电台一九四九年二月一日广播。邯郸新华广播电台转播。

　　本书此文选自《延安（陕北）新华广播电台广播稿选》（中国广播电视出版社1985年版）一书。

（附记依据《延安（陕北）新华广播电台广播稿选》一书中《北平问题和平解决的基本原因在哪里》一文的说明和邯郸新华广播电台相关资料。）

# 国民党伪政府已经崩溃

现在播送一篇短评，评孙科最近在广州宣布成立的伪政府。

国民党的一部分反动派又在广州成立了一个所谓"政府"，这是由伪行政院在本月七号宣布的。伪行政院自称已经"迁政府于广州"，但是留在南京的另一部分反动派则要求他们回到南京。伪行政院长重要战争罪犯孙科于六七两日在广州发表谈话，重弹他已经在上月二十二号被伪代总统李宗仁所收回的"先行无条件停战"的老调。孙科公然反叛李宗仁关于愿在中共所提八项和平条件下进行谈判的声明，说是"现政府已迁穗（就是已经迁到广州）办公，吾人应对过去重新加以检讨"，又说是"共党所提出之惩治战犯一节，即系绝对不能接受者"。孙科故意大惊小怪地说："我国政府为全世界各国所承认之唯一代表中华民国政府之事实，共党全然予以否认。"但是孙科自己的言论行动，恰恰证明他的所谓"政府"已经不存在了。难道一个政府的迁移能够不由它的"元首"来宣布，而由它的一个局部机关来宣布吗？难道一个"行政院"能够推翻它的"元首"的决定吗？孙科的什么"行政院"，在上月十九号已经推翻过它的"总统"蒋介石的声明，虽然经过中共发言人予以质询，迄今尚未作只字之答复。现在它不但重复推翻蒋介石的声明，而且又加上一条推翻它的"代总统"李宗仁的声明了。

由此可见，国民党的所谓"政府"，已经从组织上根本崩溃。

由此可见，说这个什么"政府"是一群乌合之众已经不合于事实了；现在并没有什么"乌合"，而只有鸡飞狗走，走成几小群互相不负责任的亡命之徒了。

**附记**

陕北新华广播电台一九四九年二月九日广播。邯郸新华广播电台转播。

本书此文选自《延安（陕北）新华广播电台广播稿选》（中国广播电视出版社1985年版）一书。

（附记依据《延安（陕北）新华广播电台广播稿选》一书中《国民党伪政府已经崩溃》一文的说明和邯郸新华广播电台相关资料。）

# 国民党死硬派还有多少号召力？

现在播送一篇短评，谈谈国民党死硬派潘公展最近在上海召集的所谓"全面和平促进会"。

在虚伪的"全面和平"的旗帜下呼吁战争的国民党死硬派，在他们自己党内究竟还有多少号召力呢？现在我们已经看到了两个答案。

一个答案是：伪行政院长孙科在广州所能号召的伪立法委员只有五十多名，不足伪立法委员总额七百五十名的十分之一。

另一个答案是：上海伪参议会议长CC团首领之一潘公展，在十二号到十四号召集了一个所谓"全面和平促进会"，这个会由一月八号筹备起，筹备了一个多月，邀请了四十几个省市的伪参议会，结果，派代表参加的，连潘公展自己的伪上海市参议会在内，却只有十六个单位。尤其滑稽的是，这十六个单位中，竟有一半是山东、山西、北平、沈阳、辽宁、热河等地的流亡"议长"。在出席八号该会"筹备会议"的九个伪省市参议会代表中，这些流亡"议长"竟占了六个。湖南和台湾的伪参议会公开拒绝派代表出席，说是因为"交通关系"和"接到通知过迟"。但是，交通最便利、接到通知最早的江苏、南京、安徽等伪省市参议会也没有派议长来，而只是派了一两个参议员。潘公展的卖座如此悲惨，原因之一，是当他还在布置戏台的时候，白崇禧已经在七号到九号在武昌抢先开了一个湖北、湖南、江西、河南、广西、福建、安徽、汉口"八省市人民和平促进会"。这个会议宣布成立一个所谓"各省市人民和平促进会驻鄂联合会"。潘公展曾经要求武昌的"八省市和平促进会"派代表出席上海的会议，但是，武昌方面的回答是："因交通关系，本会不能派代表出席。"伪江西省参议会把议长派到武昌参加会议，而把副议长

派到上海出席会议。伪重庆市参议会则说是"路远",宣布对两方面都不参加。这些情形,就使得潘公展只兜揽得少得可怜的几个顾客。

附记

陕北新华广播电台一九四九年二月十七日广播。邯郸新华广播电台同日转播。

本书此文选自《延安(陕北)新华广播电台广播稿选》(中国广播电视出版社1985年版)一书。

(附记依据《延安(陕北)新华广播电台广播稿选》一书中《国民党死硬派还有多少号召力?》一文的说明和邯郸新华广播电台相关资料。)

# 陆

## 通 讯

# 刘胡兰慷慨就义

现在播送一篇解放区通讯。

在山西文水县,一个叫云周西村的村子里,上个月十二号,有一个十七岁的女共产党员刘胡兰,被阎锡山匪军杀害了。

在当众审讯的时候,阎军问她:"是不是共产党?"她说:"是!"阎军又问她:"为什么参加共产党?"她回答:"共产党为老百姓做事。"阎军又问:"今后你还要给共产党办事?"她说:"只要有一口气活着,就要为人民干到底。"

这时候,阎军抬出了铡刀,在她面前铡死了七十多岁的老人杨桂子几个人,又威胁她说:"只要今后不给八路军办事,就不杀你。"这位青年女英雄坚定地回答:"那是办不到的事!"阎军又问:"你真的愿意死?"英勇坚强的刘胡兰,从容地躺到铡刀下面,大声地说:"死有什么可怕!要杀就由你们吧,我再活十七岁,也是这个样子。"这位十七岁的女英雄就慷慨就义了。

全村的父老,都记下了这个血海深仇。他们决定立一块碑,来永远纪念这位人民的好女儿。


**附记**

陕北新华广播电台一九四七年二月广播。邯郸新华广播电台转播。

本书此文选自《延安(陕北)新华广播电台广播稿选》(中国广播电视出版社1985年版)一书。

新中国成立后,陕北新华广播电台的编辑高而公又据此深入采访,写了《刘胡兰小传》一书并出版发行,在全国产生了较大的影响。

（附记依据《延安（陕北）新华广播电台广播稿选》一书中《刘胡兰慷慨就义》一文的说明和邯郸新华广播电台相关资料，以及原陕北台编辑杨兆麟所著的《一个记者的足迹》一书。）

# 新华社广播在鄂豫皖前线

解放军到达了大别山以后,某部一个分遣出去单独活动的大队,在半个月中间,由于行军作战频繁,很长时间就没收听到新华广播,指战员们心里都很着急。有一天,他们从一个友邻的游击侦察部队那里得到一张油印的《时事新闻》,恰好在那上面登载着新华社的一篇社论《人民解放军大举反攻》。全体干部得到了这张报纸以后,好像饥饿了很久的人们,见到了好饭好菜一样,马上抢着贪婪地读了又读,并且给每个连队抄下了一份,在部队中热烈地阅读和讨论。

晋冀鲁豫解放区的战士们,最感兴趣的一次广播,就是中秋节那一天邯郸广播电台广播的家信,涉县北关军属李舒梅写给她丈夫贺金柱的家信,战士们听到他们的家里怎样度过一个中秋节时,真是感到莫大的安慰和高兴。特别听到那大家称赞的杀敌英雄和纺花英雄红花配绿叶的一段话,听完了以后,每个人都愉快地谈个不休,甚至把广播中的每一句,能一字不漏地背出来。原因是广播的消息,都是他们非常亲切的家乡的事情。当解放永年的新闻从广播节目中预告出来的时候,某部的宣教干事马上把警卫连的永年籍战士都叫去听新华广播,他们听到自己的家乡解放了,铁磨头匪部也全部被消灭了,都欢欣鼓舞得又蹦又跳。从此以后,他们经常要求排长、指导员给他们读新闻。

因为作战和行军,许多同志又去做地方工作了,使广播新闻传播出去是不容易的,所以就只有把收听来的新闻写下来,印出来,贴在市镇上,这样使经过的部队、地方工作人员和赶集的群众都有机会可以看到新闻,战争消息就很快地传播开了,使部队和地方工作人员知道时局和重要的社论,及党的文件指示等,作为工作中宝贵的指导。有一次,某部一个大队,经过市集的时

候，宣教科长发现墙上贴了最近的《时事新闻》，他就想把它揭下来，带到部队里去传播，但是这张新闻贴得很牢，揭不下来，没有办法，他只有抄了几段重要的新闻，再去赶部队。第二天，他赶回部队以后，战士们都要求宣教科长报告时事，他就把在路上抄的几段新闻，一连在几个连队上作了时事报告，受到战士们的热烈欢迎。

没有收音机的机关，晚上常常要打电话来问今晚收到了些什么广播。出击敌人的部队，一靠近机关，即使住在二十里地以外，也常常连夜派通讯员带信来说："我们部队好多日子没有听到广播了，多给我们捎几份新华广播来吧。"

**附记**

一九四八年邯郸新华广播电台播出，《邯郸新华广播电台介绍》一书收入此文，来源于战地前线的油印小报。作者裴玖。

本书此文选自《邯郸新华广播电台暨陕北新华广播电台在太行时期历史资料汇编》（邯郸人民广播电台2006年编印）一书。

（附记依据《邯郸新华广播电台暨陕北新华广播电台在太行时期历史资料汇编》一书中《新华社广播在鄂豫皖前线》一文的说明和《邯郸新华广播电台介绍》一书。）

# 访问邯郸广播电台

记者最近访问了邯郸广播电台，该台给我的整个印象是活力充沛而富有年轻气概。这种印象，来自他们新颖的创造和严肃的工作的总和。

走进播音室是下午七点多，正在转播着陕北新华广播电台的各种节目。天蓝色的电灯光照明了这宽大的房间，地上铺着织花地毯，天花板钉着皱折的白土布，四壁钉的是本地特产的灰白色毛毡。就用这些土产品构成了隔音和防止回声的设备。室内陈设只有一张播音桌，一架送话器，一把绒垫的椅子，静待播音者的到来。隔壁是音乐播音室，里面有一架钢琴，一部分打击乐器。另一间是机器间，这些机器都是精制的美国装备，而经过蒋军"运输"到解放区来的，今天正和根据地的毛毡、土布等一同在解放区的工作者手中为人民服务。在另一间发射室里，发射机的霓虹灯正在闪耀。

参观了播音室与机器间之后，就去访问编辑部，他们每天播送一万五千字新闻和其他报道，稿源除新华社的电报外，就依靠《人民日报》、总分社、各区报纸、刊物和通讯员的函稿。在这方面太岳分社的何微同志，太行解放军官教导团的张培礼、刘宝荣两同志，冀南解放军官教导团的王海涛同志，军区政治部彭长登同志，以及各机关部队的报纸通讯员，对电台都尽了很大的力。现在正在计划着健全通联机构，更进一步地开展通讯工作。从九月一日以后，将要加强对本解放区各种建设的介绍，如城市建设、文化教育、生产、支援前线、土改后的农村新面貌等等，据他们说，特别欢迎一个城市、一个学校、一个公司、一个村等等的典型报道。

为了照顾听众中蒋军军官及其家属的需要，他们每天播送着

晋冀鲁豫放下武器的蒋军军官的名单和给亲友的家信。还准备介绍一些解放军官的文章和蒋军军官对于蒋贼的控诉，与放下武器后的生活等。

一年来，邯郸电台的声音已传遍蒋管区各大城市，蒋管区人民依靠它得到光明和希望。去年十月因机器发生故障一度停播。在修理机器期间，北平青年纷纷来信询问，盼能早日恢复。及至恢复后，他们又要求增加时间，增加评论，因为他们在蒋介石的黑暗统治与欺骗宣传下只有在收音机旁从我们的声音里才能找到鼓励与安慰。此外，蒋军军官也普遍收听。放下武器的蒋军军官之所以能知道我们各种政策，收听广播是一个主要来源。空军刘善本上尉及其以后陆续来解放区的空军朋友，都是从广播中找到出路，毅然投向解放区。对内说，本区野战军旅以上部队都按时收听，并根据广播出版小报。在大军深入蒋区作战的今天，电台对他们精神食粮的供给更有其重要意义。刘司令员出征前曾对电台人员谆谆告诫："我希望你们好好工作，保证部队每天听到你们的声音。"对地方工作的报道，也开始起了一定的作用。比如：四月间曾广播太岳解放区屯留乡妇女刘改英代夫参战的新闻，屯留的石印刊物《乡村文化》就把这件事登了出来，标题是"刘改英传名全国"，使得刘改英本人更加积极，当地妇女也提出了"学习刘改英"的口号。编辑部同志们就电台一年来的发展，指出了它的前途。他们说："本台服务对象开始主要是蒋管区各大城市的听众及蒋军军官，但后来因本军的需要，所以又从八月一日增加了七时至八时半的专门对本军播音时间。从屯留这件事，又给我们一个启示：如果技术条件相当具备，利用它来传播经验推动工作，在今天交通不便情况下是最迅速而有效的。希望与各方面共同创造这个条件，把这有力工具用到地方工作上来。"

### 附记

原载一九四七年九月五日晋冀鲁豫《人民日报》，邯郸、陕北新华广播电台播出。作者一丁。

本书此文选自《邯郸新华广播电台暨陕北新华广播电台在太行时期历史资料汇编》（邯郸人民广播电台2006年编印）一书。

（附记依据《邯郸新华广播电台暨陕北新华广播电台在太行时期历史资料汇编》一书中《访问邯郸广播电台》一文的说明和1947年9月5日晋冀鲁豫《人民日报》。）

# 南征散记

下面播送一篇前线通讯，题目是：南征散记。

八月十七号，记者跟着刘邓大军走进了黄汛区。一座一座的村庄，被黄河大水分隔着，就像一个一个的孤岛一样。从这个村子到另外一个村子，必须蹚五六里路的水，才能踏上陆地。我们挽着臂膀，溅着淤泥，在有膝盖高的黄水里走着。人马车辆，成排成队地前进着，把平静的黄河水面，搅得哗啦啦地响。脚底下高低不平，走起路来，都是高一脚低一脚的，一不小心，"扑通"一声，就会滚得满身是泥浆。有的时候，拖炮的牲口陷在泥巴里了，炮兵们赶紧跑去，抬着炮筒，背着炮架，抱着炮弹，慢慢地走着。汽车在泥水里直喘气，每走几十步，司机们就要下来发一次火。

一直走到天亮，才算走过了黄汛区。部队到项城黎庙庄休息。这一带地势比较高，可是墙上还是有被黄水浸漫的痕迹。黄水在当地老百姓的脑子里刻下了非常恐怖的印象。大家永远记得：一九三八年六月，蒋军在花园口和中牟赵口掘开河堤，黄水吞没了三十二万人的生命和财产。人们永远忘不了这笔血债。

八月十九号半夜，部队开到了前庄营。老乡们听说是解放大军南下，都提着灯笼，引着我们看房子，他们自动地烧茶做饭，还热烈地打着招呼："同志，歇一歇吧！你们辛苦啦！"部队的牲口还没有解下鞍子，就被老乡们抢着拉到自己的马槽里去了。

我住的一家老乡，只有一个妇女和两个小孩，他们整天忙碌地帮我们做这个做那个的，招待得十分周到。我们问她的丈夫哪里去了，她说："被抓壮丁的抓走了。"接着她就跟我们讲了一个她亲自遭遇的抓壮丁悲剧。在这一带，提起蒋军抓壮丁，谁都气得咬牙。在两年之内，他们这里已经抓过四次壮丁，有一个村庄，统共只有五六十家，就有四十多人被抓走了。

八月二十七号，我们开进了原来的中原解放区。从前八路军写的好多标语，都被蒋军涂改了。我们的宣传员就用白粉把蒋军的标语抹掉，在上面写道："鄂豫皖的人民，团结起来，打倒蒋介石！"

早晨七点钟，我们走进了一条大街，铺子都还没有开门。通讯员小郭要买电池，跑去敲一家杂货铺子的门，一边敲，一边叫道："老乡，请开门，我们是人民解放军！"叫了一会儿，里面有人小声讲话了，一个说："是北方兵！"另一个说："不要开门，除非他是八路军！"小郭就在外面答应道："老乡！我们就是八路军呀！"老板从门里向外瞄了一瞄，就把门打开了。他一出门，就大声喊道："是八路军么？去年来过的，真是好队伍！"这一喊，把旁边好多铺子都喊开了。街上的人都围拢来看我们，纷纷问道："同志！你们去年到哪里去了？"有一个卖粽子的老太婆把我们看了半天，对我说道："蛮熟的，我像是看见过你。"

九月二号，我们开进了大别山，山上长满了松植树，田里尽是金黄色的稻子。我们走到柏湾镇休息，一位老太太亲热地搬一个凳子叫我们坐。她笑嘻嘻地说道："起先听说你们是八路军，我只敢在心里偷偷儿欢喜，后来看见你们过了三天三夜，老天爷，真不知道有多少人呀！我就敢说我喜欢八路军了。现在，还怕什么呀？"八里畈的老乡看见我们驮了几个木箱子，以为我们是来演戏的，他们叫我们打完了仗之后一定要来演两天戏。还有一个老乡指着新写的标语问我："耕者有其田是什么意思？是不是二五减租？"我告诉他，就是以前的分田地，他连声说道："懂得！懂得！"原来他过去分过田地，红军走后，地主又把他的土地夺回去了。最有意思的是，这里的老乡都问我们这回打不打汉口，他们还告诉我们说："同志哥！这里离汉口只有三百多里路，没有好远。"

九月三号，我们走到沙窝。沙窝一带的老百姓对我们很熟

悉，因为去年为了保卫这块土地，八路军曾在这里流过血，打过仗。老乡一见我们，就说："我们知道，穷人的队伍会来的！"在他们当中，还流传着这么一个预言，就是："八路军第一回南下，赶走日本人，第二回南下，一定赶走蒋军。"

### 附记

陕北新华广播电台一九四七年九月十七日广播。邯郸新华广播电台转播。作者是新华社前线记者王匡，本文主要讲他跟着刘邓大军南征的时候，沿路看到的情形。

本书此文选自《延安（陕北）新华广播电台广播稿选》（中国广播电视出版社1985年版）一书。

（附记依据《延安（陕北）新华广播电台广播稿选》一书中《南征散记》一文的说明和邯郸新华广播电台相关资料。）

# 西瓜兄弟

下面播送前线小故事,题目是:西瓜兄弟。原作者是解清。

在河南省淮阳县李楼村一带,群众中流传着西瓜兄弟的故事。

有一家姓李的两个兄弟,每人都有一亩多西瓜地,在方圆二十里以内,也只有他们兄弟两人种西瓜,因此大家都叫他们西瓜兄弟。西瓜老大的地在村东大路边上,西瓜老二的地在村西南的小路边上。今年他们的西瓜长得又大又甜。

西瓜刚熟的时候,村子东边走过了一队蒋军保安团,那些饿狼们一见老大的西瓜,就你抢我夺的,不一会儿,一亩多地的西瓜就一个也没有了,地里只留下一片踩烂的瓜藤瓜叶,跟吃剩的瓜皮、瓜子。

蒋军过去了二十天之后,村里忽然来了解放军。解放军刚好是从村西南西瓜老二的瓜地边上走过。西瓜老二急坏了,他想:"我这瓜地也要完了!我这命也不要啦!"西瓜老二灰心丧气地坐在西瓜棚底下,看着解放军过来。领头的一个兵说:"这西瓜长得好呀!"另外一个说:"这瓜一个怕有三十斤。"还有一个说:"吃上一个才解渴呢!"路过的士兵你一句我一句地赞叹不止。西瓜老二听见他们谈的是他的西瓜,心痛得像刀扎一样。可是叫他奇怪的是,这些兵说了就走了,他们连脚也不停一步,一股劲往南开去。西瓜老二把头偏向两边看了一看,队伍真长得很,南边看不见队伍的头,北边看不见队伍的尾。西瓜老二自言自语地说:"这个八路军的队伍真是奇怪呀!"他一边说着,一边就站起来,提着刀子,跑到地里抱起一个大西瓜,就往路边一放,刺刺地就切开了。他叫道:"吃西瓜呀!弟兄们!"可是队伍还是不停地移动着,也没有人答应他。他又向另外一些兵叫道:"走路渴了!来吃块西瓜吧!"那些兵却说:"谢谢你,老

乡，我不吃！"这一下，西瓜老二可着急了，他大叫道："看你们八路军，把瓜切开了，怎么不吃？"这时，有一个十六七岁的小号兵问他道："老乡，你这西瓜多少钱一斤？"西瓜老二说："不要钱，随便吃吧。"一边说，一边拿起西瓜就往小号兵跟前走去。小号兵一边摆着手，一边说："我不吃，我不吃！"就朝前走了。西瓜老二捧着瓜，直愣愣地在西瓜地边上站着，队伍还是肩并肩地往南走，前面看不见头，后面看不见尾。

**附记**

陕北新华广播电台一九四七年九月二十五日广播。邯郸新华广播电台转播。作者解清。

本书此文选自《延安（陕北）新华广播电台广播稿选》（中国广播电视出版社1985年版）一书。

（附记依据《延安（陕北）新华广播电台广播稿选》一书中《西瓜兄弟》一文的说明和邯郸新华广播电台相关资料。）

# 钢的担架队

现在播送一篇华中通讯，介绍滨海解放区竹庭县的担架队。

竹庭县，就是江苏北部的赣榆县，这个县的担架队，在今年五月孟良崮战役当中，曾经得到"钢的担架队"的光荣称号。为什么叫"钢的"呢？因为这个担架队像钢铁一样的坚强，在炮火中为自卫战争服务。

七月初，这个担架队，四千零十三个人，组织了七百副担架，重新走向前线，跟着华东解放军某部转战了四个月，走了四千多里路，渡过黄河、小清河，横跨过胶济路和津浦路，先后参加南麻、临朐和沙土集三个大战斗，抢救和抢运了六百多伤员，转运了大量的物资。在鲁中某地抢救伤员的时候，三面被敌人包围，离敌人只有三里地，英勇地完成了抢救的任务。第二天，天刚亮，又抬着伤员和一万多斤药品，冒着敌人九架飞机的疯狂扫射，安全地突出包围。在接连三天三夜的四百里强行军当中，队员们都抱着英勇牺牲的决心，"有我在就有伤员在"，没有丢掉一个伤员。七月到九月，这三个月接连不断的阴雨，山地也到处是水，平地水漂三尺。鞋穿坏了，天天夜里还蹚着泥浆，坚持行军。有一次抢渡东大河的时候，水流很急，他们创造了担架船，把担架连成一排，十几个人互相推着、牵着，强渡了过去。在抢救抢运伤员的工作当中，全队百分之九十的队员都为人民立了功。其中有一个特等功臣，四个人记了两个大功，三百五十五人记了一个大功。渡黄河的时候，蒋军飞机日日夜夜封锁着黄河渡口，又是敌情紧张，浊浪滔天，缺少水手，这时候特等功臣渡河英雄张洪秀，独自下船，冲过滚滚的浪头，试渡过去。他的英勇行动，带动了十七个英雄自动报名当水手。接连四天四夜，在三里多宽的黄河上，来回抢渡了五十多次。

这个钢的担架队，不光是英勇地艰苦地完成了任务，而且善于开展爱民工作。他们养成了一种习惯，每逢到了一个地方，就主动地和当地群众取得密切的联系，分班分组，帮助群众劳动，到附近的村、区去帮助劳动。据不完全的统计，在一百四十一个村庄，帮助两千三百一十八户战士家属、工人家属和贫苦农民收割了六千多亩地，打枣子四千六百九十六斤，送粪两千三百八十九车，还有很多零星劳动没有计算在内。正是因为这样，各地群众也热烈爱护这个担架队，帮助他们解决困难。高唐县商人，曾经自动减价优待他们。担架队在参战当中，损坏了衣服鞋袜，群众自动发起捐募冬衣运动。许楼村一个房东，一下就赠送了七件衣服，当家人回来听说以后，又从身上脱下一件新夹衣送给他们。据不完全的统计，各县一共捐送棉衣、单衣一万两千二百五十四件，鞋袜七百五十三双，边区币两千九百多元。十月初，担架队离开高唐县的时候，许楼村农会做了一面大旗送给他们做纪念。上面写着"勇敢耐劳"四个字，各村群众都舍不得让他们走，敲锣打鼓地欢送他们。

现在，钢的担架队回到竹庭县了。海滨专署、竹庭县政府和各区的群众，召开了一个庆祝立功的大会，欢迎他们，送了北海币二十万元，肥猪二十口，还有很多蔬菜，慰劳他们。

**附记**

陕北新华广播电台一九四七年十月二十六日广播。邯郸新华广播电台转播。

本书此文选自《延安（陕北）新华广播电台广播稿选》（中国广播电视出版社1985年版）一书。

（附记依据《延安（陕北）新华广播电台广播稿选》一书中《钢的担架队》一文的说明和邯郸新华广播电台相关资料。）

## 蒋帮的谣言戳穿了

下面播送一篇通讯，报道在西北战场上放下武器的几位蒋军军官的谈话。原作者是新华社记者闻捷。

先后放下武器的许多位蒋军将校级军官，在西北某地的解放军招待处里闲谈，说起了蒋军《军部通令》上造的一些谣言。

前一百三十五旅四百〇四团团长陈简，狠狠地抽了一口烟，说："三十一旅被歼灭以后，《军部通令》上说，三十一旅九十一团团长谢养民，因为不堪忍受共军的侮辱，就自杀了。"

谢养民这时也坐在一起，听到这话，不慌不忙地说："我郑重声明，我这个死人，现在还活得很好！"他这一句话，逗得全屋的人都笑了。

陈简摆摆手，不叫谢养民团长插嘴，继续向大家说："《军部通令》上还说三十一旅参谋长熊宗继受伤以后，共军强迫三十一旅旅长李纪云去抬担架哩！"

熊宗继马上打断了陈简的话，幽默地说："啊？！什么？我受伤了吗？我还不知道自己哪里受了伤哩！"屋里的人又都哈哈大笑起来。

前一百二十三旅三百六十八团团长谢挺欧说："不用说别人了，一百三十五旅被歼灭以后，《军部通令》还造谣说你陈简被俘虏以后，不肯走，共军用铁丝穿上了你的两只手的手心拉着你走。"

团长陈简抢着说："我顶恨这一套造谣，所以我一到了解放区，就赶紧给我老婆写了一封信。我说，外面可能传说什么我打死了的谣言，这必定会使得你难受。实际上我现在身体很好，心神爽快，我只能告诉你一句话：我没有死而且活得很好！"

前一百二十三旅旅长刘子奇这时跟大家说："谣言是多得很

啦！《军部通令》上，不是还说一百三十五旅旅长麦宗禹被共军戳了三刺刀吗？"

麦宗禹听了便站起来望望大家微笑着说："我不用说了！你们大家看吧！"大家看着他，又是一阵哄堂大笑。

**附记**

陕北新华广播电台一九四七年十月二十八日广播。邯郸新华广播电台转播。作者是新华社记者闻捷。

本书此文选自《延安（陕北）新华广播电台广播稿选》（中国广播电视出版社1985年版）一书。

（附记依据《延安（陕北）新华广播电台广播稿选》一书中《蒋帮的谣言戳穿了》一文的说明和邯郸新华广播电台相关资料。）

# 贺龙司令员接见廖昂

现在播送一篇西北前线通讯,讲贺龙将军接见放下武器的蒋军中将师长廖昂的情形。

二十号,西北联防军司令员贺龙将军,接见了在清涧战斗中放下武器的蒋军第七十六师中将师长廖昂。会见的时候,廖昂向贺将军鞠躬,态度非常局促,贺将军跟他握手谈天。

谈到蒋军这次作战失败的原因,廖昂叹了一口气说:"这是由于战略错误,长官(就是胡宗南)指挥无能,孤军深入,下了一着死棋,摆开了挨打架式。"他还说:"十年来,我们的军队没有一点长进,反而一天天腐化堕落。这次守清涧,我这个师长连一个营长也指挥不动。"

贺将军立刻向他指出来:"那不单纯是战略错误。战争是政治的继续,蒋介石反人民的政略根本错误了。战略怎么会正确?士兵都是抓来绑来的,谁还愿意为四大家族卖命?再说你们当军官的不过是蒋介石的奴隶,在胡宗南的操纵之下,连职权以内的权力和自由都没有。"廖昂低头望着自己的鞋尖,搓动着双手,连声说道:"是的,是的,贺司令说得很深刻。"

这时话题转到解放军战略战术的成果,廖昂讲出了他的观感。他说:"第一,贵军战士现在多了,我们训练的士兵补充了贵军;第二,贵军武器也好了,我们配备的武器装备了贵军;第三,贵军不但善于运动战,而且更善于攻坚战、阵地战。一句话,贵军是一天天地发展壮大了。"

在一九三六年十二月,贺龙将军曾经打过廖昂。那时,廖昂领着一旅人马,追击北上抗日红军,在陇东环县山城堡,被贺龙将军全部歼灭了,廖昂一个人死里逃生。以后不久就发生了"双

十二"事变，国共停战。贺龙将军提起这件事情，肯定地说："山城堡结束了第一次内战，不久将会有第二次山城堡到来，就要彻底消灭蒋介石，结束第二次内战。这也是最后一次的内战。"廖昂不胜感慨地说："想不到在北伐时代，我们轰轰烈烈去革军阀的命，现在老百姓又轰轰烈烈来革我们的命。"贺将军义正词严地说："这主要的还是因为蒋介石背叛了人民，出卖了国家主权，出卖了民族利益，他比反动军阀袁世凯更反动，现在人民起来革他的命，是他自食其果。"贺将军接着对廖昂说："你来到了解放区，请放心，生命是绝对的安全，有保障了。到后方去学习一个时期以后，工作或是回家，由你自愿。"廖昂连声说"是"，鞠躬告退。

**附记**

　　陕北新华广播电台一九四七年十月二十九日广播。邯郸新华广播电台同日转播。

　　本书此文选自《延安（陕北）新华广播电台广播稿选》（中国广播电视出版社1985年版）一书。

　　（附记依据《延安（陕北）新华广播电台广播稿选》一书中《贺龙司令员接见廖昂》一文的说明和邯郸新华广播电台相关资料。）

# 人民解放军宣言到处飘扬

下面播送一篇东北前线通讯，题目叫做"人民解放军宣言到处飘扬"，原作者是刘白羽。

十月十号，东北民主联军某部的政治委员听见陕北广播电台广播《中国人民解放军宣言》、六十七条口号和三大纪律八项注意，他赶紧一字一句地记录下来，当天夜里就送到宣传部。第二天红色油印的人民解放军宣言便传遍了各个部队。从领导机关一直到连队，每个干部和战士们都抢着阅读。

某团第一营，立刻召开了全体军人大会，在会上宣读宣言。大家听了，高呼"打到南京去，活捉蒋介石！"等口号。一个个磨刀擦枪，准备立功。

某部出的《战斗报》上还登出文章，号召大家按照毛主席在创立工农红军时所亲手制订的三大纪律八项注意，创造具有良好的群众观念和阶级观念的模范部队。有一个模范连读了解放军宣言之后，立刻整队练习急行军，展开"查计划"运动，检查过去的计划完成了多少，并且重新订立了"为阶级兄弟报仇"的计划。

解放军宣言传到了炮兵营，战士们就把六十七条口号当作文化课教材，还把"打倒蒋介石，建立新中国！"的标语贴在大炮上面。每天点名的时候，高呼"打到南京去，活捉蒋介石！"等口号。战士们读了人民解放军宣言，还到处展开讨论。有一个连的战士们讨论三大纪律八项注意。在会上，一个名叫戴景林的老战士说："过去敌强我弱，咱们部队，一个连只有一头毛驴，有尺把宽的路就能走，现在大反攻，咱们兵力强大，有大车，有汽车，还有大炮，走的路都是平地，爱走哪里就走哪里，爱什么时候走就什么时候走，不损坏庄稼，就更成了大纪律，大家更要

注意。"戴景林还说:"咱们力量越大,影响也越大。今天大反攻,打进蒋管区的城市,进了花花世界,一定要保持毛主席培育的光荣传统,不能像'李闯王进京'那样。"

人民解放军宣言已经在东北民主联军当中传遍了。行军的时候,休息的时候,大家都在谈论它,越谈劲头越大。有一个营,在二十五天进军中,没有一个掉队的。有一个连,还订出了在行军中克服困难的办法,并且提出"参加大反攻,报大仇,立大功!"的口号,战斗情绪极为高涨。

**附记**

陕北新华广播电台一九四七年十一月十九日广播。邯郸新华广播电台转播。作者刘白羽。

本书此文选自《延安(陕北)新华广播电台广播稿选》(中国广播电视出版社1985年版)一书。

(附记依据《延安(陕北)新华广播电台广播稿选》一书中《人民解放军宣言到处飘扬》一文的说明和邯郸新华广播电台相关资料。)

## 活捉武庭麟

下面播送一篇豫陕前线通讯,讲的是人民解放军活捉蒋军第十五师师长武庭麟、副师长杨天明的情形。

本月四号,在一阵震天动地的炮声中,河南郏县敌人东边的防线崩溃了。人民解放军像潮水一样地冲进郏县城,大家分成好几路,像五根手指头一样地插进城去。这个时候,蒋军第十五师师长武庭麟正在郏县城的北边,还不晓得解放军打进来了。副师长杨天明奉了武庭麟的命令,准备到东边去指挥作战。他们正在街上走着,没想到前后左右都是解放军。

解放军的指导员王吉友,带领一排人隐藏在大街的两旁,看见杨天明这一群人走过来了,王吉友大喝一声:"哪一个?"卫兵们说:"是我们师长。"紧接着反问:"你们是哪一部分?"王吉友骗他们说:"我们是第十五师的。"这时候,王吉友旁边有一位战士沉不住气,朝杨天明那里打了一枪,王吉友假装生了气,对战士喊道:"不要误会,不要误会!是自己人。"王吉友一边喊,一边领着战士们朝杨天明跟前走去。有一位名叫高云清的战士是刚从蒋军第十五师当中解放过来的,他认出了杨天明,就喊道:"那不是杨副师长吗?"杨天明连声地说:"是呀,是呀!不要误会,我就是副师长。"他一边说,一边也往解放军战士跟前走。

解放军战士看见他们走近了,一拥而上,把杨天明和他的卫兵们活捉了。杨天明高声喊道:"不要误会,不要误会!"解放军战士高云清走上前去,厉声地说:"副师长!没有误会。我是刚从第十五师解放过来的,认得你就是副师长,误会不了。"

解放军活捉杨天明之后,就来活捉蒋军第十五师正师长武庭麟。在漫天的烟雾当中,他们冲进郏县城北边的一座庙里,机关

枪、步枪对准敌人直打,打得敌人回头就跑。解放军战士跟在他们后面追,一边追,一边喊:"追呀!别让敌人跑了!"在这一群战士当中,有一个名叫常明礼的解放军战士,他提着机关枪,也跟着大家在捉俘虏。

追了一会儿,忽然看见前边有一座大院子,院子门口站着好几个敌人。常明礼喊道:"赶快缴枪!不缴枪,我就打了。"敌人看见他只有一个人,就朝他打了一排机关枪。常明礼朝后一退,机关枪刚放完,接着他就冲了过去。敌人害怕了,乱叫道:"不打了,缴枪了!"常明礼走到院子里面,看见有六十多个敌人乱哄哄的,吓得一个个脸都变得雪白。其中有一个大胖子,穿的是军官衣服。常明礼一把拉住他,问道:"武庭麟在哪里?"旁边有几个人说:"在屋子里,他是姚副师长。"常明礼就往屋子里走,刚刚走到房门口,迎面走出了一个又肥又胖的军官,常明礼知道他是武庭麟,就很幽默地说道:"报告师长!我把你解放了。跟我走吧!"

武庭麟吓得全身发抖,腿都站不住了,话也说不出来。常明礼又说:"你不要害怕,我们不杀你,也不打你。你不相信,我就是从中央军第一军解放过来的,我们的军长叫董钊。你跟我走吧!"常明礼一只手提着机关枪,一只手把武庭麟的胳臂拉住,走出门来。有几个解放军战士走到武庭麟的跟前,说道:"武师长!你也解放了。真是好得很!我们过去都是第十五师的,现在都变成解放军了。你也好好地来转变一下吧。"

**附记**

陕北新华广播电台一九四七年十一月二十一日广播。邯郸新华广播电台转播。作者冯牧。

本书此文选自《延安(陕北)新华广播电台广播稿选》(中国广播电视出版社1985年版)一书。

（附记依据《延安（陕北）新华广播电台广播稿选》一书中《活捉武庭麟》一文的说明和邯郸新华广播电台相关资料。）

# 参 军

下面播送一篇短篇报告，题目叫做"参军"，反映解放区人民踊跃参军的情景。

根正正在屋里，拿着老婆做的绣花挎包，左看右看，舍不得放手。忽然，他老婆跑进来了。她一进屋就喊道："你们说，不是不让老二去参军吗？你看他，裤腿扎得好好的，还把被子往棍子上搭咧！"根正听了，把挎包往床上一丢，一边往屋外走，一边说："我去看看，昨天说好了是我去参军，叫他留下。哼！真是淘气！"爱香也跟着她丈夫出了门，他们两个三步合成两步走，走了不多一会儿，就看见老二穿了一双新鞋，头上扎的新手巾，比哪回都整齐，裤脚也扎得紧紧的，被子叠成长条挑在棍子上，正准备出门。猛一抬头，看见了他的哥哥和嫂嫂，便扭过头去，对着房门，一句话也不说。

根正跑过去抓住弟弟的肩膀，急着跟他讲道理："不是昨天早就说好了，让我去参军吗？你年纪还小，现在不去，过两年也不迟呀！"

弟弟的确还小，才十七岁，名字叫做根义，是村子里的青年队长。为了要去参军，他跟哥哥吵了好几回嘴，两个人每次都是吵得脸红脖子粗的。头天晚上，全家已经说好了，让根正参军去。可是根义还是不答应，本想今天一早瞒着一家人，偷偷地去报名参军，谁知还没有出门，就被哥哥嫂嫂撞见了，心里实在不痛快。不管他哥哥怎么讲，他都闭紧嘴巴，一句话也不回答。

哥哥看见弟弟不做声，接着又说道："你知道，我是武装委员会的主任，应该让我去参军，好带头起模范嘛！"弟弟一听带头起模范，气坏了，就说起话来了："你们武装委员会的主任要带头，我们青年队长就不该带头？"爱香在旁边看见他们兄这个样，也急得不行，插嘴说道："我说兄弟，你才十七哩，还没有结婚，在家里吧！你哥哥要去就让他去吧！"弟弟还没有等他嫂嫂说完，抢过去说道："没有结婚才不想家哩，又没有人在家里拖尾巴，当然该我去！"说得爱香脸都红了。谁都讲不出一句话来。这时候，村外欢送参军战士的锣鼓拼命地敲了起来，兄弟两人都急得不行，可是谁也没法走开。忽然，外面撞进一个人来，正是他们的爸爸，爸爸说："根正，收拾好了没有？人家都在外面集合好了，等着欢送你们哩！快去吧！"兄弟两人看见了爸爸，又是一顿争吵，你说你该去，他说他该去，闹了一会儿，当爸爸的欢喜得直淌眼泪，说道："根正，根义！你们兄弟俩一起去吧！我们高家出了你们两个好汉！"话刚说完，喜的兄弟两个双脚直跳。当爸爸的又拉住了他们，说道："我活了六十多岁了，就没见过这样好的喜事，你们都去吧，打垮了老蒋再回家！"

　　这时门外又在叫开会，他们也顾不上再说什么，全家一起走进会场里。会场当中，飘着两面大红旗，音乐队正奏着雄壮的曲子，五张桌子围成一个半圆形，桌上堆满了香烟、毛巾、花生、麻糖、熟鸡蛋。桌子周围坐着二十多个参军的青年，身上佩着红绿绸带，胸前戴着一朵大红花。太阳光照着会场，村子里的人把整个会场都挤满了。

　　根正和根义一到，村长啦，农会主席啦，妇女联合会主任啦，都过来欢迎他们。两个妇女会员跑来给根正佩上红绸，两个儿童团员又来给他戴花。老二看见大家都不给他披红戴花，气得噘起了嘴巴，一眼一眼地瞧着他哥哥。根正走着大步，跑到主席台跟前，说道："村长！我兄弟也参军了。"还没有说完，他爸爸也赶过去说道："村长！让我的两个孩子都去打老蒋吧！"村长跟干部们商量了几句，给根义也佩上红绸，戴了花。兄弟两人一起坐在板凳上。

　　一会儿，宣布开会了，村长、农会主任、好多干部都讲了话，特别提到高家兄弟，说他们一个是武装委员会主任，一个是

青年队长，过去在村子里领导穷人翻身，立了好多功劳，今天又带头参军，希望他们都去立新功。一阵高呼，全场都鼓掌，喊起口号："兄弟参军真光荣！"不一会儿，村长宣布说："会上有三个人当场报名参军，其中有个名字叫何柱子的，年纪太小，才十六岁，大家都不让他去。"给另外两个人佩红绸戴了花。何柱子当场就哭了起来。好些人跑来劝他，都说过了两年一定让他去。他连哭带说："再过两年，就打不成老蒋了，老蒋就早打垮了。"大家劝的劝，推的推，把何柱子推到了人群后面。

到中午十二点钟，会也快开完了，突然，有人提议道："我们为什么不扭个秧歌，欢送他们呀？"这个提议，像棉花上放了一把火一样，立刻烧遍了全会场，大家说的说，笑的笑，都要爱香领头扭。爱香虽然羞得满脸发热，可是心里的确非常喜欢。她站在秧歌队的最前面，用手指着新战士们说："咹，你们是八路军啦！咱们是老百姓，你们到前方好好打老蒋那个坏蛋，咱们还得唱个歌来欢送你们哩！"说着，说着，大家在锣鼓声中扭了起来。一会儿，锣鼓声音小了，他们知道是该唱歌了，开头是爱香唱一句，领着大家一起扭着唱一句，后来，大伙儿都悄悄地退了出来，蹲在周围发笑，丢下爱香一个人在场上扭来扭去，继续得意扬扬地唱道："你呀爱护我呀，我呀爱护你！军民本是一家人呀，您不要客气。"

根正在旁边看着大家都在笑他妻子，心里非常着急，可是又没有办法。一会儿，爱香发现她身后没有人了，她害了羞，一股劲跑出了场子。大家又是一阵欢笑，一阵鼓掌，儿童团还喊起了口号："拥护爱香扭秧歌！""拥护拥军模范！"

五辆大车开过来了，新战士们都要出发了，根正拉住村长的手说："今天我在会上没有讲话，我要到前线上去讲，用手榴弹跟敌人讲，叫他了解我们人民力量的厉害！"

**附记**

陕北新华广播电台一九四七年十一月二十三日广播。邯郸新华广播电台转播。

本书此文选自《延安（陕北）新华广播电台广播稿选》（中国广播电视出版社1985年版）一书。

（附记依据《延安（陕北）新华广播电台广播稿选》一书中《参军》一文的说明和邯郸新华广播电台相关资料。）

## 皖西随军散记

下面播送《皖西随军散记》，原作者是方德。这篇散记有四段。

第一段，旅长带着团长偷跑了。

十月九号那天黄昏，解放军在安徽霍山东北六十里的张家店，开始用炮轰打被围的蒋军八十八师六十二旅，第一颗炮弹，不偏不歪，正落在蒋军的旅部里，旅长可吓慌啦！三步并作两步地跑了出来，给副旅长汤家楫下了个命令，叫他"坚守张家店"！旅长自己呢，却带了两个团长，借口去看地形，就那么溜掉了。

解放军的大炮，一个劲儿轰了两个钟头，把敌人的那五里长的狭窄地带，打得稀烂。一股敌人，妄想乘黑夜突围，这儿那儿地乱窜，可是四面八方的山头上，山腰里，都是咱们解放军，在他们想走的任何一条道路上等待着他们。

某连的班长董书林，刚好和敌人走碰了头，董班长喊："往哪儿走？缴枪不杀！"立刻，十二支步枪，两挺机枪，一个掷弹筒，恭恭敬敬地放了一堆，点了一点人数，整整的五十个。敌人就是这样一批一批地被捉住了。当汤家楫放下武器的时候，他说："旅长带着团长偷跑啦！丢下我们不管，还要命令坚守。"

第二段，民兵捉俘虏。

窜到毛毯厂的一个敌人，被一个民兵发现了，马上赶着去捉他。敌人拼命跑，民兵拼命追，终于追上了，拦腰把敌人紧紧抱住。敌人挣扎了一顿，没用，就扭住这个民兵的左手食指，扭过来扭过去。你想想看，要是有个人把你的手指这么狠狠地扭过来扭过去的，你该是多疼啊！可是这个民兵，疼死也不放手。敌人最后没办法了，只好求饶。像这样勇敢的民兵，解放区到处有的是。

第三段，老乡爱护伤员。

解放军某部，在舒城太平街一带阻击敌人。一个班长挂了彩，不能跟着队伍转移，就地寄居在一位老太太的家里。老太太把谷草堆刨个坑儿，让他躲在里面，上面替他盖得好好的，自己到外边去看动静。等敌人走了，老太太赶紧回来，做挂面汤给这个受了伤的班长吃，又托邻家到二十里以外去请医生来换药。村里的好些老百姓，知道了有个解放军的伤员在这儿，都热情地送来慰劳品。后来听说解放军在附近把敌人包围了，老乡们连夜抬着班长去前线找部队，等他们赶到，部队又向东去了，他们又赶了六十里，才找到了队伍，像找到了自己的家一样。他们都欢天喜地地说："这下子可找到你们队伍了，咱们的任务也完成啦！"

第四段，蒋军溃败的狼狈相。

解放军第一次逼近桐城的时候，敌人的县长吓得要逃跑，保安总队长说："一枪不响就走了，回到省政府交代不了。"县长说："那倒是，想个办法吧！"保安总队长说："派一个班到东关去抵抗，咱们也就好走了。"

到了夜里，东关被解放军包围了起来，碉堡里的敌人都喊："我们缴枪！我们缴枪！我们都是老百姓！"原来他们都是刚被抓来不久的当地老百姓。

第二次，蒋军把青年军调来守桐城。解放军是晚上一点钟到桐城的，青年军却在十二点钟就向南逃跑了。解放军赶紧追，青年军拼命逃。跑不动啦，枪也丢啦；还跑不动，背包也扔了；还跑不动，外衣也不要啦。解放军追过来啦，一个一个地捉住，一共捉了六十多个，对他们说："算了吧，跑不脱啦！"

**附记**

陕北新华广播电台一九四七年十一月二十五日广播。邯郸新

华广播电台转播。作者方德。

本书此文选自《延安（陕北）新华广播电台广播稿选》（中国广播电视出版社1985年版）一书。

（附记依据《延安（陕北）新华广播电台广播稿选》一书中《皖西随军散记》一文的说明和邯郸新华广播电台相关资料。）

# 没有炮的炮兵们

下面播送一篇前线通讯，题目是：没有炮的炮兵们。

解放军在平汉路破击战中，打下了郑州以南三十里的谢庄车站，俘虏了蒋军国防部直属独立第二十六旅一个迫击炮排。这个排的名字叫做迫击炮排，实际上排里没有一门炮，没有一颗炮弹，也没有一个会放炮的炮兵。

这个排放下武器的士兵告诉我们：这个迫击炮排原来属于大汉奸孙殿英的第三纵队。去年二月，在河南北部汤阴战役当中，这个排所属的那一个营被解放军歼灭了，迫击炮排里仅有的三门迫击炮也被解放军夺过来了。蒋军想挂空招牌吓人，把这个营改属国防部，把这个排还是叫迫击炮排。营长每天训话，都是叫炮兵们不要着急，他说："你们不要着急，美国炮快要运来了。"可是，从去年二月到现在，这个所谓迫击炮排，还是连一门炮也没有。这些所谓炮兵们的确也一点不着急。因为在他们四十一个人当中，有三十多个是被蒋军抓来的，他们知道蒋介石的末日快要到了，都不愿意打内战。当解放军用迫击炮猛攻谢庄车站的时候，他们都惊恐万分，纷纷放下了武器。他们指着解放军的迫击炮说："这是什么东西呀？真是厉害！"

**附记**

陕北新华广播电台一九四八年一月九日广播。邯郸新华广播电台转播。

本书此文选自《延安（陕北）新华广播电台广播稿选》（中国广播电视出版社1985年版）一书。

（附记依据《延安（陕北）新华广播电台广播稿选》一书中《没有炮的炮兵们》一文的说明和邯郸新华广播电台相关资料。）

# 一担丸子

下面播送一篇通讯，题目是：一担丸子，作者是杨时源。内容讲的是解放军和老百姓的关系。

去年十一月十二号的夜里，鲁南解放军准备向苏北的邳县城前进。当部队开到刚刚解放的张家村的时候，刚一到，部队的事务人员就忙着准备饭和菜。但是菜不够。等到天亮了，村子里来了一个卖丸子的，他直着嗓子高声地叫卖。事务人员很快地围上去，争着问价钱。那个叫高步明的小贩回答说："八千元一斤。"事务人员问他是什么票子，小贩说是"老中央票"。有个同志马上接着说："老中央票是伪票，不能用。我们是问的北海票多少钱一斤？"提起了北海票，高步明像是想起了什么事情。原来他的家从前也是解放区，也使用北海票。那个时候，东西贱，日子也好过，买卖也好做。自从今年春天，蒋军来了以后，逼着老百姓使用不值钱的伪票，跟着东西就一天一天地贵起来，捐税也越来越重了，买卖更不好做了，日子一天不如一天。如今解放军回来了，又使用北海票了，高步明多高兴啊！可是北海票已经有半年多没有用了，究竟八千元伪币，合多少北海币，高步明一时答不出来。但是他又想着：同志们还没有吃早饭，应该快一点卖给他们。他很快地估量了一下，就随口说："北海票二十元一斤吧。"大家听了，就你几斤，他几斤，一下子把一担丸子买光了。高步明就挑着空篮子，拿着一把北海票回家去了。他一边走，心里一边想，今天的生意真不坏，跟解放军做买卖不赚钱也可以。

回到家里，高步明找了几个熟悉老解放区物价的人一谈，计算这担丸子所费的本钱，要卖北海币二百元一斤才能赚点钱，可是自己卖了二十元一斤，亏了大本，一家子怎么生活呢？但是价

陆 通 讯

259

钱又是自己讲的，怨不了别人，再去找人家补钱，又认不得人家是谁，想着想着就发起愁来了。

再说部队这方面，团政治处主任听到说二十元买一斤丸子，怕小贩把价钱算错了，就马上把四连的副指导员找来，让他立刻去调查一下。调查的结果：果然是弄错了，伪票八千元应当合北海票二百元。副指导员回到连上，找了几个买丸子的同志一问，一共买了八斤半，按二百元一斤，应该再补给一千五百三十元北海票。根据三大纪律八项注意，买卖要公平，大家都很高兴地把一千五百三十元交给指导员，送到高步明的家里。高步明感动得不得了，连声说："解放军真是咱们老百姓的军队！"

### 附记

陕北新华广播电台一九四八年一月二十二日广播。邯郸新华广播电台转播。

本书此文选自《延安（陕北）新华广播电台广播稿选》（中国广播电视出版社1985年版）一书。

（附记依据《延安（陕北）新华广播电台广播稿选》一书中《一担丸子》一文的说明和邯郸新华广播电台相关资料。）

# 一个红军的老妈妈

现在播送一篇豫东南前线通讯，题目是：一个红军的老妈妈，作者是柯岗。

去年八月二十八号的早晨。大队的解放军冒着浓雾勇猛前进。过了潢川五十华里，在潢川到商水的公路旁边，有一个小村子，叫冯北楼。村子四周都是长满青松树的丘陵地，池塘里有几只白鹅，拉开了嗓子高声地叫着。队伍停下来准备做饭。全村没有一点人声，也没有炊烟。这时候，有人在一座屋檐底下发现了十八年前红军时代的标语，还可以看出模糊的字迹，写着："没收地主豪绅的土地，分给贫苦农民！"大家不禁喧嚷起来说："这是老革命地区，为什么老乡都跑了呢？难道他们不知道咱们是从前的红军回来了吗？"

正在这个时候，忽然有人大叫着："指导员在哪里？这里有位老太太，她是指导员的妈妈。"指导员转过身来，看见七班战士牛保三扶着一位没有眼珠子的老妈妈走了过来，一个五六岁的女孩子跟在后面。很远就看见老太太的嘴唇在颤动，走到跟前，才听到她喋喋不休地念着："四连、四连指导员。"牛保三说："老妈妈，这就是指导员。"马指导员挨近一步接着说："是呀！我就是指导员。"老太太不作声，突然伸出双手，从指导员头顶一直摸到脚跟，然后很着急地大声说："吴海！难道你不认识娘啦？"指导员说："老妈妈！我不是吴海，我姓马。"老太太立刻就放了手，着急地追问说："你不是四连指导员？"马指导员说："我是四连指导员。""你不是民国十八年从这里出去的那个红军吗？"马指导员说："我就是那个红军，现在又回来了。""那你不是吴海？俺吴海是红四军四连的指导员，他走的时候才二十岁。""我不是吴海，我今年二十三岁。"老人家

"哇"的一声痛哭起来。全连的战士都围过来，想尽办法来劝慰老人家。指导员亲热地和她坐在一起说："老妈妈！不要难过。我不是吴海，可是也像吴海一样，你想叫吴海做啥，我们就替你做啥。现在咱们红军有几百万人啦！那时候，吴海做四连指导员，现在咱有几千几万个吴海都回来了。"老人长嘘了一口气说："俺要吴海回来给俺报仇。自从吴海走了以后，湾子里，叫民团闹得灭门绝户。妇女会的人，叫那些禽兽们糟踏够了以后，又反绑着手丢在池塘里啦。岭后松树村里天天有人上吊。吴海他爷被砍死啦！我的眼珠子也叫土匪用竹筒子给拧掉啦！"老人说着，用手摸着眼眶，又哭了。"老妈妈！别哭啦！这仇咱们一定替你报！"战士们异口同声地说。

不知是谁突然问老太太说："老妈妈！你们受了这么大的罪，现在咱们的队伍回来了，你们村里的人怎么都跑了呢？"老人从衣袋里掏出一张纸条交给指导员，指导员高声念着说："谁和共产党见面，杀绝满门……"老妈妈接着说："上月初，保长就逼着家家户户离开村子，不让跟红军见面。我是拼死命在家等我吴海，把冤仇给他说说呀！"指导员连忙对她说："老妈妈！不怕！咱们队伍多得很，正往这边开哩！你吴海还在后边，咱们再也不走啦！"老人家忽然站起来，告诉身边的小女孩说："快到岭后头叫你妈妈她们都回来，你就说红军不走啦！快去吧，好孩子！"小女孩子跑到岭上，大松树底下，用力地喊着："妈妈！婶婶！你们都回来吧！红军不走啦！"女孩子的声音像小喇叭似的嘹亮。接着，从茂密的松树林里，走出了成群的男人、女人、老人和孩子们。


**附记**

陕北新华广播电台一九四八年一月三十一日广播。邯郸新华广播电台转播。作者柯岗。

本书此文选自《延安（陕北）新华广播电台广播稿选》（中

国广播电视出版社1985年版）一书。

（附记依据《延安（陕北）新华广播电台广播稿选》一书中《一个红军的老妈妈》一文的说明和邯郸新华广播电台相关资料。）

# 一个战士活捉一百七十多个敌人

现在讲一个解放军战士活捉了一百七十多个敌人的故事。

这个故事发生在三月十四号，就是在解放军第一次解放洛阳城的时候。

三月十二号中午，解放军已经歼灭敌人一万多，控制了洛阳大部分街道。蒋军青年军二〇六师师长邱行湘收拾了五千多个残兵败将，退守到设在河洛中学的蒋军司令部里。

三月十四号下午五点半钟，解放军发动总攻击。某团第八连的一个战士，背着汤姆枪，跟着大家往突破口冲。敌人用两挺重机关枪，朝着突破口拼命地扫射。好多战士被打伤了，可是他们还是一直往前冲过去。敌人慌了，又往突破口甩手榴弹。这个时候，这个勇敢的战士跳过突破口，给敌人回敬了一颗手榴弹，就地一滚，就滚到一座墙根底下。他睁大眼睛，四面八方地侦察着。忽然，看见对面有一座大楼，楼房底下有三挺手提机关枪正在向他瞄准，一颗子弹正从他的头皮上擦了过去。这个战士气极了，像飞一样地往楼房跟前冲过去。两挺加拿大机关枪正要向他开火。他把手榴弹举起来，高声喊道："你打！？"一个手榴弹就甩了过去。接着，他又端起汤姆枪，朝楼房里面打了一梭子子弹。紧跟着，他冲进了楼房，一拐弯，看见一个电话员正在打电话。这个解放军战士把枪举起来，说："不要动！赶快把电话线剪断！"电话员吓得脸变了色，就把电话线剪断了。

这个战士又朝着楼房外面喊："弟兄们！通通包围起来！"他这样喊，是迷惑敌人的，因为后面的战士离这座房子还远哩。他朝外面喊了以后，又朝着楼房里面喊："里面的人听着！我们已经把这座楼房包围住了！你们赶快缴枪！缴枪的是朋友，不缴枪的就是敌人。谁不缴枪，我就打死谁！"这个战士喊了一阵，里面没有声音,他就叫电话员喊。电话员就喊:"营长,营长!缴枪吧!我是电话员。"里面还是不作声。

忽然,从楼房里跳出来一个蒋军排长,他问这位解放军战士:"同志!你是班长吧?"这个战士说:"不是,我是战士。"蒋军排长说:"不,你是班长。班长!你千万不要打了,我们马上缴枪。"他一边说,一边就叫全排战士全部放下了武器,有七挺机关枪和许多步枪。

这位解放军战士用手里的冲锋枪对着他们,命令他们把步枪里的子弹都退了出来。只听见哗啦哗啦地一阵响,子弹都退光了。他说:"弟兄们!不要害怕!解放军宽待俘虏。解放军只要你们缴枪,你们的钢笔、手表、金戒指,一概不要。"

蒋军排长问:"手电筒要不要?"这个解放军战士说:"手电筒?给我照一照,手电筒也不要。"他一边说,一边从蒋军排长手里接过手电筒,朝房子里黑暗的地方一照,这才发现有一个地下室,黑压压的尽是敌人,枪口都朝着外面。他一看,心里有些着慌,就大声朝外面喊:"外面架好机关枪!"喊完了,他又对着地下室叫:"不许动!谁动就扣死谁!"地下室里面的敌人都纷纷哀求:"不要打啦!我们缴枪。"全部把枪缴了。

这个时候,这个解放军战士忽然看见门口有一个伤兵,痛得直哼。他马上从口袋里掏出急救包,给那个伤兵包扎伤口。那个蒋军伤兵感动得直说:"同志!你真是一个好同志!"

这个解放军战士又问大家:"你们饿不饿?我还有馒头干粮。"一边说,一边又从口袋里掏出了几个馒头,分给他们吃。蒋军士兵看见这样,胆子都大了起来,地下室的蒋军士兵都跑了出来,不那么害怕了。

最先缴枪的那个排长问:"同志!你只是一个人吧?"这一句话把这位解放军战士问笑了。他说:"怎么?你要是早知道我只是一个人,就会把我打死了,是不是?"蒋军那个排长和士兵都抢着说:"哪里!哪里!"

过了一会儿,解放军的后续部队也进到了这座楼房。解放军

的一个教导员在门口给大家讲话，他说："弟兄们！你们放下武器，我们非常欢迎！"话还没有讲完，蒋军官兵就一齐鼓起掌来。最后点了一下人数，这次放下武器的蒋军一共一百七十多人。洛阳战斗结束之后，这位战士被评为甲等战斗模范。

**附记**

陕北新华广播电台一九四八年四月十九日广播。邯郸新华广播电台转播。

本书此文选自《延安（陕北）新华广播电台广播稿选》（中国广播电视出版社1985年版）一书。

（附记依据《延安（陕北）新华广播电台广播稿选》一书中《一个战士活捉一百七十多个敌人》一文的说明和邯郸新华广播电台相关资料。）

# 桌子上的表

下面播送一篇洛阳前线通讯，题目叫做"桌子上的表"，原作者是首先攻进洛阳城的解放军某部突击营营长张明。

各位听众！人民解放军指战员们是能武能文的。他们有许多人，不仅英勇善战，还会写文章。他们写过许多作品，记下了他们的战斗生活。这些作品是很有意义的。现在就请听张明营长写的通讯《桌子上的表》。

洛阳东城门里边一座楼房上，当我们部队冲进城后，少数敌人仍在凭楼顽抗着。最后两个突击队的战士首先冲上了楼，敌人已经逃走了，房主人也吓得不知躲到哪里去了。楼上静悄悄的，一个人也没有。灯还亮着。房子里放着漂亮的花被子，崭新的皮包和许多衣服。在一张方桌上，还放着一只钢壳怀表，雪白的表面，漆黑的表针，在灯光下看去，还不到十二点钟，细小的秒针正在滴滴答答地走着。

战士们在楼上搜寻了一会儿，没有发现武器弹药一类的东西，就急忙出去了。之后，这个楼上来来往往的战士很多，一楼上的东西仍旧原封不动地摆着。

巩固突破口的任务完成后，第三连被命令在这座楼上休息。桌上的表还在滴滴答答地走着。战士们围过来看，三排副王保怀说："打仗就是需要表。要是没有三大纪律，我就要把它装到口袋里了。"他说了之后，没有动一动那只表。其余的同志也纷纷议论说："纪律是自觉的，楼上的东西少了，咱们都要负责。"

大家正在议论着，副政治指导员庄建礼同志来了。战士们指着桌上的表问道："副指导员！你看这只表好吗？"庄副指导员拿出小刀剥开表壳一看，崭新的表心，镶着四颗宝石，的确是瑞士的好表。看完之后，表又原样摆在桌子上。

部队出发了，副指导员检查纪律，楼上的东西一点也没有动。那只钢壳表还是放在桌子上，滴滴答答地走着。

**附记**

陕北新华广播电台一九四八年四月十九日广播。邯郸新华广播电台转播。作者张明。

本书此文选自《延安（陕北）新华广播电台广播稿选》（中国广播电视出版社1985年版）一书。

（附记依据《延安（陕北）新华广播电台广播稿选》一书中《桌子上的表》一文的说明和邯郸新华广播电台相关资料。）

# 毛主席万岁

下面播送延安通讯，题目是：毛主席万岁，原作者是汤洛。

胡宗南侵占延安，延安的老百姓可把胡宗南恨透了。许多人都参加了游击队。他们用各种巧妙的方法来打击胡宗南军队，他们一心向往着毛主席。下面播送的就是这样一个小故事。

在延安周围游击队活动的地方，不管是墙上，门上，或者是石牌柱子上，到处都写满了"消灭胡宗南！""打倒蒋介石！"各式各样的标语。在这样标语当中最大的、最显著的就是"毛主席万岁！"

有一天夜里，游击队标语组，摸进了蒋军住的一个村子里，把红绿传单撒在路上，把《中国土地法大纲》贴在门上，在一堵又光又平的墙上，用仿宋体写了"毛主席万岁"五个大字。第二天一大早，群众就悄悄地传开了，他们说："咱们游击队昨天夜里回来了，墙上还写下了标语呢！"

敌人探子知道了以后，急急忙忙地跑到连部去报告，连长气汹汹地说："活见鬼，我保险游击队的魂也不敢进来。"话还没有说完，哨兵也跑来报告这个消息，并且把怀里的红绿纸标语拿出来给连长看，这一下可把连长气坏了。他急忙命令保长，赶快派人把标语擦掉。被派去擦标语的老百姓，就用铁铲顺着笔划铲掉墨笔印，这样越铲越深，"毛主席万岁"那五个大字倒像是刻的了。连长看过之后，又大骂了一顿，命令士兵马上把那个"毛主席"的"毛"字刮去，写上个"蒋介石"的"蒋"字。可是，第二天一看，那个"蒋介石"的"蒋"字不见了，照旧是"毛主席万岁"五个大字，这样改来改去，连续了好几天，敌人害怕了，不得不加岗放哨。同时还加派了哨兵专门守在那条标语跟前。

就在敌人加岗放哨的那天夜里,哨兵刚刚换过哨不久,从村外来了三个人。一个人手里拿着罗子和刷子,一个人手里拿着擀面杖,领头的人提灯笼,一边走一边叫着:"马娃子啊,回来吧!"后面的两个人就合声答应着:"回来了!"敌人放哨的就忙着问:"干什么的?"提灯笼的人大声说:"到老爷庙给我娃娃叫魂去。"三个人就这样走进了村庄,慢慢地走到那条标语跟前,拿擀面杖的首先冷不防地把哨兵扑倒,提灯笼的照准哨兵就是一刀,拿刷子的把"蒋"字刷掉,从罗子里拿出笔来,端端正正地写了个"毛主席"的"毛"字,把红绿传单放在路上,三个人又一边叫一边答应着走出了村子。第二天一大早,可轰动了全村子了。大家都惊喜地望着那照眼的"毛主席万岁"五个大字。

**附记**

陕北新华广播电台一九四八年四月二十三日广播。邯郸新华广播电台转播。作者汤洛。

本书此文选自《延安(陕北)新华广播电台广播稿选》(中国广播电视出版社1985年版)一书。

(附记依据《延安(陕北)新华广播电台广播稿选》一书中《毛主席万岁》一文的说明和邯郸新华广播电台相关资料。)

# 董存瑞舍身炸碉堡

现在介绍人民解放军中一位战士董存瑞同志的英勇事迹。

董存瑞同志，是冀察热辽解放军某部第六班的班长。今年五月底，在热河隆化战斗中，他一个人奋勇炸毁了敌人的碉堡。在炸碉堡的时候，他英勇地光荣地牺牲了。

董存瑞同志，是察哈尔省怀来县人，今年才二十岁。前年二月，他十八岁的时候，就参加了人民解放军。第二年，就参加了中国共产党。他在战斗中十分勇敢，曾经立过三次大功。平时练兵，成绩也非常好，两次投弹射击，都是全连第一名。

五月间，部队去攻打隆化，路过头道沟村，有两个妇女向他们控诉国民党军的罪行，说蒋军把她们的丈夫都杀死了。两个人说着说着都哭了，董存瑞听得也哭了。他一面哭，一面说："我一定要为热河的人民报仇！"隆化战斗前夜，他在军人大会上，要求担任爆炸的任务。五月二十六号，人民解放军逼近隆化城国民党军核心工事的时候，有一群地堡和碉堡，阻挡了解放军的进路。解放军派了两个爆炸组，上去爆炸，因为敌人的火力太猛了，两个爆炸组都没有把任务完成。这时候，董存瑞同志知道了，就坚决地要求担任炸毁碉堡的任务。连长答应了他，董存瑞同志抱起炸药箱子，就冲向碉堡去了。

董存瑞同志冲到碉堡跟前，想把炸药箱子支在碉堡中间，因为只有这样，才能把碉堡炸垮，如果放在地下，就炸不垮碉堡。可是，周围又找不到可以支炸药箱的东西。时间已经很紧迫了。董存瑞同志毫不犹豫，一只手托住炸药箱子，一只手拉开导火线，在震天的一声轰响中，火药爆炸了，碉堡炸毁了，董存瑞同志也在爆炸声中光荣地牺牲了。突击队员们马上踏着他的血迹，在浓烟炮火中，冲进敌人阵地，终于占领了敌人的核心工事，活捉了一百三十多个敌人，缴获了机关枪和冲锋枪各十多挺。

隆化城解放之后，谁也忘记不了董存瑞同志的功绩。冀察热辽军区负责人写文章哀悼他，号召全军发扬他的英勇顽强精神，加紧提高战术和技术，来争取更大的胜利。

**附记**

陕北新华广播电台一九四八年九月十日广播。邯郸新华广播电台转播。

本书此文选自《延安（陕北）新华广播电台广播稿选》（中国广播电视出版社1985年版）一书。

（附记依据《延安（陕北）新华广播电台广播稿选》一书中《董存瑞舍身炸碉堡》一文的说明和邯郸新华广播电台相关资料。）

# 坚持锦州北城战斗的尖刀连

下面播送一篇东北前线通讯,题目是:坚持锦州北城战斗的尖刀连。原作者是华山。

本月二号,东北全部解放了,全东北三千四百万人民都欢欣鼓舞,热烈地庆祝全东北的解放。在这祝捷的狂欢声中,人们忘不了英勇善战的东北人民解放军和他们的光辉战绩,也忘不了锦州战役中在火网下死死纠缠住整团敌人的尖刀连。这是东北人民解放军有名的攻坚部队。他们突破了锦州北城以后,马上就被辽宁省公署大楼上的敌人压在开阔地带,他们一连人和敌人一个团的兵力战斗着,打到最后,只剩下十三个人,可是,他们还是坚决地守住了他们自己打开的突破口,直到和兄弟部队会师。

辽宁省公署的大楼是锦州城最高的建筑物,建筑得十分坚固。国民党军暂编第二十二师师部带领一个团守在那里。十月十四号,解放军围攻锦州城,尖刀连担负着攻打北城的任务。整个早晨,敌人的炮火从三方面向尖刀连猛击着,泥土和弹片一阵一阵地淋头盖下来。一声总攻号之后,解放军的大炮响了,全城敌人的炮声被打得没有一点声音,锦州城北部城墙的砖头瓦块直掉,很快就打开了一个大缺口。尖刀连突击排好些人不等炮火停止,就跳出战壕说:"冲上去!"大踏几步,就冲进大街了。只有突击排排长李世贵还保持着指挥员应有的冷静,他赶紧制止大家说:"要听信号!大家有决心,我保证带你们冲上去!"于是大家都紧张地做好了一切准备工作,每个人都准备好了刺刀、手榴弹和自动火器,连架梯组也武装起来了。等到冲锋信号在空中出现的时候,突击排一面冲,一面猛打,机关枪、手榴弹和冲锋枪在前面组成了一道活动的火墙,直向缺口猛扑过去。当时狂风大起,炮火一停,浓烟也吹散了。敌人正准备开炮,塞住突破

陆 通讯

口,突击排却已经冲过了突破口。敌人刚刚清醒过来,机枪组已经从暗道里钻进去,在他们面前突然出现了,吓得几个敌人全部缴了枪。接着,突击排一口气占领了辽宁省公署大楼下的炮兵阵地,红色的旗帜在锦州城头迎风招展。就在这一刹那,大楼上敌人的火力突然猛盖下来,地堡里的敌人也突然猛冲上来。尖刀连的副连长受了伤,指导员等人被隔离在另外一个地方。正在这危急的关头,突击排排长李世贵大叫道:"全连都听我的号令,准备好手榴弹!"

一刹那,不光是手榴弹,连机关枪、冲锋枪也一齐开火了,把敌人压做一团。炮手跑到广场上,还没有来得及收住脚,就跪在地上。"吭吭"两炮,敌人刚被压做一团,炮弹刚好落在敌人中间,敌人一下子全垮了。发疯了的敌人赶忙施放毒气,把尖刀连的战士们弄得眼泪直淌。李排长提醒大家说:"同志们!风大得很,毒气不要紧。敌人快要反冲锋了!大家准备好,谁上来就打谁!"果然,敌人放了四次毒气之后,就向尖刀连反击了。可是,冲一次就被尖刀连打垮一次。敌人的火力更凶猛了,大楼的窗户洞里吼着机关枪,又是六零炮,又是火箭炮,把地面完全封锁住了。尖刀连的战士们守住一段交通壕,只要一露脸,迎面就打过来一阵炮火。到黄昏的时候,敌人一炮打在李排长的身边,炸得他满脸是血,他昏过去,又醒过来。他把脸上的血擦掉,爬起来就到各处整理战斗组织。他发现战士们是越来越少了,连他一共只有十三个人,三挺机枪和六条步枪。可是,十三个人有一个毫不动摇的信心,那就是"坚决地守住突破口"。

你看那个小战士高传祥,他的头已经炸伤了,大腿也炸得血淋淋的,他已经变成一个重彩号,他的步枪被炸成了两半截。可是,他掏出手榴弹来,不住地对敌人吼着说:"打着了算你的,打不着算我的!"

你再看那个新战士黄德福,他还是头一次碰到这样猛烈的战斗呢,他是那个把红色旗帜插到城头上面的旗手,大家都记得,当时他两只手撑着一丈多高的红旗,任凭机关枪把他的脚边打得直冒土花，把旗杆擦满了弹痕，他还是把红旗高高地举起，红旗号召着大军向前进。现在，红旗还在旁边挺立着，黄德福手里拿的不是红旗，拿的是枪了，他对同志们说："练兵的本事就看这一阵啊！是钢是铁，拿出货色来！"

还有那个解放军战士卢炳仁，一个人打一支转盘枪，他对李排长说："排长！你放心，有我，敌人就上不来！"李排长看看这个，看看那个，他是更有把握了，他是更有信心了，他指着红旗对大家说："同志们！坚持就是胜利，守住突破口，解放锦州城！"

果然，不久，北山上的兄弟部队黑压压地涌下来了，漫山的人马，排成了几路纵队。大马拖着炮车，驮着炮架。坦克扬起了灰尘，滚滚地向他们打开的突破口奔来。全锦州城响起了激烈的机关枪声，天空被火光映得一片通红，各路兄弟部队纷纷会师了，辽宁省公署敌人的机关枪也打不响了。李排长在交通壕里跳了出来，扬着手喊道："报仇的时候到了！同志们！准备打巷战，十三个人也要打个漂亮仗！"十二个战士，由他带领着又冲上前去了。

这就是解放军，人民的英勇的战士。正是由于有这样的战士，有这样的尖刀连，解放军才会走到哪里，胜利到哪里。全东北人民在庆祝东北全境解放的时候是忘记不了他们的。当全中国人民庆祝全中国解放的时候，也将永远纪念着他们。

**附记**

陕北新华广播电台一九四八年十一月二十四日广播。邯郸新华广播电台转播。作者华山。

本书此文选自《延安（陕北）新华广播电台广播稿选》（中国广播电视出版社1985年版）一书。

（附记依据《延安（陕北）新华广播电台广播稿选》一书中《坚持锦州北城战斗的尖刀连》一文的说明和邯郸新华广播电台相关资料。）

## 十人桥

现在播送一篇淮海前线通讯,题目是:十人桥,说的是英勇的解放军某部战士,在追歼黄伯韬兵团六十三军的战斗中,用人的身体撑住了一座桥,使部队迅速通过,向敌人攻击,消灭了敌人的故事。

在宿迁县西北八十里,有一个堰头镇。在这个镇的西面,有一条三丈宽的大河,河水流得很急。河对岸的敌人正在燃烧着熊熊的照明柴火。在火光底下,可以看见河面上排列着十顶钢盔,中间架着一座不整齐的木桥,解放军正在迅速地通过这座木桥,向河对岸的敌人进攻。

这座桥是由人的身体撑起来的,是解放军某部二连三班勇士们的创造。这件事情的经过是这样的:

解放军某部追击敌人,追了一百里以后,到了堰头镇近郊,被这条大河挡住了追路。被包围在堰头镇一带的,是蒋军黄伯韬兵团六十三军的部队。解放军某部受命向堰头镇攻击。

在敌人拼命地射击封锁下,连长命令三班坚决完成架桥的任务。带病参战的三班马班长接到命令以后,立刻率领战士潘福全、杨玉艾跳到急流的大河里,克服了重重困难,终于用两架木梯架起了一座不稳固的浮桥。但是,敌人的火力继续不断地射击着。在这紧急关头,一排排副范学福号召大家说:"没有桥腿,我们当桥腿。"

一排的勇士们一致响应了这个号召,就马上跳下水去。战士潘福全、杨玉艾看见用臂膀抬桥太高了,就一只腿踏在水里,一只腿支着桥板。战士孙树赞看见梯子不平,就用双手把梯子抬平了。范排副和战士宋协国站在水最深的地方抬桥。这样,一座人架的大桥就成功了。他们向岸上的突击队员们喊着说:"同志们！大胆地过吧！""过吧！我们保险。"

进攻部队一连、二连、三连、机枪连，迅速地挨着次序通过。有的战士滑倒在架桥人的头上，他们就使劲用头顶住，让滑倒的人爬起来。不知道谁踩着了宋协国的脖子，宋协国就硬挺着脖子，帮助那个战友安全通过。三连的战士鲁玉柴掉在河里，宋协国就叫范排副一个人抬着两块桥板，自己去救起鲁玉柴。战士孙克潘一面抬桥，一面还用一只手不断地拉着将要掉在水里的同志。十一月的河水已经够冷了，时间长了，站在水里架桥的勇士们冻得牙齿咯吱咯吱响，桥身不住地抖，桥板也渐渐地低下来。这时候，共产党员宋协国向大家说："闭住嘴，咬紧牙，挺起腰来，完成任务！"范排副也号召大家说："振起精神来，叫全营通过！"宋协国同志响亮地唱起了他原来最爱唱的歌："野战军什么也不怕，艰苦和困难吓不倒咱；不怕水深来到腰，再深再大也抗得了。"宋协国的歌声提起了全班勇士们的精神。"打起精神、坚决完成任务！"的口号声，不断地从水面上传来。当一连战士陈光华通过大桥的时候，发现他熟识的战士潘福全正在水里撑桥墩。"怎么？老潘！"潘福全马上辨别出是小陈的声音，就回答说："使劲呀！咱们挑战竞赛。"

就是这样，解放军整营的部队踏着三班勇士们架起的木桥，胜利地跨上对岸，配合兄弟部队，歼灭了堰头镇的敌人。

**附记**

陕北新华广播电台一九四八年十一月二十六日广播。邯郸新华广播电台转播。

本书此文选自《延安（陕北）新华广播电台广播稿选》（中国广播电视出版社1985年版）一书。

（附记依据《延安（陕北）新华广播电台广播稿选》一书中《十人桥》一文的说明和邯郸新华广播电台相关资料。）

## 解放军对待俘虏确实宽大

现在播送一篇西北前线通讯,讲的是西北人民解放军某部指挥员接见被俘的前国民党军七十六军中将军长李日基等高级军官的情形。

前国民党军胡宗南部七十六军中将军长李日基,军参谋长高宪岗,二十师师长吴永烈,二十四师师长于厚之等高级军官,十一月二十八号,在陕西蒲县永丰镇被俘以后,送到了人民解放军某部。

解放军指挥员在军务繁忙中,接见了他们,吩咐他们坐下来谈话。李日基几个人直挺挺地站着鞠躬说:"当了俘虏,有罪,不敢坐。"解放军指挥员告诉他们:"人民解放军宽待俘虏。"李日基几个人才坐下了。直到解放军指挥员一个个问过了他们的家眷情形,李日基几个人脸上惊慌害怕的神情才慢慢地消失了。

解放军指挥员首先问他们:"七十六军全军覆灭,你们有什么感想?"李日基回答说:"我们是兵无斗志,官无决心,怎么能打得过解放军呢?不论官兵,普遍的心理就是早打早完,晚打晚完,早晚只有一个完。"

解放军指挥员又问:"你知道人民解放军的惩处战争罪犯的命令吗?"李日基回答说:"我从广播中听到过。胡宗南虽然早有命令,要我们在危急的时候一定要破坏武器,可是我没有下过破坏武器的命令,请求调查。"

解放军指挥员马上告诉他:"你在抗日战争中,就坚决执行蒋介石、胡宗南的命令,反共、反人民。后来又积极参加延安和以后的各次战役,破坏解放区,残害人民,直到现在。你的罪恶是不少的。这一次,只要经过调查,证明你确实没有下过破坏武器的命令,还可以受到解放军的宽大待遇。但是,在我们缴获的六门山炮中,还缺两个表尺,两副瞄准镜和其他零件,是不是你下的命令?"李日基赶紧回答:"不是。我可以叫炮兵营董营长如数交出。"说罢,李日基当场写信给他那个营长,信上说:"请将瞄准镜、表尺和其他零件如数交出,不得隐藏,否则,解放军将按惩处战犯命令予以处分。"

等李日基写完了信,解放军指挥员又问:"你对蒋介石的战略指导看法如何?"李日基回答说:"南京国防部根本谈不到什么战略指导。"解放军指挥员又问:"你们读过毛主席的十大军事原则吗?"李日基回答说:"读到过,毛主席的战略指导是英明的。国民党简直没有办法。拿西北战场来讲,贵部解放军在邠阳对九十军施行攻击的时候,陈武(国民党军胡宗南部九十军军长)报告说,是六个纵队。我们的军队就赶紧增援。等到你们解放军从西面来打,我的部队又调到西面去堵。跑来跑去,到处挨打,我们简直是打糊涂仗。你们解放军的炮火又非常猛烈。我躲在掩蔽部,没有出来过,弄得各级都完全失掉了掌握。"

谈话结束以后,李日基立即给他的妻子写信,信上的第一句话是:"解放军对待俘虏确实宽大。"

**附记**

陕北新华广播电台一九四八年十二月十二日广播。邯郸新华广播电台转播。

本书此文选自《延安(陕北)新华广播电台广播稿选》(中国广播电视出版社1985年版)一书。

(附记依据《延安(陕北)新华广播电台广播稿选》一书中《解放军对待俘虏确实宽大》一文的说明和邯郸新华广播电台相关资料。)

## 胜利的会师

下面播送平津前线通讯,报道东北和华北两大解放军会师的一个场面。

去年十二月十三号的晚上,东北、华北两大解放军,从四面八方,好像潮水一般地向着北平、天津的近郊,汹涌前进。

当千军万马,在灯火辉煌的丰台、南苑、黄村以及纵横交错的铁路公路线上胜利会师的时候,立刻爆发出一片震天动地的欢呼声。

会师的将士们,兴奋地握手,热烈地拥抱。

华北解放军的战士们高声呼喊道:"东北老大哥,早就想你们啦!"东北解放军的战士们喊道:"我们要向你们学习!"千万颗心,千万个英雄的意志,像钢铁一样凝结在一起。

东北解放军的通讯员,到华北解放军那里送信。晚上,华北解放军的战士,用自己的被子给他铺炕,等他睡着了,又把自己的大衣给他盖上。

两军的炊事员到街上买菜,华北解放军的炊事员们喊着说:"先尽东北老大哥买!"

缴获了武器,也是互相谦让着。东北解放军把解放丰台缴获的武器,开了个清单,送给华北人民解放军。信上说:"这里有战防炮、火箭炮、轻重机枪,请你们挑选着用吧!"并且送给华北解放军各种炮十五门,轻重机枪一百二十挺,作为见面的礼物。

东北、华北两大解放军,已经胜利会师了。让固守在北平城里的国民党军发抖吧。如果不投降,就只有全部、干净、彻底地被消灭。

**附记**

陕北新华广播电台一九四九年一月二日广播。邯郸新华广播电台转播。

本书此文选自《延安（陕北）新华广播电台广播稿选》（中国广播电视出版社1985年版）一书。

（附记依据《延安（陕北）新华广播电台广播稿选》一书中《胜利的会师》一文的说明和邯郸新华广播电台相关资料。）

## 战地新年小景

下面播送一篇通讯，告诉各位听众淮海前线人民解放军某团在前哨阵地上是怎么过新年的。

一九四九年的第一个早上，在淮海前线人民解放军一个团的前哨阵地，对敌人喊话的喇叭掉转头来啦，朝着自己的战友，唱起了轻快的新年的歌曲："新鲜新鲜真新鲜，一块儿在地堡战壕里过新年，唱秧歌，说快板，同志们咱们拜拜年。新年雪花飞满天，咱们在战壕里把兵练，去年到处传捷报，今年更要打得好！"歌声刚停，好消息又来啦："本团阵地，从昨天天黑到今天天明，敌人来投降的有九十多名。"这可越发让人开心啦。战士们有笑的，有跳的，连刚刚解放不久的新战士熊显国，也一边儿乐，一边儿说起快板来："解放同志来得巧，到这儿过年刮刮叫，咱们吃的是肥猪肉，敌人勒紧裤带吃麦苗。"

八连代表化了装，戴着特别做的一顶小红帽子，到七连拜年来了。七连连长刘乔迎出来。八连的代表说："咱给你们拜年来啦，可是得让你们连长给咱说个快板，不然咱不走。"这可难坏了刘连长啦，他可真是从来也没有说过什么快板，他只是爱听旁人说，一听要让他自己来，他又高兴又着急，彪形的汉子，也难为情起来啦，怎么也推不过去，只好模仿着别人，编了一段说："小尖帽儿红通通，八连个个是英雄，盼你们今年立大功。"

交通壕里边，气象也焕然一新了。两边土墙上，各式各样的春联和贺年片，有用棉花做的，有用秫秸做的，路旁边插上了许多新路标，"前进路"的前面是"胜利路"，"胜利路"通到"立功门"。一个掩蔽部的门口横刻着四个大字："出门立功"。一个掩蔽部里面，好多战士的新年立功书，贴在一大块崭新的蓝布上边。最前沿机枪工事的枪眼两边有两副春联，春联是鲜红的，上联是："看我们热闹哄哄过年。"下联是："见敌方死气沉沉等死。"从枪眼往外看敌人的地堡群阴森森地蹲在那儿，四五百米以外，几个敌人的尸体躺在他们阵地的前边，上面盖着一层白雪，这正是被围困的敌人，在昨天为了争夺飞机空投的大米，自己互相开枪打死的。

**附记**

陕北新华广播电台一九四九年一月十二日广播。邯郸新华广播电台转播。

本书此文选自《延安（陕北）新华广播电台广播稿选》（中国广播电视出版社1985年版）一书。

（附记依据《延安（陕北）新华广播电台广播稿选》一书中《战地新年小景》一文的说明和邯郸新华广播电台相关资料。）

# 战壕里的传单画

下面播送淮海前线通讯,介绍战壕里的传单画。

在围歼黄维兵团的前线,人民解放军某团,有一张五彩画儿,上面还有很生动的快板,叫做战壕传单画,战士们非常喜欢它。每次战争开始以前,拿着传单画的宣传员一到,战壕里马上就轰动起来了:"小流通报又来了,快来看啦!"战士们都从工事里钻了出来,要上一张,就跑回工事里去大声地念起来,有的还把它贴在工事里,作为小小的装饰品。画儿的内容丰富得很,已经印了四十多种:有表扬英雄人物英雄事迹的,有说明战术知识的,有报告胜利消息的,有反映敌人的狼狈慌乱的。许多快板,战士们都背得熟透了。

有张画,画着两个战士准备扔手榴弹,上面写着:"手榴弹本来不大,六七个腰里一挂,单等着咱的敌人,给他个就地开花。"另外一张快报是:"敌人三天吃一碗红薯,肚子里饿得直咕噜。只要你冲锋又喊话,哪怕敌人再顽固?"旁边画着:一面是面黄肌瘦、垂头丧气的国民党士兵,一面是红光满面、正待出击的解放军战士。打李围子的时候,有个战士身上中了敌人的燃烧弹,突然想起了小画报上的画儿,就马上倒在地下滚来滚去,果然火就灭了。战斗结束以后,这个战士说:"小画报给我上了军事课,这一次可用着了。"

这种小画报,是解放军宣传员的集体创作。他们随时注意战士们的需要,随时画了写了就印出来。平均不出三个钟头,一张新的小画报就到了战士们的手里。

**附记**

陕北新华广播电台一九四九年一月十四日广播。邯郸新华广播电台转播。

本书此文选自《延安（陕北）新华广播电台广播稿选》（中国广播电视出版社1985年版）一书。

（附记依据《延安（陕北）新华广播电台广播稿选》一书中《解战壕里的传单画》一文的说明和邯郸新华广播电台相关资料。）

## 歼灭黄维兵团的最后一个场面

下面播送淮海前线通讯,报道歼灭黄维兵团的最后一个场面。

去年十二月十五号的黄昏,黄维兵团残部,在安徽北部宿县西南的双堆集,妄想用六辆坦克掩护,向西北方向突围逃命。

刚一动弹,就乱哄哄。官啦,兵啦,都拼命地抢着跟在坦克的后面往外跑,连坦克的顶上也爬了许多人,你挤我,我挤你,乱成一团。还没有接近解放军的阵地呢,当官的就已经找不到自己的队伍啦,机枪射手也找不到弹药手。

到了浍河南岸丁庄的附近,解放军的炮火给了一个迎头痛击。顶前面的那辆坦克,一阵慌乱,就开下了河沟,陷进了泥坑,车上的人都四脚朝天,滚了下来,把坦克一丢,撒腿就跑。其余的五辆坦克,马上掉转头来,从人身上直冲着往后退,多少人的腰被截成了两段,多少人的头被碾成肉酱,断腿断胳膊的就不用说了。哀号声,叫骂声,乱成一片。活着的人像疯了一样,不顾一切地往前涌,真是人乱马慌,乱兵乱将,乱冲乱闯,乱喊乱叫。前面的人还没有站稳脚,后面的人就把他挤到河岸下面去了,好多挤倒了的,来不及站起来就被活活地踩死。

他们涌进浍河,爬上了岸,挤掉了帽子的就光着头,陷掉了鞋子的就光着脚。浍河的水只有一尺多深,可是由于你推我挤,一个个的鞋子里灌满了泥水,裤子都湿到大腿根或者膝盖上边,泥水顺着腿往下淌,冻得他们浑身不住地打哆嗦。湿棉裤穿着太重啦,缠住两条腿跑不动;有些人就干脆把棉裤扔掉,穿条湿单裤拼命往前跑。西北风一股劲儿地吹,裤子上的泥水不断地滴,岸上周围一二百米之内,很快就烂得像一锅浆糊,一步一滑,一跌一爬,弄得一个个活像个泥人。

这时候，人民解放军从四面八方包围上来，"缴枪不杀！""宽待俘虏！"惊天动地的喊话声响成了一片。走投无路的敌人，听到了这些喊话，都纷纷地举起了帽子，挥起手巾，把枪高高地举过头去，尽量地做出他们所能做到的一切表示投降的记号；并且不停地叫着："可别打枪啦，我们缴枪！""我们缴枪！"国民党军的精锐主力之一——黄维兵团，就这样全部被歼灭了。

受到解放军宽待的成千成万的国民党军俘虏官兵，这才逃脱了死亡的命运。

**附记**

陕北新华广播电台一九四九年一月十四日广播。邯郸新华广播电台转播。

本书此文选自《延安（陕北）新华广播电台广播稿选》（中国广播电视出版社1985年版）一书。

（附记依据《延安（陕北）新华广播电台广播稿选》一书中《歼灭黄维兵团的最后一个场面》一文的说明和邯郸新华广播电台相关资料。）

## 杜聿明军的最后覆没

下面播送一篇前线通讯，报道杜聿明军最后覆没的情形。

伟大的淮海战役，在本月十号上午十点钟最后全部胜利结束了。

人民解放军最后的强大攻势是在六号下午三点钟发起的。经过三天多的激烈战斗，把战争罪犯杜聿明指挥下的邱清泉、李弥两个兵团和孙元良的残部，迅速彻底干净全部歼灭了。

在九号那一天，天快要黑的时候，解放军的各路大军，一齐向陈庄伪"剿总"总部和敌军第二兵团司令部发动总攻击。这时候，敌人早已乱成一团，解放军打到哪里，敌人就立刻像惊弓之鸟似的大喊大叫起来："投降啦！缴枪啊！"解放军某团的战士李东传单身一个人冲到一大群敌人里面去，一千多个蒋军就纷纷举起手来缴枪，没有缴枪的敌人，挤成堆，挤来挤去地跟着喊："我们向哪里缴枪啊？我们的枪放在哪里呀？"当解放军战士给他们指定了一个放枪的地方以后，敌人马上就把各式各样的枪支都堆到了一起。成群的俘虏好像泛滥的潮水一样，一眼望不到头。

解放军押着俘虏们一队一队地向东边走去，有人问俘虏说："你们是哪一部分的？"他们讲出许许多多番号，有的回答说："提不得啦，我们一个人一部分。"这些很久没有吃过东西的国民党军的士兵们，偶尔发现地上有一块解放军掉下来的干粮，立刻就有一群人拥上去抢，抢着抢着就扭成一团撕打起来。

在蒋军临时修筑的飞机场上，解放军押着好几百辆缴获来的汽车，非常忙碌地搬运着敌人的物资。从陈官庄到鲁集一条长线上，到处停放着国民党军士兵们撑起来的降落伞，这就是他们用来挡风雪的棚子。巨大口径的榴弹炮、美国式的山炮和各种枪支弹药，夹杂在缴获的坦克和装甲车中间，堆得像山一样。

在这个时候，国民党的飞机还匆匆忙忙地从空中往下抛罐头、饼干和弹药。一个解放军战士，身上背了十二支枪，俏皮地说："够了！够了！我已经拿不了啦。"

**附记**

陕北新华广播电台一九四九年一月十四日广播。邯郸新华广播电台转播。

本书此文选自《延安（陕北）新华广播电台广播稿选》（中国广播电视出版社1985年版）一书。

（附记依据《延安（陕北）新华广播电台广播稿选》一书中《杜聿明军的最后覆没》一文的说明和邯郸新华广播电台相关资料。）

## 淮海战役中的民工队伍

现在播送一篇通讯，讲的是千千万万人民热烈支援前线的情景。

在规模空前巨大的淮海战役中，华北、华东和中原三大解放区的千千万万人民，全力支援前线作战，使人民解放军歼灭敌军六十多万的伟大胜利得到了有力的保证。这是一个十分宏伟壮观的场面，光是直接参加支援前线工作的民工，就快到一千万人，就拿第一线的常备民工，第二线的转运民工和第三线的临时民工来说，就有好几百万人。他们来自四面八方，有从胶东、威海卫跑了两千多里前来的民工，有从长江边上海门、启东一带赶来的民工，也有从冀鲁豫解放区和豫皖苏解放区涌来的成万副担架和一眼望不到头的运粮队。就是新收复区和刚解放的萧县、铜山和宿县一带的民工们，也成千成万地涌上前线。他们穿着各色各样的衣服，南腔北调地说着各个地方的土话。他们有的吆着大车，有的赶着驮骡，有的推着小车，有的挑着担子，有的抬着担架，川流不息地沿着各个交通线来回地忙碌着。他们不管白天黑夜，不论刮风下雨，总是不断地给解放军运送给养、弹药和转移伤员。他们辛辛苦苦地流汗，有时甚至流血，可是他们自愿地这样干，因为他们晓得部队打仗是为着他们，他们的辛苦已经换得了胜利。

淮海战役一开始，解放军几十万大军一齐集结在徐州的周围，自然需要很多的给养。光是山东渤海一个区，就动员了三千多辆大车，五万多辆小车运送军需物资。在解放军歼灭黄伯韬兵团的时候，民工们在黑夜里，要下到冰冷的运河里，架起浮桥，好让运送粮食的大车行列通过。后来解放军在宿县西南围歼黄维兵团的时候，担负主要运输任务的，轮到豫皖苏和华中解放区的民工，光是华中五分区一个区就出动了两万八千辆小车，六千四百多头驴子，四千多辆牛车和二百多只帆船。豫皖苏五分区的担架团，走了七百里的路，半个月的工夫完成了八次运转的任务。最后，在永城东北地区围歼杜聿明所带领的三个兵团的期间，十多万民工又在大冷天，冒着雨雪给解放军运送粮食。他们始终没有使解放军缺过一天粮。他们喊出的口号是："前方需要什么，我们保证送什么！""不怕寒冷，向前线战士看齐！"他们自豪地说："包围圈里的敌人，每天每人只给二两米。咱们解放军又饱又暖，贼老蒋的美国飞机，还赶不上咱这'土飞机'哩！"在这次淮海战役中解放军所依靠的交通工具，除了最大量的人力和畜力运输以外，还使用了近代化的交通工具：火车和汽车。在淮海战役开始以前，鲁中南、苏北、淮海和盐阜等区的人民，在两个月之内，就修好了公路两千二百五十里，修好桥梁五百三十多座，使军用汽车可以自由通行。铁路工人也有他们的贡献。他们在战争还没有结束的时候，就白日黑夜地赶着修筑津浦路和陇海路。其中郑州到徐州段在徐州解放后第十天就修好通车了。商丘车站，一千多铁路员工，只花了四个多钟头工夫，就突击装修了容量二十四吨的两座水泵房，使开封到商丘的火车在十一月十一号通了车。在抢修津浦路上被蒋军炸毁的某座八孔大桥的时候，平时至少要十四天才能修完，员工们自动把原来分日夜两班轮流上工的计划，改成不分昼夜，全部人员都参加突击，结果三天三夜就修好了。陇海路上，一座一共有四十八孔的大桥，长二百四十米，六百多员工日夜抢修，很快也修好了，使军运列车可以直接开到淮海前线。所有这些努力，大大加强了前线的供应工作，节省了许多的人力和畜力。

　　三大解放区的妇女们，在这次淮海战役中，也作了极大的贡献。不必说她们给战士们做了成千上万的棉衣、袜子、军鞋和棉被，单说在这次战役中，他们供给解放军吃粮的工作，就很惊人。他们缝了大批装运军粮的袋子，光是渤海一带的妇女，就缝了六十多万条。靠近战地的妇女，连老太婆和小姑娘都参加碾

米、磨面粉。家家忙忙碌碌，昼夜不停地工作。莒南县妇女在三天中完成了加工粮九百多万斤。

我们伟大的人民解放战争是真正的、名副其实的人民战争。拿枪的人在前线，后方所有的人都全力支援。就是因为我们军民一体，我们才赢得了这么辉煌的胜利。

**附记**

陕北新华广播电台一九四九年一月二十五日广播。邯郸新华广播电台同日转播。

本书此文选自《延安（陕北）新华广播电台广播稿选》（中国广播电视出版社1985年版）一书。

（附记依据《延安（陕北）新华广播电台广播稿选》一书中《淮海战役中的民工队伍》一文的说明和邯郸新华广播电台相关资料。）

# 强渡淮河

下面播送淮海前线通讯，题目是：强渡淮河。

人民解放军在淮海战役歼灭了国民党军五个兵团之后，大军就胜利地直向江淮地区挺进。他们走得很快，一天总要走百十来里地。一月十九号半夜里，解放军到了淮河北岸的怀远城。守城的敌人已经逃跑了。对面老金山下面的东渡嘴口，有一连敌人守着堡垒，企图堵击解放军的进路。

解放军某部了解情况后，立刻派了一个连到河边去抢渡。

淮河河面有二百多米宽，水深一竹篙探不到底，又冷又急。那天，月光很亮。霜，下白了战士的衣裳。战士们跑了老远找来了几只小船，又向老百姓借上铁镐，拿出自己背着的洋锹，作为划水的桨。指挥员问："谁会划水？"队伍里马上跑出了六名战士，自动报名。苗志和使劲地拍了一下巴掌说："别说过淮河，就是过长江，我也能划过去！"六个人就和突击队员们开了个十分钟的"诸葛亮会"，决定两条：第一条，只要船不破，打到剩下一个人，也要坚决地渡过去。第二条，船要是叫枪打了洞，用棉花塞，塞不住，由岸上的人用绳子把船拉回来，然后换船再渡。这一切都准备停当了。天蒙蒙亮，水手们和突击班跳上摇摇摆摆的小船。突击班的战士们赶紧用背包堆在船头上，做了个背包阵地。架好机关枪，三个战斗组，三只小船，指挥员一摆手，小战船就一直划了开去。敌人的五六挺机关枪，集中火力向小船射击，子弹像一阵急风暴雨，掠过船顶，掠过船边。解放军掩护过河的轻重武器，对准了敌人，痛痛快快地还击。在枪声水声交响当中，三条小船成三角形飞快地向前挺进，敌人慌乱啦，动摇啦，眼看一群敌人钻出了地堡，夹着尾巴跑了。这时候第一只小船靠了岸，直奔敌人的阵地，占领了地堡，后面两只紧跟着赶

到，战士们朝着敌人猛扑过去，敌人没命地向附近的小山沟里逃跑，又被后渡过来的解放军突击队拦腰切成两段，活捉了五十个俘虏。

解放军就这样胜利地占领了东渡嘴口，浩浩荡荡的人民军队涌上了淮南大平原，直朝工商业重镇蚌埠开去。

### 附记

陕北新华广播电台一九四九年二月三日广播。邯郸新华广播电台同日转播。

本书此文选自《延安（陕北）新华广播电台广播稿选》（中国广播电视出版社1985年版）一书。

（附记依据《延安（陕北）新华广播电台广播稿选》一书中《强渡淮河》一文的说明和邯郸新华广播电台相关资料。）

# 火线上的女医务工作者

现在播送一篇通讯，介绍华东野战军一纵队的女医务工作者。

华东野战军一纵队的前方医务部门，女同志担任医疗队长、室长、医务员、卫生员等各项工作的，要占全部医务工作人员的百分之三十到四十。在两年半的人民解放战争里面，女医务工作者们经常是亲临火线，奋不顾身地紧张地进行各种抢救工作。

在宿北战役的苗庄战斗中，九团的包扎所离敌人才四里路，敌机把包扎所的三间病房扫射得起了火。包扎所的女医务员王铁芹和俞一波两位同志，冒着敌机扫射，抢救起火病房的伤员和药品，立了二等功。

豫东战役以后，部队刚刚转移，第二天又开始了战斗，当时情况非常紧急，担架一时找不到，怎么办呢？某师包扎所的女医务员汪苏云、室长宋梨影、教导员杨明、陈洛宁等几位同志，组织了四副担架，把重伤员抬走了。她们的担架刚刚离开村子，敌人的机枪就打进村子，榴弹炮早就从她们的头顶上飞过去啦，炮火已经封锁了她们的去路，可是，这几位女医务工作者们毫不惊慌地勇敢沉着地把重伤员抬出危险地带，抬了四十里，才到达目的地。

淮海战役第二阶段开始的时候，在阻击国民党军新五军的鼓山战斗里面，国民党军的榴弹炮不断地打落在包扎所的周围。离得最近的一个炮弹，只离病房二三十米远。在这样紧张的环境下面，女医务人员照常给伤员换药和注射生理盐水，进行护理工作，并且争着报名给伤员输血。女医务员王铁芹同志输血给新参军的解放军战士朱生堂以后，朱生堂立即睁开他那没有力气的眼睛说："共产党真是救命恩人哪！"女医务员俞一波同志，两次

输血二百六十毫升,其中有一回是输给友邻纵队一位截断了手的伤员,挽救了那位伤员的生命。前方的输血都是在极度紧张和整天整夜不休止的工作的情况下进行的,输血以后,她们马上又到病房里工作,或者又继续行军。

有很多女医务人员不但在火线上进行医疗救护工作,还自动协助做各种各样的临时工作。有一次战斗,前面部队的手榴弹打光了,女医务员李诺同志也和男同志一样,冒着敌人密集的机枪炮火,背起四十斤重的手榴弹箱子,送到最前线,战士们大受鼓舞,更英勇地坚持作战。一纵队卫生部治疗三队周英同志,曾经连续参加抬担架五天。有一次,抬了四十五里,其中有一段,正碰上倾盆大雨,又是深夜,周英这一副担架,一直坚持到天明,抬到目的地。有一天,周英同志负责转运伤员,赶上敌机迎头扫射,那时候,周英同志正害痢疾,她还是参加了担架队,并且组织通讯员、勤务员们一起抬伤员,保证了伤员们迅速安全转移。她平时在连续行军的时候,每天还要拉小车三四十里,帮助部队运输药品。有一回,她被分配在重病房工作,胸腹部受伤的伤员,需要半坐,她就把自己的后背给伤员靠上。伤员从火线上转运下来的时候,她把自己的衣服、被子、垫毯全部给了伤员,自己只留下一块手帕洗脸,最后,连这块手帕也送给伤员擦血了,许多伤员看到这样的情形,都感动地说:"医务员同志真像自己的母亲一样。"由于周英同志优良的工作成绩和革命品质,她光荣地被选为三级人民英雄。

**附记**

陕北新华广播电台一九四九年二月八日广播。邯郸新华广播电台同日转播。

本书此文选自《延安(陕北)新华广播电台广播稿选》(中国广播电视出版社1985年版)一书。

（附记依据《延安（陕北）新华广播电台广播稿选》一书中《火线上的女医务工作者》一文的说明和邯郸新华广播电台相关资料。）

## 不要送礼，不收小费

各位听众：现在播送一篇工人作品，题目叫：不要送礼，不收小费。

这篇短文是石家庄电话局线路股工人赵保庆写的。原文登在《石家庄日报》"劳动世界"副刊上，各位听了这篇几百字的工人作品以后，就可以了解到解放区的工人阶级，因为不再受到压迫和轻视，因为他们自觉地认识到自己是新民主主义社会的主人，他们的作风已经有了多么大的改变。下面就是这篇短文的原文：

我没法说明我心中感谢的话。是中国共产党来解放了我们，使工人阶级得到了为人民服务的机会。以下说说我们的一件事情，也可以作为我们对用户的意见和希望。

我们电话局线路股的工人，检讨到从前的旧习惯、旧作风，现在要努力克服，建立正确的大公无私的为人民服务的新作风。我们在外边安装电话。有一天，某某商店给我们拿出一大匝票子，我们问他："你为什么给我们这匝票子呢？"经理说："你们辛苦了半天啦，给你们几个钱，大伙买几盒烟吸吸。"工人们就很和气地对他解释，第一，安装电话是我们应当做的工作。第二，用户每月拿着电话费。第三，现在的工人在共产党领导下，是新民主主义社会的主人了，不能和旧社会相比，希望不要再有这种事情发生。

我们又检讨到这种事情的根源，因为早先的社会剥削工人，生活很苦、地位很低，不拿这些钱，更过不了日子。拿一年前蒋军第三军在本市时来说吧，许多商店为了怕电话不好使，所以有的给我们预备酒饭，有的给钱。日子久了，成为一种馈赠，拿现在的话来说就是私自受礼。这对用户是一种不应有的额外负担。

我们工人检讨到这一件事情，都感到这是国民党军第三军和旧社会造下的过错。今天我们工人要改变这种旧的作风，保证努力工作，随时顺利完成任务，不必烦劳这种馈赠了。最后，希望全市电话用户还要帮助我们共同克服这种旧作风，我们工作有不对的地方，作风有不好的地方，请随时给我们提点意见，我们的电话号码是三七〇。

**附记**

陕北新华广播电台一九四九年二月九日广播。邯郸新华广播电台同日转播。

本书此文选自《延安（陕北）新华广播电台广播稿选》（中国广播电视出版社1985年版）一书。

（附记依据《延安（陕北）新华广播电台广播稿选》一书中《不要送礼，不收小费》一文的说明和邯郸新华广播电台相关资料。）

## 这真是毛主席领导的队伍!

下面播送北平通讯,题目是:这真是毛主席领导的队伍!

现在北平城的人们异口同声地说:"解放军真好!这真是毛主席领导的队伍!"他们对人民解放军北平卫戍部队,严格执行城市政策和遵守纪律的作风感到了最大的满意。

你们看,他们怎么会不称赞呢?譬如解放军某部二连八班,有一天晚上在文津街一带担任流动警戒,当他们知道附近漂亮的楼房就是全国最大的北平图书馆以后,他们就马上自动警戒起来,专门派了一个班在门外露宿看守,谁也不到里面去,一直守到天亮。某部四连一排,因为遵守纪律,不打扰市民和商家,晚上就在一家药铺附近露营。药铺掌柜的知道了,连忙请他们到家里住,战士们无论如何也不肯。后来,药铺掌柜的又送来小米稀饭和开水给大家吃,这回又被他们谢绝了。到了晚上十一点钟,药铺掌柜的第二次来请他们进屋去休息,他们还是不肯。夜里三点钟掌柜的又第三次来请,这回他可有点急了,掌柜的说:"你们的身体要紧啊,你们为人民服务,必须有个健康的身体,现在已经下了霜,你们要冻坏的,这还行啊?"战士们仍然和颜悦色地解释说:"谢谢您,我们年轻力壮,不要紧的。"

另一个例子是:某部一连二排,有一回,在电影院门口警戒,电影院的职工出来请他们进去看电影,战士们和蔼地说:"谢谢你们的好意,我们到北平,是来保护人民的,现在我们有自己的任务,不应该离开。"炮兵营三连,喂马没有马槽,就用自己的雨布做了马槽,不去麻烦老百姓。拴马的时候,因为怕马啃了树皮,他们事先就用自己的雨布或是毯子把树给包了起来,然后再拴马。这样的事情多得很,说上两天也说不完。

解放军的纪律严明,就连傅作义军队的许多官兵也不能不表示钦佩。解放军某部挺进到游坛寺。早一天，国民党军从这里撤走的时候，拿走了灯泡，剪断了电线，搬空了家具，挑走了锅子，各处都是乱七八糟。可是解放军在寺里只住了一夜，第二天换防临走以前，把屋子收拾得一干二净，连厕所也打扫干净了。当时，那里还住着国民党军的一个班，他们看见解放军的这种作风，十分吃惊。那个班长感叹着说："唉！以前我是受了国民党的骗，现在我这才明白了。"同住在游坛寺的解放军某部四连，有一个名字叫张贵成的通讯员，一天，他在厕所里捡了一支金尖钢笔。他马上把钢笔交给了指导员。在指导员贴出布告没多久，钢笔的原主就来认领了。这人是傅作义部下的一个少尉排长。这件事情，很快地就在还留在那儿的傅作义的部队里传开了。一个军械科姓唐的科长，特地跑来向解放军某营营长道谢，他要把自己的手枪连枪照一齐送给解放军的营长做纪念。营长谢谢他，没有接受。那个唐科长又要给解放军腾房子，又是预备茶，又是预备饭，全被解放军营长谢绝了。以后那个姓唐的科长低声说："你们要是怕犯纪律，我偷偷地送来好了。"解放军营长马上对他说："我们解放军遵守纪律完全是自觉的，人前人后，都是一个样。"游坛寺的解放军战士们没有床，大家就都睡在地上。内务收拾得很整齐，很干净。最初几天，因为厨房离得远些，天气又冷，送来的东西都凉了，大家吃着硬玉米面饼子，喝着冷开水，可是谁也没有半点违犯纪律的事儿发生。

这些在解放军看来，都是些平凡的小事情，可是在北平市民看起来，都是那样的新奇。市民们就把看到听到的这些事情，一传十、十传百地传出去。现在北平的市民，从他们的亲身体验中已经认识了解放军。到处都可以听到人们在说："从古以来，就没看见过这样的军队，这真是毛主席领导的队伍，人民自己的队伍！"

**附记**

陕北新华广播电台一九四九年二月十一日广播。邯郸新华广播电台转播。

本书此文选自《延安(陕北)新华广播电台广播稿选》(中国广播电视出版社1985年版)一书。

(附记依据《延安(陕北)新华广播电台广播稿选》一书中《这真是毛主席领导的队伍!》一文的说明和邯郸新华广播电台相关资料。)

# 沸腾了的北平城
## ——记人民解放军的北平入城式

下面播送北平通讯，报道人民解放军的北平入城式。原作者是新华社记者刘白羽。

二月三号，人民解放军举行了解放北平的入城仪式。装甲部队、炮兵、坦克部队、骑兵、步兵，一路从南面永定门入城，另一路由西北面西直门入城，会合之后向南走，由西长安街转和平门，向西出广安门。这浩浩荡荡的行列，从上午十点钟到下午四点钟，前头已经出了和平门，后头还在向永定门涌进。

这天，从早晨起，人们就一群群一队队地向前门广场拥去。九点半钟，林彪、罗荣桓、聂荣臻、叶剑英等几位将军，出现在前门箭楼上。这时候，前门广场上，人民的行列成了海洋，各色各样、红的白的、猎猎飘动的旗帜，就像翻腾的海浪。人们高举着自己热爱的领袖毛主席和朱总司令的巨像。工人、学生、职员、教授，各式各样的人都来了。人们向前拥，向前挤。结彩的火车头开进了东车站，载着好几千平汉铁路工人，从远远的长辛店赶来。丰台的铁路员工也拥进了欢迎的行列。汽车厂、机械厂等等九个工厂的工人，摘去了帽子上带有国民党党徽的帽花。一个燕京大学的学生说："我三点半天没亮就起来了。"

十点钟，四颗照明弹升上天空，庄严隆重的入城式开来，前面一面欢迎大旗迎风飘舞。从南面，人民军队的头一辆带队的装甲车，摇着一面红色指挥旗，朝着欢迎的人群开过来，随后是高悬毛主席、朱总司令肖像的四辆红色胜利卡车，满载着乐队，铜管乐器金光闪闪，吹奏着雄壮的进行曲。装甲车部队一条线似的接在后面。在珠市口一带，部队和欢迎的行列碰了头，欢迎的行列在左面，部队在右面，欢呼声像春雷一样地响起来。招手呀，

呼喊呀！多少人激动得流下了眼泪。光荣呀！只有人民的军队才能得到这样的光荣！人群拥上来了，他们跑进了解放军的行列里面，一下拥抱在一起，队伍都不好向前走了。欢迎的群众在装甲车上写："你们来了，我们很快乐！""真光荣呀！""同志们！加油呀！彻底消灭国民党反动派呀！"队伍陆续向前门广场前进。

十二点钟，人群里响起了一片欢呼声，人民的英雄炮兵出现了。绿色道奇卡车牵引着战防炮、高射炮、化学迫击炮、美式十五生的榴弹炮、日本式十五生的榴弹炮、巨大的加农炮，一辆接着一辆。这里面有从辽西、从沈阳缴获的整个美国重炮团的装备。看啊！人民是多么喜爱自己的武器：一门巨大的榴弹炮上面，骑着一个北平的小孩子，他骄傲地高举着手里的旗子笑着过去了。另外几门指挥炮被人们写上了"瞄准蒋介石"呀！"送给四大家族每人一颗"呀！十生的巨型加农炮的上面，一个胸膛挂上了奖章的英雄炮手，和一个穿绿衣服的邮政工人抱在一起。随后驶过的另一门大炮上站着五六个女学生。还有一个人站在炮座上招手高呼："解放军万岁！"箭楼上，检阅这一英雄行列的将军们，庄严而亲切地注视着每一辆炮车，注视着人民的狂欢。箭楼下，庆祝解放联合会的扩音车，领导着唱起："我们的队伍来了""我们的队伍来了"。远远地从北面，从前门那边，黑压压的一片人迎上前。数也数不尽的炮车，从欢呼的人们身边奔驰过去。两旁锣鼓喧天，人们扭起秧歌舞来。左面是清华，右面是燕京。他们唱呀，舞呀。有的化装作蒋介石、宋子文、孔祥熙、宋美龄，在人民部队强大威力面前，显出种种狼狈的丑态。这是历史的真实反映。人民的爱和憎在这里明白地表现出来。

一点十分，突然谁发现了前门牌楼那边冒起了青烟，喊了声："我们的坦克来了！"一阵坦克轰隆隆的声音传了过来。第一辆坦克从远而近，一个青年学生挥着两只手，站在坦克的炮塔上，狂热地喊："万岁！""万岁！"每辆坦克上飘着一面红旗。人群激起了一片欢呼，有的欢喜得流出泪来，也忘了擦了。

戴着皮帽子的坦克手，从坦克塔里露出上身，向人民招手、微笑、敬礼。坦克部队后面是摩托化警卫部队，卡车上一色绿的钢盔，雪亮的刺刀。一位白发苍苍的老人，看得高兴，笑着喘了口气说："这口气可喘过来了！"另外一位说："我们老百姓有了这样强大的武装，任何反动派也不许他再欺负我们了。"

这时候，"东方红，太阳升……"的歌声响彻了天空。远远看去，好像一片麦浪波动，近前一看，原来是戴着皮帽子的人民骑兵来了。人们叫呀，鼓掌呀，把五彩的纸旗都抛上了天空。的哒的哒的马蹄子，踏着柏油马路，那样整齐，那样雄壮，骑兵们手上的马刀闪着亮光。骑兵后面就是英雄的步兵。这时候，前导的军乐队一出现，人们的欢腾达到了顶点。英雄的部队一支从永定门进城，一支从西直门进城，一个是被敌人叫做"暴风雨式的军队"，一个是"塔山英雄部队"。在一九四六年冬天，他们在长白山下曾经四保临江，并肩作战。这两支英雄部队从艰难到胜利，在这里得到人民的热爱。战士们在千万只热爱的眼光下前进。一个胸膛上挂了六个奖章的战斗英雄，被人们热烈地围着，拉着。一个女学生跑上去摸摸那块光荣的毛泽东奖章。这时，人们已经站了整整的一天，忘记了寒冷，忘记了饥饿，依恋地舍不得这些英雄。他们和行进的队伍汇合起来，高唱"我永远跟着你们前进"，向着一向是帝国主义禁地的东郊民巷昂然走去。

将近下午五点钟的时候，夕阳照进了广安门。在高大的城门前，无数人群欢送机械化部队。在行驶了一整天的战车上、坦克上，飘动着无数的小红旗，战士们手上还捧着人民献给他们的一束束鲜花。这时天色渐渐黑下来了，可是整个北平还到处充满愉快的欢笑声。北平真正沸腾了。

**附记**

陕北新华广播电台一九四九年二月十六日广播。邯郸新华广播电台转播。作者刘白羽。

本书此文选自《延安（陕北）新华广播电台广播稿选》（中国广播电视出版社1985年版）一书。

（附记依据《延安（陕北）新华广播电台广播稿选》一书中《沸腾了的北平城》一文的说明和邯郸新华广播电台相关资料。）

## 夫妻俩

下面讲一个解放区农村的故事。

徐贵兰自从当选了村姊妹团长,她心里多高兴啊!一天到晚,嘴里唱不完,脚底下跳不够的,走东庄说西庄。一个人活泼了也好,可不能老这样啊。徐贵兰就这样儿,生产也不问了。

她的丈夫田进元,是田圩村的村长,天天要跑工作,还要下田,一个人忙不过来,山芋沟上的草长得老深的。有什么办法呢?他看徐贵兰不像以前生产积极了,满想张嘴劝一劝她,可是她是新娘子,两人还没红过脸,怎么好意思呢?一股气又憋了下去。

一天,田进元打地里回来,实在忍不住了,等徐贵兰唱过歌回来,就小声温和地劝她:"这两天田里草太多了,你能帮着锄一锄吗?"

徐贵兰今天歌没学会,憋了一肚子气,回来又碰上了这一着,更不高兴了。头一偏,说:"两天不下田,可又给你看见!"田进元连忙解释:"你千万不要疑心!我没这个心眼儿。"说着又向她解释了生产的重要。徐贵兰听了一会儿,觉得实在不入耳,头又一偏,进房睡觉去了。田进元觉得没意思,也就算了。

过了两天,田进元看她还是不去锄草,还是唱啊跳啊的,又去劝她,她还是给个不理睬。田进元批评她,她就回了嘴,两个争吵了几句。几天来,两个话都少说了。田进元满心想再劝劝她,可是她理也不理。

有什么办法呢?从前丈夫可以打老婆,现在不兴了;只兴批评了,批评她又不接受,那有什么好办法呢?

田进元还是田圩村的通讯小组长哩。通讯小组开会,要出黑

陆 通讯

板报。讨论完了工作，田进元提起徐贵兰不生产的事情，自己犯难。大家说："你不能写篇徐贵兰不生产的稿子吗？一上黑板报，保她就改了。"

田进元说："好法子！好法子！"他马上就写了一篇徐贵兰不生产的稿子，第二天在村子黑板报上登出来了。

稿子是这么写的：

"姊妹团长徐贵兰，这些时光唱歌、扭秧歌，田里山芋也不锄，草长七八寸深，山芋沟像条草龙似的。我劝她，她不改，批评她也不接受。她不晓得人人加紧生产，支援前线，才好早些打倒国民党反动派。希望大家不要跟她学。"后面注上了个名字：进元。

徐贵兰学过歌子回来，天已经晌午了。她走过黑板报的面前，看见新消息登出来了，就停住脚看看登些什么。一眼看到自己的名字，心一跳，一口气念完，遮住脸就往家里跑。揭开门帘，冲到床边，推开被子，朝床上一倒，呜呜咽咽地就哭了起来。哭了好一会儿，田进元也没有回来。自己觉得没意思，就不哭了，两只眼睛翻着望屋顶，呆呆地想。

她想："这是我的错吗？我从前生产多积极啊！纺纱、织布、锄草、耕地，哪样不来？现在让他一个人苦。每回我还批评人家，讲道理呢；现在人家批评我了，要是不接受人家的意见，光扭性子，这行吗？他呢，近来渐渐有些看不起我了，这样下去，还行吗？一定要改正。不过那多难为情啊！人家会说，挨批评才晓得改了。再扭他一口气吧！扭到哪一天呢？文武自己不是！青年人应该进步，改了吧，马上改了吧！"她想到这里，下了床，走了两转。

她眼光兜了一个圈子，看见屋角里靠着一把锄头，就伸手拿了起来，扛在肩上，伸头望望门外有没有人。抽身出来，掩了掩门，直奔山芋地跑去。

田进元那天开工作会议，一直顶天黑才回家。找了找徐贵兰，没有，揭开锅盖看看，什么也没有。心里慌了，一脚冲出门来，顶头碰见隔壁大婶子，他连忙问："你看见贵兰没有？"大婶子悄悄地说："我看她下田去了，扛了个锄头。"田进元听说，头也不回，就直奔山芋地。

田进元走到山芋地边，月亮已经上来了。一拐弯过了几棵大树，他看到了徐贵兰的白衣裳。她正背着脸在那里拔草，地里的草已经快拔完了。他满心欢喜，轻手轻脚地走到她的身子后面，一把抱着。徐贵兰叫了一声，回头一看，是他！转过身来，月光底下，女的望望男的，男的望望女的，噗嗤笑了起来。两个人决定把这块山芋地的草拔完了回去。

第二天，他们俩从花生地拔了草回来，已经是吃中饭的时候了。田进元一定要徐贵兰去看看黑板报，徐贵兰拗不过，只好去了。一到黑板报跟前，看见那条徐贵兰不生产的新闻，已经换了一篇"徐贵兰转变"。田进元一个字一个字地念给她听：

"自从昨天登了徐贵兰不生产的消息，她看见了非常难过，马上就转变了，拿了锄头下田，半天就拔了七八分地草，一直拔到月亮出才回来。希望大家向徐贵兰学习，努力生产，支援前线。"

徐贵兰听完了也看完了，新闻里的每一个字都在朝她笑。猛一回头，才看见后面挤满了人，一时也分不出哪一个是哪一个，个个都向他们小两口儿笑嘻嘻的。

**附记**

陕北新华广播电台一九四九年二月十六日广播。邯郸新华广播电台转播。

本书此文选自《延安（陕北）新华广播电台广播稿选》（中国广播电视出版社1985年版）一书。

（附记依据《延安（陕北）新华广播电台广播稿选》一书中《夫妻俩》一文的说明和邯郸新华广播电台相关资料。）

## 我们看见了解放军

现在播送一篇通讯,题目是:我们看见了解放军。这是北平清华大学学生的集体创作。

去年十二月十三号,我们听到了炮声。

炮声是从我们学校北面清河镇附近发出来的。那天下午,全校的老师和同学,就马上组织起来,成立了防卫校园的机构,派出了纠察队,在校园四处站岗。

到晚上,我们知道,解放军已经打到距离清华两里多路的村庄——大石桥。

我们听到一个令人极端感动的故事:就是当天晚上,解放军向我们学校前进的时候,他们发现我们已经在他们大炮的射程以内,就停止了发炮。他们在圆明园,用刺刀和国民党的军队肉搏。为了我们的安全,解放军因此死伤了三百多人。

那天晚上,解放军绕到我们学校的西边,沿着西山一带转进了。我们听到的炮声渐渐地沉寂下来。

就在这天晚上,国民党的炮兵硬要到我们学校里面来,要在我们的宿舍房顶上架炮。学校和他们交涉了半天,他们才答应在学校化学馆前面的空地上安炮位。坑都挖好了,后来看看实在打不过解放军,才急急忙忙地和其他的部队没命地向城里逃跑,逃了一整天。

第二天,清华园解放了。我们就看到了日夜盼望的解放军。

最初,是几个同学到校门外张望,后来就一直朝玉泉山方向走去了。在那边,他们找到了解放军的一个指挥部,看到了当地老百姓怎样狂热地欢迎解放军,听到了解放军的讲话,他们回来以后就写了一篇《玉泉山之行》的壁报,贴在饭厅的前面。好多同学排成队去看,都高兴得不得了,大批的人就跟着出去找解放军谈心。

这些解放军都是东北来的。他们和海淀的老百姓,和我们同学,亲亲热热地聊天,还硬要招待我们吃饭。老百姓都满脸笑容,嘴里连说:"谢天谢地!八路军要是早一点来多好!"他们又说:"从来没有这样好的兵,不打人骂人,不抢东西,还替你打扫院子、挑水,借了东西一定还,损坏了东西一定赔。"有个老头子说:"活到这么老,倒活出个道理来了。"同学们这回亲眼看到了老百姓和解放军战士抢着收拾房间扫地,互相客气礼让的事情。

解放军给同学们讲解政治军事形势,有些人还向同学们说出他们以前在国民党统治下做牛做马的痛苦,他们说:"咱们打仗,就是为了要咱们人民大众翻身做主人。"他们每一个战士,都会说出一套一套的政治理论。我们这些大学生,听了目瞪口呆,佩服得五体投地。

同学们深深地为解放军刻苦耐劳的精神所感动。同学们说:"你们吃得真苦。"他们就说:"人民吃啥,我们就吃啥。在生产没有大发展以前,如果我们吃得好,人民就吃得坏了。我们是人民的军队,为老百姓打天下,不能瘦了老百姓,肥了自己。"

我们离开他们回学校的时候,紧紧地握住他们的手。从来,我们没有碰到过什么军队能给我们这么大的好感。那天我们却真想跟着解放军走。我们跟他们之间好像有什么东西牵在一起了,不,我们和他们都是被国民党压迫的人,幸亏他们拼了命,拿起武器来为人民大众打出了一条生路。一个星期以后,我们在解放军的保护下,准备复课了。可是在复课前两天,却发生了这样一回事:在十九号的傍晚,清华园上空飞来了一架国民党飞机,绕了几个圈子以后,扔下炸弹来。那时候,大部分同学正在饭厅里吃饭,听到飞机的声音连忙躲避。大家在又冷又湿的地上,咬着牙齿,捏着拳头,痛恨地望着窗子外面。那飞机一连丢下九颗炸弹,六颗落到了我们学校里。

以后,同学们全都准备进城服务,因为北平城里也快要解放

了。城里有些问题,我们同学可以帮忙解决,并且我们非常渴望见到城里的同学,于是大家都非常紧张地组织起来,准备起来。我们成立了一个迎接解放军人民服务委员会,把全校同学编成五个大队,每个大队六七个中队,每个中队三个小队。我们全校同学大概有一千八九百人。参加工作的同学有一千八百二十一个人,占全校人数百分之九十五以上。每个小队都开始忙着学习毛主席的著作,学习中国共产党的各项政策和知识分子改造问题。因为我们知道,解放以后,整个社会就会从根本上改变过来,我们就变成为一个新社会里的人,我们一定要加紧学习,改造自己,才不会走歪路,才不会落伍。

以前不爱动的同学都动起来了。以前不爱和同学在一起的,现在发现集体生活当中有着无穷的力量和乐趣。有些以前对共产党、对解放军不了解,或者有怀疑的,现在都清醒了。以前吃不了苦的同学,现在也开始懂得了我们是靠劳苦的工人和农民养活的,养尊处优非常可耻。有一位同学跑到清华附近的乡下,看到农民过着苦日子,才知道我们一个公费生的费用要三个中农来负担。他回来以后,坚决地说:"下一个月非吃小米不可!"

我们同学就是这样慢慢地开始改变了。

**附记**

陕北新华广播电台一九四九年二月二十一日广播。邯郸新华广播电台转播。清华大学学生集体创作。

本书此文选自《延安(陕北)新华广播电台广播稿选》(中国广播电视出版社1985年版)一书。

(附记依据《延安(陕北)新华广播电台广播稿选》一书中《我们看见了解放军》一文的说明和邯郸新华广播电台相关资料。)

## 屈大嫂做军鞋

开封市有一个屈大嫂,从小就利手利脚,很会干活。她的丈夫是洋铁匠。一家七口人,全靠他们夫妇俩赚钱养活。

开封市解放之前,屈大嫂夫妇俩常找不着活干,想做个小生意,搞个小生产,又没有本钱,老是吃了上顿愁下顿。娃娃们经常哭着,吵着,喊肚子饿。屈大嫂的婆婆不但不去哄哄小孙子,还成天嘟哝嘟哝地发脾气。屈大嫂和她的丈夫挑上这一家七口的生活担子,越挑越重,两口子心里一烦恼,也就吵开嘴啦。

去年十月,开封市解放了,城里成立了民主政府。屈大嫂早就听说,民主政府是人民的好政府。果然,民主政府成立不久,就给全市贫民发下了救济粮,还组织贫民进行各种各样的生产。

有一天,屈大嫂路过中州农民银行,看见有一堆人围在银行门口看什么。屈大嫂走过去一打听,知道他们看的是银行公布的贷款章程。上面说,如果有愿意做鞋子的,可以先到银行领取贷款,鞋子做好了,再按鞋子做得好坏发工钱。屈大嫂满心欢喜,正准备进去领贷款,忽然听见有人说:"给解放军做鞋子可不容易!一双鞋要两斤重,底子要纳两寸厚,不合格就不要。"屈大嫂听了,马上缩回了身子。可是,她又不大相信这个话,她想:"一双底子两寸厚的鞋子绝不止两斤,再说,一个人怎么会穿两寸厚底的鞋子呢?"她决定看一个究竟。

在相国寺那一带,来来往往的解放军很多。屈大嫂特地走过去,站在相国寺前面的水塔底下,专门寻找解放军,要看看他们的鞋底到底有多厚。一会儿,一个解放军过来了,屈大嫂赶忙看他穿的鞋子。这个解放军走得太快了,屈大嫂看不很清楚,可是她断定那个解放军的鞋底并不厚。接着,另一个解放军过来了,屈大嫂又赶忙看他穿的鞋子。这个解放军走得比较慢,屈大嫂这

陆 通讯

下子看清楚了，那个解放军穿的是黑布鞋，跟她自己丈夫穿的一样，连鞋底也是一个样的厚薄。可是，屈大嫂还站在那里看，一直看了二十多个解放军，他们穿的鞋子，全是一样。

屈大嫂放心大胆地跑进中州农民银行，一次就领了四双鞋的贷款。她想："反正我拿出真心来做鞋，丈夫能穿，解放军的同志就能穿，不怕他们不要。"她把鞋底纳得又密又紧，鞋里鞋面都是用的新布，在鞋帮上纳了四道，鞋头上纳六道，还在鞋后跟纳了七道。鞋子做好送上去，同志们都说这是头等鞋，给了她九百二十元中州票，可以买三十六斤麦子，或者买二百三十斤煤炭。

屈大嫂拿着工钱回家，全家都笑了。从此以后，她更加抽空子做军鞋。屈大嫂的娃娃多，白天时间少，就赶夜工。娃娃们睡下了，屈大嫂点着灯，一直做到十点钟。睡一觉醒来，天还没有亮，屈大嫂就点起灯，一面把娃娃抱在怀里喂奶，一面纳开鞋底子，一针一针地一直做到天亮。只一个多月工夫，她就做好了三十双鞋子。挣了六千九百块中州票，可以买二百六十多斤麦子。

现在，屈大嫂全家菜里有了油，还经常可以吃到花卷和馒头。生活过得好了，她的丈夫也变得和气了，婆婆也不发脾气了。全家老小都是欢欢喜喜的。

一月里，开封市开了一个全市妇女座谈会，屈大嫂也参加了。会上有人说："妇女要翻身，不但在政治上翻身，还要下劲生产。"屈大嫂心里想："这话说得对。必须加紧生产，才能管自己的生活，才能养家糊口，这才真正翻了身，才不受气。"她想到这里，更加满心感谢解放军和民主政府。她下决心把鞋子做到更结实，来报答解放军。现在屈大嫂还跟另外五家妇女组织了一个做鞋小组，大家都尊敬她，选她做小组长。她领导着大家把军鞋做得又快又好。不久以前，屈大嫂还因为劳动好，她的故事被光荣地登上了《开封日报》。

**附记**

陕北新华广播电台一九四九年二月二十三日广播。邯郸新华广播电台转播。

本书此文选自《延安（陕北）新华广播电台广播稿选》（中国广播电视出版社1985年版）一书。

（附记依据《延安（陕北）新华广播电台广播稿选》一书中《屈大嫂做军鞋》一文的说明和邯郸新华广播电台相关资料。）

## 一双军鞋一片心

现在播送一篇通讯，讲的是解放区农村妇女替解放军做鞋子。

解放区的农村妇女，差不多都替解放军的战士做过鞋子。这是她们支援人民解放战争的一个大贡献。开始，妇女们做军鞋，是叫战士们穿上打日本鬼子；如今，是叫战士们穿上歼灭国民党军队。

做军鞋的布大部分是民主政府发的。可是，每一次，布总是不够发。好多妇女只好两个人合做一双，三个人合做一双。有的这一次领不上布，只好等到下一次再做。那些眼睛花了的老妈妈，旁人都不让他们做针线，当年轻些的妇女做军鞋的时候，老妈妈们就赶紧跑到她们旁边帮忙抱娃娃。好多小姑娘也去帮忙搓麻线。

华东解放区博兴县有些妇女，嫌民主政府发的棉线不够劲，特地买了些丝线来纳鞋帮。西北解放区中阳县有些妇女，嫌民主政府发的布是粗布，就把自己最心爱的黑市布、蓝市布拿出来。华北太行解放区的许多妇女还从箱子底下拿出了陪嫁时带的新布，替战士们做鞋子。她们说："我们哪怕不穿鞋，地上有个蒺藜儿也瞧得见。人家解放军为我们打仗，一股劲地往前冲，哪瞧得见有蒺藜没有，咱们做的鞋可要做一双顶两双穿。"

西北解放区河曲县夏营村的妇女，想把军鞋做得更好，三个人编一个小组，每个小组配一个手艺巧的当组长。组长剪鞋样，铺鞋底，帮助绱鞋。手艺差一些的组员搓麻线，纳鞋底。小组跟小组还挑战比赛。做得最好的军鞋被选成"模范鞋"，人人见了人人夸。鼓励大家做军鞋向"模范鞋"看齐。你看！那些模范鞋呀，鞋样儿又周正，又好看，一双有一斤二两重。鞋底、鞋帮纳得密密的，像是撒了一层芝麻。鞋里鞋面全是崭崭新的，光是鞋帮，里里外外就有七层布。她们说：咱们西北尽是山地，解放军走的石头荆棘路，最费鞋了。做七层，磨烂了一层，里头还有一层，磨烂了一层，里头还有一层。方山县峪口镇阎根其的妻子，做起军鞋来，常常半夜半夜地不睡，加心加意地做，真是一针一线都要讲究到。每逢做军鞋，她就会想起自己的丈夫，原来她丈夫阎根其已经参加人民解放军了，她想，只要每个人都这样下功夫做，她丈夫自然也就可以穿好鞋子了。军鞋做好之后，双双对对地送前方。有的妇女送去军鞋，还顺便捎去一封慰劳信，鼓励前方战士多杀敌人。华东解放区沭阳县的妇女很会绣花，就纷纷在军鞋上绣各种各样的字。葛楼庄葛目伦的妻子，在黑布上绣了十个白颜色的字，就是："穿鞋上南京，消灭蒋匪军。"另外一个妇女在一只鞋上绣"模范"两个字，一只鞋上绣"英雄"两个字。她要那位穿她鞋子的战士，在战斗中做模范，当英雄。真是一双军鞋一片心。

人民解放军的战士们，穿上这些鞋子是多么高兴啊！他们有一些快板大王，碰上什么事，都喜欢说一段快板。今年年初，中原解放军某部的战士们穿上新军鞋，又呱嗒呱嗒地说开快板啦。他们说："妇女们，好心肠，做了军鞋送前方。鞋帮做得呱呱叫，鞋底纳得硬邦邦。战士穿上喜洋洋，跑起路来哆哆响，哆哆响。东西南北都跑遍，过了黄河过长江！"

**附记**

陕北新华广播电台一九四九年三月一日广播。邯郸新华广播电台转播。

本书此文选自《延安（陕北）新华广播电台广播稿选》（中国广播电视出版社1985年版）一书。

（附记依据《延安（陕北）新华广播电台广播稿选》一书中《一双军鞋一片心》一文的说明和邯郸新华广播电台相关资料。）

## 天津人民赞扬解放军

天津人民和解放军相处快两个月了。提起解放军来，天津人民都大大称赞。下面播送四个小故事，说的都是在天津解放前后发生的真实事情。

第一件。

二月三号傍晚，天津西关街的马路上，好多人呀，挤啊，推啊，一不小心，有一位商人把一位解放军战士挤进粪坑里去了。商人吓得两条腿直打战，不住声地说："我该死!我该死!"怕事的人都躲开了，以为这是场大祸，生怕沾到自己身上。

一会儿，战士从粪坑里爬出来了。他擦了擦自己身上的大粪，和颜悦色地对商人说："不要害怕!这没关系，你又不是故意的!"

商人感动得流出了眼泪，他说："要是国民党军队呀，今天不是要了我的命，也要把我揍一顿饱!"看到这件事的人，也都不住地点头称赞：解放军太好了!太好了!

第二件。

天津新北电影院的门口，挂着"照常营业"的牌子。售票处外面挤着一堆人，这个买票走了，那个又来买票。

一位解放军战士兴高采烈地走到售票处，问："多少钱一张票?"售票处的人说："军人半票，五块!"

战士摸了摸口袋，掏出票子一数，只剩下四块钱了。

电影院的检票员赶紧过来招呼："同志，进去看吧!差一块钱没关系。要不是你们解放军，我们连生意也做不成呀!"

战士说："不!等我去拿钱来再看，我不能犯纪律!"说罢，头也不回就走了。

旁边一群买票的市民，看见这位战士回去了，都非常感动。

有一个就说:"国民党军队看电影,一来就是一大帮。谁敢问票?问票就是一嘴巴!解放军真是规规矩矩,差一块钱都不看。"

第三件。

事情发生在天津解放以前。

一月十二号,人民解放军某部某连第七班的战士牛占青,在芦台车站附近的一个茅房里,捡着一个金戒指,有二钱多重,上面还刻着字。

牛占青赶忙把金戒指交给连长,连长又把金戒指交到团政治处。

第二天清早,芦台火车站,十字路口,摊贩市场,都贴出了油印的招领金戒指的布告。来来往往的人,打布告前走过的,总要停下脚来瞧一眼。大家一面瞧,一面就议论开了,一位老先生说:"这个金戒指,要是叫国民党军捡着了,还叫你来认领?!嘿,抢还抢不到手呢!"

旅客们在车站上等火车,都看见了这张布告,就把这个新闻从芦台带到唐山、滦县,一直到昌黎、秦皇岛,沿着铁路线,到处传说开了。以后,这件事传到天津人民耳朵里,还把它登上了《天津日报》。

最后,第四件。

天津战斗打响了。人民解放军某部尖刀营许营长,带着第一梯队向一家酒精工厂的大楼进攻,那里正盘踞着国民党军。突然,一颗子弹从许营长的膀子上穿过去,许营长受伤了。担架队赶紧把许营长抬下去。当时许营长穿的衣服很少,又流了好些血,一位通讯员怕他冻着了,就向一家老乡借了一床被子,铺在担架上抬走了。

那家老乡自从被子给队伍借走,对这床被子就不存一点儿指望。谁知道,第三天,被子送回来了,就是那位借被子的通讯员送来的。通讯员一踏进老乡家门,那家的老先生赶紧迎上去,说:"啊呀,你们真讲信用!我以为你们早把被子丢了呢,谁知道还这么老远地送来!要是国民党军呀,早把被子换东西吃

啦。"

**附记**

陕北新华广播电台一九四九年三月八日广播。邯郸新华广播电台转播。

本书此文选自《延安（陕北）新华广播电台广播稿选》（中国广播电视出版社1985年版）一书。

（附记依据《延安（陕北）新华广播电台广播稿选》一书中《天津人民赞扬解放军》一文的说明和邯郸新华广播电台相关资料。）

# 彭大娘看儿子

二月十八号，驻扎在北平的人民解放军第四十一军某部第四连的战士们，好高兴啊！就像有了什么大喜事似的。原来是战士彭建和、彭建珍的妈妈来看他们兄弟俩了。

这一天早晨，彭建和、彭建珍正在排里开会。忽然，听说他们的妈妈从滦县赶来了，正在连部和指导员拉话，两兄弟赶紧跑到连部去。一进连部屋子，两兄弟都喊："妈！您来啦！"彭大娘看了看两个儿子，嘴巴笑得合不拢啦。她指着彭建和对指导员说："我的儿子都长大了。小四也胖了，不像以前，脸色发黄，又干又瘦。"说得彭建和不好意思。彭大娘转过头来，对儿子说："我怕你哥俩想妈，不安心工作，妈才来了。"接着，彭大娘就对儿子讲开了他们村子里穷人翻身的事情。

第四连各排的战士们听说彭大娘来了，一致要求彭大娘讲讲后方翻身的故事。

傍晚，一间大房子里全坐满了。彭大娘坐在房子当中，战士们围成个圈圈，正在唱着："大家同志真光荣，为了工农翻身来当兵……"歌声一停，战士们就嚷开了："老妈妈！快讲吧！快讲吧！"彭大娘从从容容地，不快不慢地说："我也不会说个啥。穷人没有共产党就不能翻身。这个天下，我也不受气了。我四儿八岁就没有爹了，我二儿十五岁就给有钱的做活。家里几口人，养活不了自己，全靠我成天挽着篮子在外面要饭过日子。"

说到这里，有一位性急的战士问："现在怎么样啦，老大娘？"

彭大娘说："来了共产党，我分了好几件衣裳啦。"一边说，一边指给大家看："这是分的皮袄，这是一件夹袄，还有一件棉袄在家没有穿啦！我说，同志啊！我太欢喜啦！吃的，穿的

都不愁，土地也有啦！农会天天到我家给我挑水……"战士们越听越有味，有一位战士提了个议："老大娘，明儿逛了皇宫再走吧！"

彭大娘赶忙说："不成！不成！家里还有孩子。我那个小五子，还当儿童团团长。我也参加了农会。今年过年，农会优待军属，送了我六斤面，六斤肉，三十那天，我们还吃了肉。我还参加了合作社棉花房，我回去还要好好工作生产啦！"

说到这里，彭大娘低下头来，嘱咐坐在她跟前的两个儿子："好好工作，好好为人民服务，不要偷懒，早点打垮老蒋！"彭大娘的两个儿子跟别的战士们一边听，一边点头。一位战士大声喊道："老妈妈，不要挂记，我们高低要革命到底！"

**附记**

陕北新华广播电台一九四九年三月十日广播。邯郸新华广播电台转播。

本书此文选自《延安（陕北）新华广播电台广播稿选》（中国广播电视出版社1985年版）一书。

（附记依据《延安（陕北）新华广播电台广播稿选》一书中《彭大娘看儿子》一文的说明和邯郸新华广播电台相关资料。）

## 我的梦实现了！

现在播送一篇天津通讯，题目叫：我的梦实现了！

天津东亚企业公司的经理宋棐卿上个月到香港去了。他要到香港去购买原料、添置机器，来扩大公司的生产。临走以前，在五月十一号，宋棐卿在公司全体职工大会上，宣布了他扩大生产的计划。他说，公司的麻厂将要增加夜班，毛厂正在添购原毛，化学厂还要打开市场，向农村推销成品。他还说，他准备再盖房子，开设麻袋第二厂。并且说，再过几天，他还要到香港去添购机器和买原料。

这件事引起天津工商界很大的注意，天津的报纸也披露了这个消息。

宋棐卿经理的这个东亚企业公司，是在一九三二年创办的。包括一个织毛厂、一个麻袋厂和一个化学厂，拥有职工一千一百多名，毛锭子四千六百二十枚，织布机七十九台，制药机十九台。在日伪统治北平的时代，日寇想并吞他们的公司，提议来一个所谓合资经营。宋经理不答应，因此，他被日寇扣押在宪兵队里。到了国民党统治时代，不但捐多税重，国民党反动派还故意找出许许多多借口，来迫害他，弄得他厂里的生产一天不如一天，化学厂还在去年停了工。随着人民解放战争的胜利，宋棐卿知道天津是一定要解放的，共产党是一定要来的了。他心里一直在想，究竟共产党会把他和他的工厂怎么样呢？宋棐卿经理因为不懂共产党的政策，越想越是害怕。

天津刚解放的时候，宋棐卿还没有摸清楚共产党的政策，天津市一部分私营工厂的职工，又提了一些过高的要求，因此，他抱的是"吃光了就关厂"的消极态度。那时他生产也不管了，原料也不买了，织毛机停了百分之七十，他也不去想办法。每一

陆 通讯

323

天，他看报纸，既不注意看新闻，也不注意看政治论文，光在找政府的指示和法令看。他一边瞪着眼睛看，一边就战战兢兢地想："我该不会够得上被斗争、被清算吧？我该不会被斗争、被清算吧？"

天津解放三四个月了，宋棐卿经理没有看见报纸上有一句要斗争、清算资本家的话，没有看见人民政府没收过一家私营工厂，也没有看见工人把哪个资本家斗倒了。相反的，他看到的是：人民政府和职工会，本着发展生产、劳资两利的方针，调解了许多工厂的劳资纠纷，帮助了资方解决工资、原料、销路等问题，并且实行供给原料、收购成品、订货贷款等办法。他看到的是：职工会的工作组，一面在工厂劝导资方，了解共产党的政策；一面又在教育工人要劳资两利，发展生产。

这些亲眼看到的事实，慢慢地把宋棐卿的心打动了，他开始活动起来。他想："共产党到天津的时间已经不短了，我看见他们事事都是按着政策办，处处从发展生产着想，根本没看出有什么怀疑的地方，难道我还能一直就这么消极下去吗？"

四月二十一号，中共中央负责人之一的刘少奇同志到他们工厂参观了。刘少奇同志跟宋棐卿经理谈了许多话。刘少奇同志说，剥削与被剥削不是资本家和工人愿意不愿意的问题，而是由社会发展规律来决定的。他说：资本主义的剥削在一定的历史条件之下有其进步性的，中国的年轻的资本主义，需要大量发展。他还说，在中国共产党领导之下，即使由新民主主义转进了社会主义社会，如果你不反对社会主义，又有管理工厂的才能，政府仍然会要你继续管理工厂的。

宋棐卿经理长久苦闷的心，这一下完全舒展了，他长长地吐出了一口气，说："这一回我完全明白了。"他向职工代表会建议，把四月二十一号，定为东亚企业公司的节日，每年这一天，要举行纪念。他说："我发展企业的理想，像是一个梦，一直梦了这么些年。现在，在共产党的领导下，是可以真正实现了。"

于是，宋棐卿积极起来了，上个月，他终于到香港买机器和原料去了。

**附记**

北平新华广播电台一九四九年六月二十九日广播。邯郸新华广播电台转播。

本书此文选自《延安（陕北）新华广播电台广播稿选》（中国广播电视出版社1985年版）一书。

（附记依据《延安（陕北）新华广播电台广播稿选》一书中《我的梦实现了！》一文的说明和邯郸新华广播电台相关资料。）

## 我们跟着去！

下面播送一篇通讯，报道国民党护航驱逐舰"灵甫"号海军人员起义的情形。

五月下旬，从香港开往天津的一艘海轮上，有一群身体健壮的青年，皮肤黑黑的，学生打扮，在船上活泼高兴，胃口也好，使得那些经不起海浪颠簸呕吐的旅客们又羡慕，又惊奇。别人问他们到哪里去，他们都回答："回家去！"一个有经验的老头子对这个答复不很相信，他眨眨眼睛笑着说："哈，到毛主席那里报到吧？"

是的，他们都是到解放区来的。他们都是前国民党护航驱逐舰"灵甫"号上的海军官兵。他们的同伴，已经先后有三批到了解放区，向毛主席领导的海军行列报到了。

"灵甫"号军舰，算是英帝国主义"借"给国民党的。在去年八月，由一百六十多名到英国学海军的人员驶回中国。舰上有人还记得清清楚楚的：在一九四五年十一月离国以前，毛主席为国内和平奔走，曾经坐车经过重庆郊外的覃家岗，那时候，他们正驻营在那里。毛主席的精神很使他们感动。他们被中国和平建设的远景所鼓舞，抱着学成归国守卫祖国海防的壮志，慷慨地离开了祖国。当他们学成回国的时候，祖国大地却笼罩着内战的烽烟，他们中间有许多人不愿意受反动派的指使去进行反人民的内战，所以当船经过新加坡回国的时候，就有三个人不声不响地离开了军舰。

"灵甫"号在长江作着有名无实的"巡防"。舰上的海军青年看到美军经常在南京路上违反交通规则，无理毒打三轮车夫的暴行；又看到了在国民党统治下，上海等地商店的橱窗，摆满美国布匹、玻璃雨衣等等物品，逼得民族工业破产关门的凄惨景象。他们不禁怀疑起来。为什么美帝国主义能在中国这样蛮横，这样毫无顾忌？国民党卖国媚外的政策越来越引起他们的憎恨。同时，他们又看到了：国民党贪污、腐化、无能和许多乌烟瘴气的黑幕。所有这些，引起了这些有血性、有良心的青年们的愤慨。

在人民解放军解放了东北、华北，又所向无敌、威风凛凛地横渡长江直捣反动统治心脏南京的时候，舰上人们在考虑着："难道还继续为国民党卖命吗？"因此，不到几个月工夫，又有三十九个人不声不响地离开了军舰。

最初，舰上有人积极地计划要给国民党一个意外的打击。他们私下和"重庆"号的同伴们商议：共同组织起义。但是在"重庆"号二月二十五号起义北上开到解放区的时候，"灵甫"号正在上海船坞里修理。从此，"灵甫"号就被软禁在船坞里了。可是，从那时候起，在更多的人的心里，更加强烈地想着："'重庆'号走了，我们跟着去，跟着去！"

三月二十四号，国民党勾结英帝国主义，派驱逐舰"康巴斯"号把"灵甫"号押解到了广州。起义的计划，在这次不能实现了。"灵甫"号烦闷地躺在广州沙面白鹅潭上，受着英国领事馆的严密的监视。

在接到国民党要"灵甫"号送伪海军第四军区司令杨元中到海南岛去进行所谓"巡视"的命令以后，船上的爱国海军青年，心里又燃烧起热烈的希望，想借这个机会开到解放区去。但是，四月二十号，他们到香港去准备出海的燃料的时候，就在香港被扣留下来了，并且在五月二十七号，由英国政府出面把军舰收回。

国民党残余军队，命令"灵甫"号一百五十多名海军人员，全体到台湾去给他们看守最后的坟墓。可是，几乎没有人理睬这个命令。结果，有十个人退了伍，十二个人不声不响地走开了，更多的人毅然站到人民方面来，积极地准备北上的旅费。他们毫不吝惜地把所有值钱的衣物，换了港币，有人甚至把爱人赠送的

订婚戒指也卖了。

他们七十三个人，抱着满腔热忱，奔向革命，来到了解放区。解放区，是这样使他们感动，处处像充满了阳光的早晨，使他们无限地欢喜。但是，他们心里，还有念念不忘引以为憾的事，就是没有把"灵甫"号带来，让它载着他们，有一天，乘长风，破巨浪，打到台湾去。

**附记**

北平新华广播电台一九四九年七月二十三日广播。邯郸新华广播电台转播。

本书此文选自《延安（陕北）新华广播电台广播稿选》（中国广播电视出版社1985年版）一书。

（附记依据《延安（陕北）新华广播电台广播稿选》一书中《我们跟着去！》一文的说明和邯郸新华广播电台相关资料。）

## 保护佛经的故事

现在讲保护佛经的故事。这是中国共产党人保护中华民族历史文物的许多事迹里面的一件。

这部佛经，叫《大藏经》，一共有四千多卷。它是在八百年前的金代刻好的，原来收藏在山西省赵城县的广胜寺。这部佛经除了具有一般佛经供历史学家研究价值以外，特别在中国印刷术发展史上是一部很有价值的文献。因为金代的统治者对于文物摧残破坏得很厉害，所以金代刻印的版本流传下来的很少。研究中国印刷术发展史的人，研究到金代的时候，都会叹息，感觉材料太缺乏了。现在这部《大藏经》恰好填补了这个缺陷，这就不能不说是一笔宝贵的历史文物遗产。

抗日战争爆发以后，卖国贼阎锡山恭恭敬敬地把赵城送给了日寇。到了一九四二年，日寇打算抢走这部《大藏经》。广胜寺的一位老和尚听到了这个风声，赶紧向附近的八路军游击队报告消息。当时太岳军分区负责人得到了消息，立即派部队到广胜寺去抢救这批佛经。日寇发现这个情况，也立即调动大队人马来抢。八路军和游击队为了保护这部佛经，同日本强盗进行了一场恶战。在这场战斗中，八路军最后是胜利了，然而有好几位战士流出了鲜血，献出了宝贵的生命。

在这次战斗以后，太岳行政公署指派了一位同志，把这四千多卷佛经转移到一处秘密的煤窑洞子里。在整个抗战期间，知道这个秘密的，只有亲手处理这件事的两位同志。他们两人每年都要秘密地去察看一次。抗战胜利了，他们才把这四千多卷佛经从煤窑里搬了出来。

但是，保护这部佛经的故事并没有完结。国民党反动派又张牙舞爪地向解放区进攻了。一九四六年秋天，这部佛经运到了太

行山区的涉县。北方大学校长范文澜同志派张文教同志接收，并且照管这部佛经。

张文教同志把装佛经的四十多个箱子打开，先拣最潮湿的经卷来晾，后来天气渐渐冷了，又改变办法，烧起热炕，把潮湿的经卷铺在炕上烘干。这需要慢工，得五六天光景，才能烘干一批。烘干了以后，要重新用棉花和纸包扎起来，在浮面上还要注明每一卷的名目和完整或者残缺的情况。这是一件繁重的工作。在太行山的千山万岭之中，张文教同志接受了党的任务，自己默默地挑起了这副重担子。

当时经费是很困难的。张文教同志领到的经费很少。他为了省钱，每次都跑到离驻地四十里以外的地方去买价格便宜的麻纸。买好了，自己挑回来。为了烧炕，还要买木柴。张文教同志又拿起扁担，到四五里地以外去买木柴。

张文教同志当时已经四十岁了。他患高血压，还有脑病，还闹过肺病，身体不好。有一回，买纸回来，天已经黑了。他挑着担子，在野狼群经常出现的漳河边上赶着夜路，河边尽是石子，路很难走，他的眼睛又不好，一路上摔倒了好几次。回去以后就又吐血了。

怎么办呢？张文教同志还是每天点火烧炕，烤干经卷，不知疲倦地工作着。后来，领导发现他病得很重，叫他马上停止工作去治病，又叫别人来继续整理和保管。

今年春天，北平解放了。华北人民政府决定把这四千多卷佛经运到北平来。张文教同志接到了运送佛经的任务。他上太行山去的时候，身体又开始不舒服。在往北平来的汽车上，他又发烧，但是每天夜里汽车停下来宿店的时候，他每天夜里都不离开汽车，小心谨慎地照管着全车的《大藏经》。四月三十号，佛经运到了北平，当天正式交到北平图书馆。千斤重担卸下来了，可是张文教同志又一次病倒了。

十八年前，这四千多卷佛经曾经运到过北平图书馆，后来又运回赵城收藏。经过天翻地覆的十八年，它又回到北平来了。现在这里已经是人民的天下了。在人民的天下，我国历代的文物古迹，才第一次找到了它的真正的主人。只有这个主人，才能够真正地爱护它，保存它，研究它，利用它。

在这里，我们不妨告诉各位一个小小的插曲。当张文教同志在邯郸运输公司包长途汽车的时候，那里的郁经理发现要运的四十多箱子书，都是金代的佛经，认真地向张文教同志要正式的运送古物的证明文件。郁经理拿出华北人民政府禁运古物图书出口的命令，那文件上写道："查我国古物图书，在蒋匪统治时代，官商勾结，盗运出口，使我国文化遗产，遭受莫大损失。今平津两地已告解放，海陆运输又已畅通，为防止古物图书盗运出口，自命令之日起，凡属于考古学、历史学、古生物学及其他文化有关之古物，并八十年以前之一切图书，均严禁出口，运往国外。无论中外人士，违者除没收其物品外，并以盗窃论罪。除命令海关及检查站认真检查执行外，希即遵照并饬属依照执行为要！此令。"郁经理严格执行了这个命令，他仔细地看了张文教同志拿出的证明文件，才批准放行。

爱护和保卫我国历史文物的真正主人来到了！在我国，一个新的时代开始了！

**附记**

北平新华广播电台一九四九年九月十二日广播。邯郸新华广播电台转播。

本书此文选自《延安（陕北）新华广播电台广播稿选》（中国广播电视出版社1985年版）一书。

（附记依据《延安（陕北）新华广播电台广播稿选》一书中《保护佛经的故事》一文的说明和《涉县县志》一书。）

# 附

## 中宣部、新华社暨邯郸新华广播电台、陕北（延安）新华广播电台、《人民日报》工作情况相关文稿

# 中央宣传部关于在太行山区
# 设立广播电台给薄一波、王宏坤的指示

薄王：

望在太行山内找妥善地点，设立广播电台，以便在任何困难情况之下，我们能不间断地对全国全世界说话，将来中央可能用该台作对国内国外文字及口头广播，望依实际情况斟酌处理。并告我们。

附记

薄王分别指晋冀鲁豫中央局的薄一波、王宏坤。

这是一九四六年十一月二十八日中宣部发给晋冀鲁豫中央局负责人之一的薄一波和王宏坤的信，要求他们办好邯郸新华广播电台，以备中央的战略需要。

本书此文选自《邯郸新华广播电台暨陕北新华广播电台在太行时期历史资料汇编》（邯郸人民广播电台2006年编印）一书。

（附记依据《邯郸新华广播电台暨陕北新华广播电台在太行时期历史资料汇编》一书中《中央宣传部关于在太行山区设立广播电台给薄一波、王宏坤的指示》一文的说明。）

# 怎样收听解放区广播

假如你家里有一台收音机，当你听厌了新马老马、薛腔凡腔那些噪音情词，要换换口味，或者要了解新中国的建设情形，晓得真实的国内国外新闻，那么，你可以试着找找解放区的广播电台，它会给你许多新鲜的东西。

根据新华社的电讯报导，解放区的口语广播电台一共有四个，它们最近重新订正的呼号、波长、播音时间和节目是这样的：

## 一、陕北（延安）新华广播电台

呼号：XNCR

波长：四〇米，七五〇〇千周。

时间与节目：十八时至十八时三十分（即香港夏季时间下午七时至七时三十分，以下类推）为介绍被俘的蒋军军官和代转蒋俘军官给家属、亲友的电信；十八时三十分至十九时报告新闻；十九时至十九时二十分评论（包括每周军事述评和国际述评）；十九时二十分至十九时四十五分通讯、故事、综合报道（每星期日特设"星期文艺"，介绍解放区作品、歌谣和文艺活动等）；十九时四十五分至二十时短篇新闻；二十时至二十时四十分记录新闻；二十时四十分至二十一时用英语报告新闻。

## 二、东北新华广播电台

呼号：XNMR

波长：短波五一米，五八八〇千周；中波二八四点四米，一〇五五千周。

这个电台在今年五月二十八日哈尔滨建市五十周年纪念日起，才开始正式播音，为时只三个月。开场曲是《开路先锋》歌。播音时间（依照上海的夏令标准时间）和使用波长是这样：十二点至十四点，用中波向本市广播；十六点三十分至十八点，用中短波英语对国内外广播；十九点至二十三点十分，用中短波对解放区和蒋管区广播。其间十九点至二十一点为转播陕北新华总台节目。该市电台，每天的广播都包括国际、国内、地方新闻、政治、青年讲座和人民呼声等。

### 三、邯郸新华广播电台

呼号：XGHT

波长：四九点二米，六〇九六千周。该台是晋冀鲁豫解放区的喉舌，从一九四六年九月一日设立，到今天已三周年了。自今年元旦起，它的广播时间和节目都重新订定：上午七点至九点，专向南线人民解放军广播纪录新闻。下午十七点三十分至三十五分报告节目；十七点三十五分至十八点，对蒋军广播；十八点至二十一点转播陕北新华广播电台各项节目；二十一点至二十一点十分节目预告；二十一点十分至二十五分报告重要新闻；二十一点二十五分至五十分报告晋冀鲁解放区新闻和南线人民解放军的胜利消息；二十一点五十分至二十二点十五分播送晋冀鲁豫解放区各种新闻报道和新华社的重要评论；二十二点十五分至三十分简明新闻。

### 四、晋察冀新华广播电台

呼号：XGNC

波长：四五点七米，六五七〇千周。

这个台每天十七点四十五分（上海时间）开始播送，前奏曲

是《黎明铁匠》，四十五分至十八点本区新闻；十八点至二十一点转播陕北新华广播电台节目；二十一点至二十一点十五分广播本区综合新闻、通讯或评论；二十一点十五分至三十分介绍华北蒋军动态；二十一点三十分至二十二点为轮周节目（星期一为人民呼声，星期二介绍解放区，星期三名哲学家艾思奇哲学讲座，星期五蒋俘介绍，星期六文艺座谈，星期日每周评论汇报）。

## 收听的要领

怎样收听解放区的广播？有些尝试过的朋友说，陕北（延安）新华广播台比较容易收，声音也很清楚；邯郸那个台就较嘈杂，不容易收听。我们研究过它的原因，可能因为解放区和香港之间距离得远些；解放区的广播台发电力较弱；附近还有其他蒋方电台讯号蓄意扰乱的缘故。但是，收听得清楚与否和收音机的好坏与天线的装置也有很大的关系，一般具有六个管以上的机收来总较容易。如果你的收音机是一副上乘的货色，检验过没有毛病了，你就要再次仔细研究装设天线的技术，这里要注意三点：第一、是天线的形式，一般架设天线的形式有三种：一种是网形，把天线回旋作网状，是适宜装置在车厢和地下室里；一种是T字形，就是把引入线衔接在天线的中央，交织像一个英文字母的T字；一种是倒L形，把引入线接连近天线的末端，交织像一个倒写的L字样。普通采用后两种较多，而以倒L形更为妥当。第二、是天线的方位，解放区的电台都是在北方的，那么，你的天线位置就要架设在西北角，即是说把两条竹竿适当距离于和北方成垂直线的竖立，使天线的尖端对准北方，但避免和人家的天线平行。第三、架设的天线，越高越好，这样，电台的讯号传达就更加迅速，声浪也较大。

收音机的机件完好，天线架设得妥当，剩下来的只有波长的问题了，当你调拨度盘时，一定要绝对准确，真是"差之毫厘，失之千里"的，这就要靠你的细心和耐心了。如确已找到，要是仍然发觉有嘈杂的声音，你可以把度盘和旋扭左右略为调动一下，杂声就会减少的。

只要你耐心细意地尝试，找到一次，以后找时就十分容易的了。


**附记**

这是对解放区新华广播电台的介绍。原载一九四八年八月三十日香港《华商报》。作者小云。

本书此文选自《邯郸新华广播电台暨陕北新华广播电台在太行时期历史资料汇编》（邯郸人民广播电台2006年编印）一书。

（附记依据《邯郸新华广播电台暨陕北新华广播电台在太行时期历史资料汇编》一书中《怎样收听解放区广播》一文的说明。）

**附** 中宣部、新华社暨邯郸新华广播电台、陕北（延安）新华广播电台、《人民日报》工作情况相关文稿

# XNCR陕北阶段工作的简单总结

新华总社语言广播部

(一九四七年六月十日)

## 一、XNCR的简史

（一）皖南事变时，曾试验播音，未成。

（二）日寇投降前夕，一九四五年八月十四日起，再试播，到九月五日，开始正式播音，电台定名为延安新华广播电台，是为我党创办语言广播事业之始。

（三）从一九四五年九月五日到一九四六年六月新华社扩大改组时，这一阶段：

①新华总社编辑科下设语言广播组，担任编辑工作（起初只有一人，以后扩大，设组长一人，编辑三人）；三局广播科设播音组（播音员三人）担任播音工作。

②每天播音两次：十一点至十二点半，十八点至十九点半。中午一次重复头一天下午的稿子。

③节目：新闻、评论、国内外舆论、综合报道、时事讲话、通讯、故事、歌谣、记录新闻等。此外，尚有定期的节目，如《解放区介绍》《解放区政策》介绍等，但未坚持。纪念日临时增加音乐节目。

④播音机器电力一千瓦，实际输出三百瓦。

⑤转播者有张家口广播电台。

（四）从一九四六年六月到一九四七年三月本台撤离陕北时，这一阶段：

①语言广播组扩大为语言广播部，设主任一人，编辑四人，助理编辑二人。三局广播科并入新华总社，播音组原拟并入语言

部，但因电台和广播部不在一起，未果。

②播音时间，下午的一次延长了半小时。

③节目增加了广播评论、演讲、人民呼声、蒋俘介绍、代转蒋俘电信、物价报告等。

④转播者除张家口电台，又有邯郸电台，唯两台转播都曾中断过一个时期。

⑤延安电台在三月十四日停播，同日由瓦窑堡电台接替，二十一日起改名陕北新华广播电台，呼号仍旧。为防敌机侦察，中午播音暂停。瓦窑堡电台电力五百瓦，输出四百五十瓦。瓦窑堡播音，坚持到三月二十八日。

## 二、成绩和缺点

### （甲）成绩

（一）在蒋管区平、津、京、沪、苏、昆、渝、蓉、粤、港等地，都有人收听。其中包括学生、教授、店员、商人、工业界、文化界、新闻界、蒋军军官等。他们对新闻和我党对时局主张，极为注意。北平十几个青年集体写信给我们说："听了你们的播音，就像在黑暗中找到了光明。"

（二）对瓦解敌军起了不小作用。在蒋空军方面，听的人很多，刘善本就是常常收听，思想起变化才飞到延安的。刘在延广播演说，又引起好几个空军人员跑来解放区。在蒋陆军方面，据蒋俘将校说，校官以上普遍收听，从收听中他们了解了我军的俘虏政策，因而愿意放下武器。他们对蒋俘介绍及蒋俘家信，尤其注意。在蒋海军方面听的人也不少，并表同情。

（三）蒋管区有些报纸采用我们的记录新闻。

（四）解放区前线部队及地委机关，抄收记录新闻，编印油印小报。

（五）南洋新加坡、菲律宾等地都有人收听，《华侨导报》《怡保日报》等常采用我们的广播。

从这些看来，可见我们的播音已收到相当的效果。目前我党

附 中宣部、新华社暨邯郸新华广播电台、陕北（延安）新华广播电台、《人民日报》工作情况相关文稿

不能在蒋管区公开出版报纸和杂志,语言广播已成为对蒋管区更重要的宣传工具。

(乙)缺点

(一)我们的宣传对象,主要是蒋管区听众。而广播稿除去依据文字广播稿改写者外,专为适应蒋管区听众特殊要求而编写的稿子是很少的。例如他们希望有系统地了解我党我军对新解放城市的政策,又如蒋军希望更详细地知道蒋俘的生活情形,而我们对这类问题的报道是不够的。

(二)记录新闻方面,我前方部队要求把重要评论和重要国际新闻也作记录新闻,而我们注意不够。

(三)缺少文艺性的节目(如故事音乐之类),甚至有个时期连唱片也没有,听起来枯燥。

(四)对国民党电台的广播,没有研究。

### 三、编辑的几点经验

(一)每天的节目,分为四大单元:第一是《放下武器的蒋军军官介绍》及《放下武器蒋军军官给家属的信》;第二是新闻;第三是评论、通讯、故事等;第四是记录新闻。平均每单元占三十分钟时间,各单元间插唱片。

(二)第一单元节目,蒋军很多人收听。在此单元中,可加些向蒋军宣传的东西,并预告当天重要的新闻和评论,以引起蒋军听众注意。

(三)第二单元是新闻。每天新闻要有若干中心。按时局发展,在一定时期内,也应有一定的中心,对中心事件应集中报道、连续报道、并从各侧面多方面地报道。要使听众能够从收听中了解时局的动向。

过去的新闻大致分四类:

①自卫战争及其有关的消息  大战役要详细报道,小战斗及游击战争等消息,不宜零碎报道,可在其他消息中提一句,或按一定地区一定时期综合报道,只报道总数字及典型范例。对蒋

军宣传的消息，如蒋俘通电等，文字广播稿常简单，我们应尽量详细。

②土地改革及其他有关消息　土地改革的情形，一般的可以一个解放区为单位或一个分区为单位综合报道。对于土地改革后人民翻身、工商业繁荣、文教发展、地主有出路等，应着重报道。过去报道这类消息常不受听众欢迎，主要原因是写得太一般化，没有写出变革的过程，缺少生动的典型范例，只报道一些统计数字，千篇一律。

③蒋管区消息　揭露黑暗统治与反映人民运动一般的应并重。这类消息大半很迟缓，除有特殊政治意义者，一般的可综合报道。民变学运等消息，需表明报道责任者，或为了某些政治原因，应写明据××社报道。

④国际消息　应以与我国直接或间接有关的问题为中心。直接有关者，如华侨消息、各国援华运动等；间接有关者，如各国人民运动、苏联发展、美国危机等。每天只报道突出的大事，一般的国际形势应作定期的综合报道。

（四）第三单元是单播，每天单播要与重要新闻相配合。要使听众对时局发展能作更深刻的了解，并要能解决听众中随时局发展而来的思想问题。

遇有大的运动，可举行宣传周。去年"美军退出中国周"连续宣传十天，集中报道各地消息，发表美军暴行的综合报道，发表评论，组织名人演讲和音乐节目等；又如高树勋起义周年时，向蒋陆空海军作了一星期的宣传，都是很好的。

单播稿除改用文字广播稿外，自己编写过：

①广播评论　短小精悍一针见血者易受欢迎。

②综合报道　有分析、有生动的典型例子，并能看出全局形势及动向者，听众欢迎。有些报道只是材料的堆积，琐琐碎碎，或大半是一日材料，或夹叙夹议，或重复已经讲过不止一次的东西，都不会受欢迎。

③国内外舆论　选辑名流言论，听众爱听。

附　中宣部、新华社暨邯郸新华广播电台、陕北（延安）新华广播电台、《人民日报》工作情况相关文稿

④人民呼声　从蒋管区报纸选辑，如某教员呼声、某公务员呼声、某妓女呼声等，易令人感动。

⑤歌谣　解放区及蒋管区歌谣，都受欢迎。

⑥物价报告　只做了两个月，每月一次，和蒋管区物价对比报道。后因自己物价涨得快，又不知蒋管区的物价，故未继续报道。但此节目仍是重要的。

（五）第四单元是记录新闻：

①应比口语新闻更简练，可用通俗文言，但在不多增加字数的范围内，应尽量用白话，句子要短，以便抄收。

②人名地名注释，要用容易听懂的词汇，但不能流于庸俗。对人名注释更要恰当，例如用"眼泪汪汪"注释姓汪蒋俘，是不合俘虏政策的。

③重要评论应摘要作记录新闻，对前方部队有指示性的评论亦应如此，我前方部队普遍有此要求，但我们过去注意不够。

（六）宣传解放区建设的稿子，要使蒋管区听众爱听，应注意几点：

①多作典型报道，如某工厂某银号的发展、某地主的转变等，要生动具体地写出发展过程。

②综合报道，应以一定时期为范围，以一个解放区或某一较大城市为单位，就某一项建设来报道，要能看出发展过程和全貌，要有典型例子。

③最好和蒋管区对比报道，但必须以事实对事实，夹叙夹议反而会减少宣传效果，同时不一定在一篇文章中对比，可写成两篇。

④尽量用蒋管区人民通用的名词，如我之苏中是他们所说苏北之一部，故不妨仍用苏北。

⑤解放区专有名词用时应加解释。

（七）要写得简单明了：

①一般新闻每条在二百字左右，单播最好每篇在一千字左右。

②从文字广播稿改写（评论通讯等在内），应抓住中心，把次要的内容删去。缩写时绝不能把重要的具体内容改成抽象的话。

③新闻标题同时作导语用，不要有标题又有导语，以免重复。"某地某日电"应取消，因广播者并非该电原文，且新闻界习惯，均把"某地某日广播"与"某地某日电"分别开来，我们既非发电，自然不必要这个帽子。

（八）关于口语化：

①尽量用简单句，文字广播稿中复杂句要改成两句或两句以上的简单句。句子构造要中国化，倒装句和长句不但不易听懂，而且易把意思听错。

②用容易听懂而且念出来响亮的词。避免用听起来容易混淆的词，如"指斥"易与"支持"混淆。

③简语只能适当的用，如"阎军""歼敌"等用在某些地方会听不清。

④避免用单字作词，如"但""曾""反""虽"等应作"但是""曾经""仅仅""虽然"等。

⑤一般听众易懂的成语，可以用。

**附记**

由陕北新华广播电台编辑部主任温济泽同志负责起草。

本书此文选自《邯郸新华广播电台暨陕北新华广播电台在太行时期历史资料汇编》（邯郸人民广播电台2006年编印）一书。

（附记依据《邯郸新华广播电台暨陕北新华广播电台在太行时期历史资料汇编》一书中《XNCR陕北阶段工作的简单总结》一文的说明。）

# 对目前改进语言广播的几点意见

新华总社语言广播部

(一九四七年六月十日)

一年多以来的语言广播,不断地有进步,在教育蒋管区人民和瓦解敌军方面,都已收到不小的效果。但跟着形势的发展,目前又有进一步改进之必要。新形势对我们的要求是:

(一)在全面反攻即将来到的形势下,在蒋介石更严厉封锁新闻与更疯狂镇压人民运动的政策下,蒋管区人民对我播音更加重视,(陕北电台停播与恢复播音的消息,太原均发出专电,天津《益世报》并在显著地位登出)他们需要更进一步了解我党我军对新解放城市的政策,以及整个中国的前途究竟怎么样。

(二)蒋军将校收听者,日益普遍,而且对我播音日益重视,(陕北来电屡次提及,刘伯承同志也说,蒋俘孙殿英等亦普遍有此反映)他们需要更详细更具体地了解战局发展,蒋俘生活及其出路等问题。

(三)随着胜利攻势的发展,我军离后方愈远,愈看不到报纸,就愈感到收听播音之重要,(刘伯承、邓小平同志,及六纵队政宣部长等,都曾着重提出)他们提议重要评论,应摘要作记录新闻,并分播一些解放区后方的消息。

根据这些要求,拟订改进办法如下:

(一)在宣传对象方面:

过去一般的确定"以蒋管区听众为对象",今后,除蒋管区一般听众外,应更强调蒋军军官这一对象,并把前线我军也作为对象之一。

(二)在宣传内容方面:

a. 加强军事形势的综合报道,每星期一次,并要有分析,能说明其动向。

b. 加强宣传我党我军对新收复、新解放城市的各项政策及其实施的具体情形。

c. 加强瓦解敌军与争取蒋俘家属的宣传。

d. 配合着大的战役的报道，更多报道些前方英勇战斗的故事。

e. 解放区后方的消息，如支援前线等，有鼓励前方之作用者，亦应多采用。

f. 与国民党中央广播电台斗争。

（三）在播音时间方面：

a. 延长一小时，并为适应夏令气候，将整个播音的时间，推迟一小时，确定每天下午播音时间为十九点到二十点。

b. 按三小时时间，各节目具体分配如下：蒋俘介绍及其信件为第一单元节目，新闻为第二单元节目，评论、通讯等为第三单元节目，平均各占四十分钟，每单元时间内包括五分钟唱片时间。

第四单元节目为记录新闻，占一小时，在中间及末尾各放五分钟唱片。

c. 为适应我军夜行军的情况，应恢复白天播音时间，至少播记录新闻一小时。

d. 增加时间，最迟在七月一号开始，并应作十天以上的预告。

（四）在节目方面：

a. 第一单元内增加"对蒋军军官讲话"，并大量组织蒋俘写家信。

b. 第三单元内增加"问答"，如时事问答、解放区政策问答等（两个人播，一问一答）。

c. 多写广播评论。

d. 重要的较长的评论，必须全文播送者，可在每段前说明其中心意思；说明和原文，最好由两个音调不同的人播。

e. 重要评论，十天军事及国际一周等，均摘要作记录新闻，特别重要的评论，全文作记录新闻。

（五）在组织方面：

a. 过去编辑部和播音组分立，使双方工作都产生很多困难。今后的组织，若按目前情形不变，则应确定电台与总社的关系。若离开邯郸电台，则应成立一独立机构，包括编辑部、电务处、行政处等部门，播音组属编辑部，编辑部内设收音组，抄收国民党电台广播（这件事很重要）。

b. 应与各总分社建立联系，要他们有计划地供给专对蒋管区及蒋军宣传的稿件或资料，并以此作为各总分社任务之一，总社对他们应作经常的具体指示。

c. 目前，最少要增加两个编辑（现在只有三人），一个播音员（现在只有两人），并应增加一个副主任。

（六）在培养干部方面：

要有计划地培养广播编辑干部（擅长编写单播稿）、广播评论员和播音员。

上列各点，等社委会讨论通过后，再拟具体实施办法。同时希望社委会给予具体指示。

**附记**

本文由陕北新华广播电台编辑部主任温济泽同志起草。

本书此文选自《邯郸新华广播电台暨陕北新华广播电台在太行时期历史资料汇编》（邯郸人民广播电台2006年编印）一书。

（附记依据《邯郸新华广播电台暨陕北新华广播电台在太行时期历史资料汇编》一书中《对目前改进语言广播的几点意见》一文的说明。）

# 邯郸新华广播电台简述

邯郸新华广播电台，创建于一九四六年九月一日，规定呼号为XGHT，波长四九米，六〇九〇千周，二四二米，一二四〇千周。当时蒋介石破坏三大协定，发动内战，蒋区人人关心国内情势，都愿意知道真实消息，多少进步人士冒着危险收听我党的口语广播。当时关内解放区短波口语广播，只有延安、张家口和邯郸三个电台。蒋军侵占了张家口以后，晋察冀台因为迁移安装，一时不能播音，就剩下两个电台了。当时北平学生曾写信说："只有每天听播音的时间，心情是愉快的。"他们认为这是精神上的唯一安慰，并且希望本台扩大电力，增加时间。本台接受广大听众建议，为加强效率，曾一度停播，修整改装机件，蒋区许多听众，都纷纷写信给我党各地代表团，询问本台何时恢复播音，足见听众对本台的关怀。

一九四六年十二月十五日，本台正式恢复播音，除了取消长波，改为四九点二米，六〇九六千周；中午十二点到十三点半和十八点到二十点，转播延安电台节目以外，本台播音时间，是十七点到十八点和二十点到二十一点，每天播送重要新闻、社论、时评、通讯等等。一九四七年三月，延安撤守以后，原来的延安电台转移陕北坚持工作，改名为陕北新华广播电台，中午节目停止。本台因此停止中午转播，每天和听众见面的时间，就改成十七点到二十一点四个钟头。

当时蒋介石早已关死和平之门，蒋军在蒋区疯狂残暴钳制舆论，封闭书报刊物。新华社文字广播，在蒋区进步报章杂志上已不能公开采用，而且电码广播，又绝不是每一个人都能够收听的。所以只有陕北、邯郸两台，每天对外广播，告诉蒋区听众以真实消息和爱国自卫战争的胜利进展情况。据零星调查，蒋区听

众包括各界广大人士，特别是新闻界、文化界、学生、教员、商人、蒋军家属、自由职业者；从地域来看，京、沪、渝、昆、桂、粤、平、津、青、济、徐州和西安等地以及台湾、香港、澳门、河内、新加坡和南洋各地。蒋区各大城市若干报纸，都曾利用本台新闻改写消息。若干商店且有收听本台播音，作街头广播的。甚至蒋军人员，也都收听本台广播，有许多被俘的敌人军官，谈起话来，满口是解放区惯用的名词，对解放区情形，也相当熟悉，据谈他们经常收听广播。一个蒋军高级军官被解放后说：他当时还有机会逃脱，但是因为听广播知道当俘虏受宽待，跑回去又没有好处，权衡利害的结果，就向我军顺顺当当地放下了武器。

在解放区收听的就本台所知，太行《新华日报》曾经采用本台新闻，长治、邢台、临清等地听众也很多，太岳屯留《乡村文化》报曾写信来说，因为本台广播刘改英替夫参战的消息，对该县妇女工作起了推动的作用，并认为一经广播，全国闻名而引为光荣。

一九四七年四月下旬增添文艺节目，播送音乐、唱歌、话剧、歌剧、诗词、快板、故事、小说等等，颇受听众欢迎，本台各地热心听众，还写信来，称赞鼓励，并贡献了很多的宝贵意见。八月因应听众要求，更有效地利用广播时间，充实内容，所以停止文艺节目。

人民解放军大举反攻开始，各路解放军南下，后方报章邮送较缓，前方作战环境，一时不易出版报纸，且晚间留驻收听播音，又不适于行军，本台为了对前线解放军服务，于一九四七年八月起，特增添上午节目一个半钟头，从七点到八点半专门广播记录新闻（后改为七点到九点）。举凡重要新闻如战报、国内外时事、解放军后方参军参战、生产建设文教等项消息，以及社论、时评、一周战况、国际一周、通讯专论、部队教育和家属信件等等，每天按时广播，使前方将士，能够迅速地知道国内外及解放区情况，与接受党的方针政策等。前方各部队机关有专门同志按时收听记录，然后油印传阅，开会报告或利用墙报、板报等形式，迅速传达，作为重要学习的材料。前方同志，因为听了本台播音，并不觉得远离故乡，例如中秋节早上，本台播送了军人家属准备欢度中秋节的消息，前方战士，莫不欣悦传诵。永年收复消息广播以后，予前方永年籍战士很大兴奋。后方各方面的情形，前方同志都在盼望着知道，因此，土改、生产及各种建设情形等等消息和通讯，都是他们所欢迎的，特别是后方支前，对我前方同志是很大的鼓励。

一九四七年九月一日，是本台创立一周年，因此在这天革新节目，每天在最后一小时播送本区各种建设报道，有新闻与通讯、综合报道等；对外宣传解放区在我党领导下，实行各种民主政策的实况。对蒋区听众说来，是介绍我党政策实施的具体范例，尤为重要。

九月五日，陕北电台二周年纪念，增加播音时间，添设英语广播，本台播音时间与节目，改为：

上午七时到九时，对本军广播记录新闻。

下午五时到六时，播送重要军事消息，国内外重要新闻和社论、时评、时事介绍、中外舆论、各地通讯、时事讲话、评论、论文等，还有对蒋军广播节目，介绍放下武器军官，播送蒋军军官家信，他们的文章，他们放下武器以后的生活、学习与思想转变的情况，并增设对蒋军讲话，晓以大义，介绍本军宽待俘虏政策等等。

下午六点到九点，转播陕北新华广播电台节目。九点到十点，播送晋冀鲁豫解放区新闻、鄂豫皖、苏鲁豫皖、豫陕鄂各战场战报和上述各战场战地通讯、军事评论、解放区土改、生产、文教、工商各项情况介绍、故事、文艺作品等，还播送简明新闻，便于听众在十分钟左右，可以概括了解当天的重要时事。

现在，本台呼号是ＸＧＨＴ，波长是：四九点二米，六〇九六千周，每天广播时间是，上午两小时，下午五小时，合

附 中宣部、新华社暨邯郸新华广播电台、陕北（延安）新华广播电台、《人民日报》工作情况相关文稿

计七个钟头，在条件允许时，还拟增加时间播送对解放区的广播。本台创建一年余，在播送节目与内容等各方面，尚有许多缺点与困难，竭诚盼望各方襄助与指教，及供给材料与稿件，俾本台得以与日俱进，完成宣教战线的战斗任务。

**附记**

原载一九四七年十二月《邯郸新华广播电台介绍》。

本书此文选自《邯郸新华广播电台暨陕北新华广播电台在太行时期历史资料汇编》（邯郸人民广播电台2006年编印）一书。

（附记依据《邯郸新华广播电台暨陕北新华广播电台在太行时期历史资料汇编》一书中《邯郸新华广播电台简述》一文的说明。）

# 后 记

抗日战争和解放战争时期,一二九师、太行区党委、晋冀鲁豫边区政府、西达兵工厂、中国人民银行、国家税务总局等一百多个单位进驻涉县,使涉县成为太行深处最红的地方。

就在这片最红的土地上,中宣部、新华通讯社、国家新闻出版广电总局、中央人民广播电台、中国国际广播电台、人民日报社、北京人民广播电台、太行文联等单位驻扎在涉县的西戌镇。中宣部副部长、新华社社长、晋冀鲁豫中央局宣传部部长廖承志等老一辈新闻和文化工作者在这里留下了生活和战斗的足迹,最早奏响了新中国诞生的号角。西戌镇也成了名副其实的"中国红色新闻文化之乡""红色新闻小镇"和全国闻名的爱国主义教育基地和革命传统教育基地。

从2011年开始,尤其是2016年以来,涉县以美丽乡村建设为契机,在中央、省、市各级领导的关怀下,精心实施太行山红色新闻文化事业旧址的保护开发工程。在修旧如旧的原则下,首先对西戌镇沙河村的新华社暨邯郸新华广播电台、陕北(延安)新华广播电台等旧址进行了抢救性的保护和开发,并取得了阶段性的成果,新华社暨邯郸新华广播电台、陕北(延安)新华广播电台旧址现已成为全国新闻广播革命传统教育基地、河北省爱国主义教育基地,中国国际广播电台、中央人民广播电台、北京人民广播电台、新华社、人民日报社、中国文联、中国作协、中国传媒大学、北京师范大学、天津师范大学、河北大学、河北工程大学、石家庄经济学院、邯郸学院等纷纷来这里接受革命传统教育。

与此同时，我们也组织精干人员深入挖掘现有的红色新闻文化资源，先后完成国家级和市级专项课题两项，出版了《新中国新闻事业从这里走来——西戌的红色记忆》《昨夜星光灿烂——中国涉县一带红色新闻文化》《红色号角——王矿清广播影视作品选》等专著和文艺作品，其中还以此创作了电影文学剧本《号角》，创作并拍摄了动画电影《红色号角》，创作录制了四集广播剧《太行之声》《迎春花开的时候》，有的作品获得了河北省影视艺术奔马奖、河北省文艺振兴奖、河北省五个一工程奖。

如今，在改革开放40周年和建国70周年即将到来之际，我们与河北大学新闻传播学院共同推出《太行红色新闻（1945—1949）新华社暨邯郸新华广播电台、陕北（延安）新华广播电台、人民日报作品选》一书，这是一件很有意义的工作，必将有力地提升涉县的红色新闻文化品位，为涉县全域旅游开发工作的整体推进打造浓厚的学术氛围。

最后我们想说的是，十分感谢那些在涉县西戌镇工作过的人民日报、新华社、中国国际广播电台、中央人民广播电台的老前辈以及他们的子女对涉县红色新闻文化事业的支持和帮助，感谢河北大学新闻传播学院和河北出版传媒集团、河北人民出版社对涉县的关注，预祝这部作品获得好的社会反响！

（涉县西戌镇党委、政府）